十二國記

白銀之墟 玄之月

小野不由美
Ono Fuyumi

繪者◆山田章博
Yamada Akihiro

譯者◆王蘊潔

十二國記

白銀之墟 玄之月 卷一

目錄

《十二國圖》

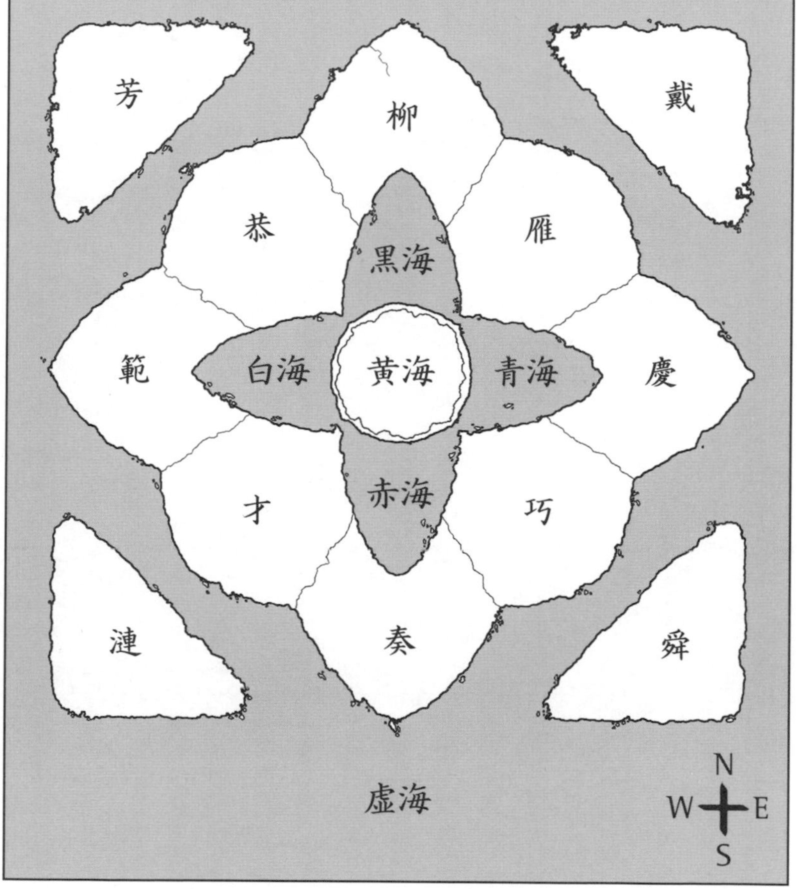

《戴國北方圖》

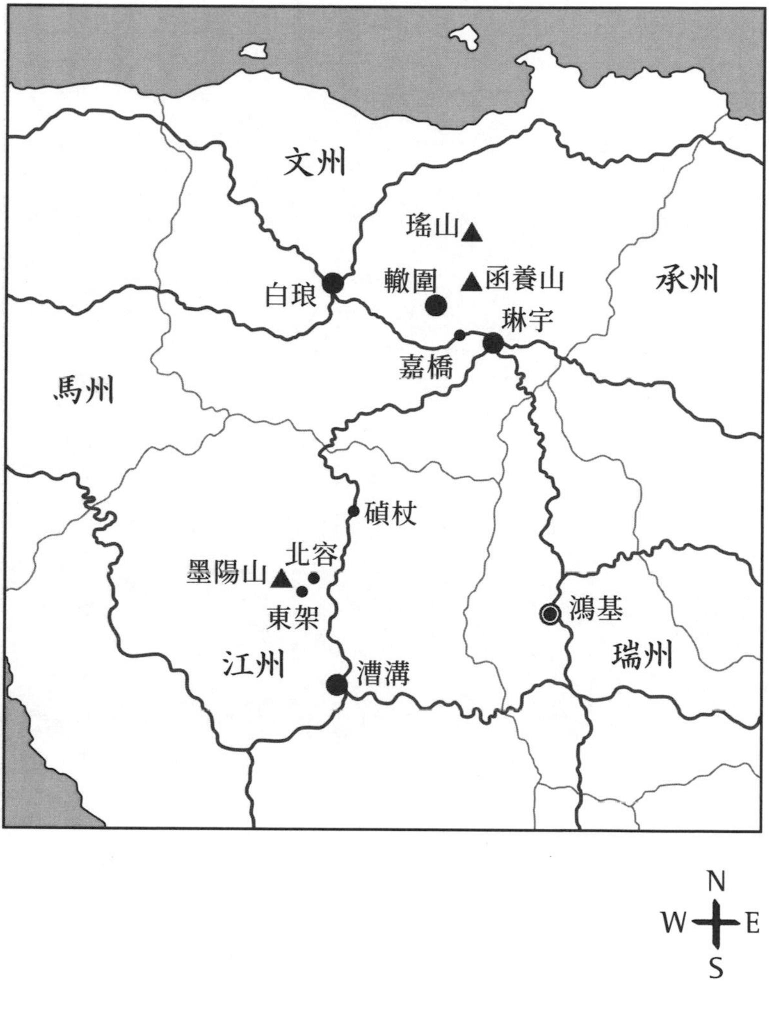

第一章

1

戴國江州恬縣自古以來就以道觀聞名遐邇。

位於世界東北方位的戴國，每逢冬天就變成一片冰天雪地，北部一帶更是極寒之地。江州北部也一樣，寒威肆虐，冰天雪地。峻嶺崇山綿延，耕地寥寥無幾，土地貧瘠荒蕪，也沒有任何物產。里廬稀少的恬縣一帶，也在位於禁苑墨陽山南麓的一峰創立瑞雲觀後，才拉開歷史的序幕。

以堪稱戴國道教總本山的巨大道觀為中心，周圍的各座山、各個山峰上，到處都有大小不一的道觀和寺院。戴國以里祠為基礎進行的祭祀並非宗教，而是政務的一部分。宗教信仰以道觀或寺院為主，而且道觀與寺院也是各種技術和知識的發祥地。這種想要回應民眾祈求健康、祈願豐收心願的信念，使那裡成為技術和知識的匯集地。最具代表性的就是道觀製作的民間藥——丹藥。

全國各地的道士僧侶為了繼承這些知識，從四面八方來到恬縣。恬縣的道觀寺院幾乎都是修行地，但也有許多前來朝山的民眾。各道觀寺院門口自然而然形成了市集，不久之後，又設置了里廬，恬縣這個地方也隨著道觀逐漸成長。然而在道觀燒光之後，恬縣也一路走向荒廢。

六年前，瑞雲觀率先向「王」發難。

事情要追溯到半年之前，戴國立了新王，但新王登基不久，享國日淺，就傳出駕崩的消息。雖然接班的王很快便繼承了王位，但整個過程疑點重重，瑞雲觀提出質疑，這會否是「王」企圖謀反篡奪王位。瑞雲觀很快便遭到王師突襲，近鄰的道觀寺院無一逃過劫難，就連周圍的里廬也受到連累，慘遭誅伐。

於是就變成了眼前這片荒涼冷清的景象。

四面八方的山峰上只剩下火災後的廢墟任憑風雪摧殘，大部分里廬都遭到破壞，每三里就有一里無人居住，剩下的里也在悲嘆和窮困中沉淪。

此刻，恬縣的道路上，有人影在夕陽下緩緩移動。

想當年，街道上擠滿來往道觀寺院的人潮，如今，往日的盛況已不復見。迂迴曲折的坡道幾乎被因為無人踩踏而茂密生長的秋草淹沒，有大有小的三個影子沿著坡道前進。中年男人負笈而行，身旁是一個二十五、六歲的年輕女子，女人牽著一個剛滿三歲的幼兒。他們配合著孩子跌跌撞撞走路的腳步，用龜行的速度沿著坡道往上走，身影在街道上拉出很長的影子。

前方高聳入雲的凌雲山宛如一道黑牆。原來那就是墨陽山——聽說以前曾經賞賜給飛仙，但至少這幾百年期間荒廢殆盡，既沒有人居住，也沒有人前往。瑞雲觀原本就在從墨陽山往街道方向延伸的層巒疊嶂上，六年之前還是一片碧瓦朱甍的那一帶，如今變成了淒涼無比的荒山野嶺。雖然被業火燒出的斑駁空隙，和被燒枯的樹木殘骸縫隙中長出的小樹掛著幾片紅葉或透出了綠意，卻無法拯救眼前這片荒涼的景象。

只有雜草旺盛生長，在瑟瑟秋風中失去了水氣，形成一片淡茶色的草海。三人沿著斜坡，默默走向坡道上方的里。除了他們三個人以外，街道上沒有來往的人影，只有飛過高空的鳥影穿越街道。

向晚的風吹來。女人好像被這陣悄然無聲的風吸引，抬起了始終低著的頭。秋風穿越了山和山之間宛如一個大洞般的街道。

這個女人來自戴國東北部的承州，承州北部向來以豪雪出名，她出生在山谷間懸崖上的貧窮里，十八歲時，嫁到了鄰近的另一個又窮又小的里。三年前，那裡付之一炬，她的丈夫也在那場大火裡被燒死——她猜想是這樣。因為丈夫把兩個兒女託付給她，跑向里祠的方向救火，就再也沒有回來。她抱著剛出生不久的兒子，牽著女兒的手，身無分文，只穿著身上的衣服逃了出來。當火災燒了三天三夜之後終於熄滅時，整個里都燒光了，只剩下大量灰燼和被燒得漆黑、慘不忍睹的里木。

她微微顫抖了一下。冷風好像吹進了身體，她覺得有點冷。抬頭望見的向晚晴朗天空顏色很深，天際滲著藍色。天空似乎比昨天更遠了，天空越高，就意味著季節正在更迭，宛如藍紫色越深，就代表今天即將消逝。

——秋日漸逝。

明媚的夏天——燦爛晴朗的天空和白得刺眼的雲。清澈明亮的綠色籠罩山野，陽光的季節之後就是短暫的秋天。在這個國家，光輝燦爛的季節之後，就一路墜向天寒地凍的冬天。她這麼想著，目送著好像在高空飄浮遠去的飛鳥。

她之後聽說，那個整天愁眉不展、以客人身分逗留在里的人其實是承州的州宰。州宰試圖討伐服從「王」的承州州侯，卻不幸失敗，他雖然逃出了州城，但逃入的那個里整個被燒得精光——不僅燒光了房子，她的丈夫和鄰居也一起葬身火窟。燒得焦黑的里木似乎象徵了里的未來，曾經帶給她兩個孩子的樹——以後應該繼續為里人帶來孩子的樹木燒焦枯死了。

沒有人向失去所屬里的這對母子伸出援手，燒毀倒塌的里成為廢墟，就連里祠也沒有重建。失去家園的里人眼看凜冬將至，只能逃往鄰近的里。只是那些里也沒有足夠的糧食讓母子三人展開新生活，當冰雪開始融化，就馬上趕他們離開。他們從此居無定所，只能四處流浪，四海為家。

住家遭到燒毀時，她逃了出來，除了身上穿的衣服，沒有帶任何東西。她原本就身無分文，只能沿途找工作餬口，尋找安身之地。就這樣流浪了三年，始終沒有找到可以落腳的地方，最後流浪到恬縣。她無處可去，身上也沒有錢，更不知道該如何捱過即將到來的冬天。前年勉強活了下來，去年也總算撐過來了，但女兒無法幸運活下來。年僅四歲的女兒依偎在她身上，身體漸漸冰冷。

——不知今年冬天如何。

季節的流逝令人感傷。她仰望著天空，縮起了身體。當她深深嘆氣時，前方傳來開朗的聲音。

「園糸，妳怎麼了？」

她看向聲音傳來的方向，臉上露出了笑容。背著大書笈的男人在荒蕪的街道前方停下腳步，正看著園糸。至少她現在不是孤單一人。

「怎麼了？」

男人說著，加快腳步走了回來。

「沒什麼，」她搖了搖頭，「我只是覺得天氣慢慢變冷了。」

「嗯——那倒是真的。」

男人說完，看著園糸牽著的兒子。

「要為栗張羅一件新的上衣。」

小孩子聽到男人叫自己的名字，露出燦爛的笑容。家園被燒毀時，兒子還在喝奶，流浪了三年，他也滿三歲了。

「不用了，去年的還可以穿。」

男人聽到園糸這麼說，笑了起來，把一雙細眼瞇得更細了。

「去年的應該已經穿不下了吧。」他在說話時，摸著栗的腦袋。「他一下子長這麼大了。」

園糸也露出了微笑。去年冬天，她在馬州西部的城鎮結識了這個男人。園糸為了埋葬死去的女兒，哭著挖掘凍結的冰雪。她為自己的無力感到悲傷，她無法保護年幼的女兒，只能眼睜睜地看著女兒在飢寒交迫中死去。

越冬的冰雪又硬又緊實，以她的力氣根本挖不起來。如果就這樣放棄，把女兒埋在雪中，等到春天的時候，女兒的屍體就會暴露在外。雖然無法保護女兒的生命，至少希望能夠把她埋進土裡，卻也無法如願。她痛恨自己的無力，忍不住趴在雪地裡哭了起來。就在這時，那個男人出現，協助她埋葬了女兒。

男人名叫項梁，和園糸一樣失去了家園，漫無目的地四處流浪。不知道他以前是不是木工，背在身上的書笈裝滿了用木頭做的雜貨，以及用邊角料加工的玩具。他在旅途中走進街道旁的山中，砍下竹子和樹枝做為材料，然後加工成湯勺和湯匙之類的雜貨。雖然價格都很便宜，但因為不需花費材料費用，所以勉強可以維持生計。

園糸去馬州西部的那個城鎮準備過冬之後，曾經在街頭看過這個男人好幾次。項梁在街角用笛子吹著歡快的曲子，吸引許多小孩子上門，然後他遞上那些可愛的玩具送給孩子。當小孩子高興地牽著母親的手聚集過來時，他有說有笑地開始賣雜貨。雖然他只是一個普通的小販，但瘦高的個子讓她想起丈夫，所以吸引了她的目光。他很親切，一雙細長的眼睛笑的時候瞇得更細了。每次看到小孩，整張臉都笑開了。這樣的他讓她想起了失去的丈夫——雖然他看起來比丈夫年長十歲——所以印象很深刻。

那個男人向蹲在雪地上的園糸伸出了援手。他制止園糸用雙手挖雪，把燒熱的石頭放在她手上，然後代替她挖開了雪，挖起了硬得像鐵塊般凍結的泥土，埋葬了園糸的女兒。結束之後，又帶他們母子去客棧吃飯，還送玩具給栗。當他得知園糸母子住在里祠的屋簷下，立刻叫他們住進自己所住的客棧，之後就在各方面照顧他們。春天來臨，冰雪消融，聚集在市井的難民和遊民紛紛啟程，他說要護送園糸母子上路。當園糸告訴他，自己並沒有可去之處時，他說會協助他們母子找安身之地。他說自己也沒有目的地，所以會送他們到可以安居的地方。

「等到了里之後，看能不能找到舊衣服。」

項梁說完，看向坡道上方。荒涼的道路前方有一個不大的里，圍牆在夕陽的映照下閃著紅光。

「栗，馬上就到了，再加把勁。」

項梁說完，牽起了栗的手。

2

三個人影爬上街道，前方的街道旁有一個不大的里，靜靜地佇立在那裡。

這個里雖然沒有戰亂的痕跡，卻也無法擺脫荒廢的命運。里周圍的城牆內是一片既無活力，也沒有喧囂的寂靜，路上沒有人影，也很少看到敞開的窗戶，更無法隔著窗戶看到居民的身影，在里周圍的空地上，總算看到了居民的身影。一個年輕人正把幾隻山羊從空地趕回里閭。年輕人來到里閭，在走進里之前不經意地回頭看向街道，然後看到了正慢慢爬上來的三個人影。男人牽著一個孩子，一個年輕女人跟在後方。

他——去思忍不住皺起了眉頭。

以前的街道總是擠滿前往道觀的人潮，如今很少有人經過，只有偶爾見到附近的居民，而且人數也很少。話雖如此，並不是完全沒有旅人誤闖入這裡。

去思站在原地想要看那三個人的去向。這個里只有一道里閭，向南的里閭前有一條路穿越空地，和街道交會。他微微舉起手遮住夕陽，瞇起的雙眼看到那三個人毫不猶豫地走在穿越空地的那條路上。走在最前面的男人看到去思後，露出了親切的笑容。去思在內心重重地嘆了一口氣，用手上的木棒把山羊趕回里內，自己站在里閭前等待那幾個旅人。

「你好。你是這個里的人嗎？」

男人用開朗的聲音問。去思點了點頭。

「我們好不容易才走到有人居住的里。」

男人笑著說，拉了拉三歲孩子的手，似乎在激勵他。跟在後方的女人也鬆了一口氣，露出笑容。

「這個里有客棧嗎？」

男人走近後問，去思尷尬地開了口。

「不能在這個里留宿。」

男人一臉驚訝地停下腳步。

「這裡規定不能讓外人進入……很抱歉。」

去思說完這句話，立刻移開視線，所以不知道男人臉上露出了怎樣的表情。也許是失望，也許是憤怒。這也是理所當然的事。街道旁沒有住人的里，即使有里廬，也都是無人的廢墟。他們來的方向離這裡最近的市井，徒步需要一天，更何況配合幼童的腳程，一天根本走不到這裡。他們昨晚應該露天而眠。

——事實上，他們三個人昨天在街道旁的窪地過夜，前一天夜晚睡在搖搖欲墜的廬家。園糸已經有兩天沒有在床上睡覺，也沒有好好吃一餐飯了。

「……前面有能住人的里嗎？」

項梁問尷尬地移開視線的年輕人。

「雖然有，但要越過山頂，需要兩天的時間。」

「怎麼會這樣？」園糸叫了起來，項梁用眼神安慰了她，然後走向年輕人。

「能不能想想辦法？你也看到了，我們帶著小孩子，如果大人要走兩天，帶著孩子至少要走三天。現在早晚都很冷，這個季節連續三天露宿在外，無論小孩子或他媽媽都吃不消，而且我們已經露宿兩晚了。」

年輕人聽到項梁這麼說，難過地搖了搖頭。

「是嗎？」項梁灰心地嘀咕著。園糸也不得不接受。一路流浪，自然知道一件事——恬縣很窮。在瑞雲觀受難後就持續沉淪，只差一步就滅亡了。這個里的居民只能勉強度日，根本無法把物資分給外人，也沒有餘力照顧外人。

並不是只有這個里而已。原本各里都可以自由出入，如今有許多里都把外人擋在里閭之外。尤其像這個里一樣，只有屬於這個里的居民生活的小里，這種傾向更加強烈。戴國的冬天寒氣逼人，居民必須靠存糧捱過冬天。一旦各家各戶和里府的義倉內的存糧耗盡，就只能一起餓死，所以他們最怕人口增加。有時候一時心軟接納了外人，外人可能就賴著不走，所以紛紛關上里閭。有些里擔心小孩子人數增加，甚至把里祠也關閉了。

項梁再次拜託年輕人。

「我們不會留在這裡，只是想找一個沒有風，也不必擔心夜晚露水的地方休息一晚。即使讓我們睡在里祠的屋簷下也沒關係，可以讓我們借宿一晚嗎？或是只分給我們一點食物也可以，我們當然會付錢。如果可以讓我們暫睡在屋簷下，我們也會付錢。」

「很抱歉。」

「那可以賣一點食物給我們嗎？我們帶的糧食可能撐不到三天。」項梁問。

「對不起。」年輕人鞠躬道歉。

「拜託了。」站在項梁身後的園糸也說道：「請你幫幫我們。如果沒辦法幫我們，至少救救這個孩子。」

「……我很同情你們。」

園糸注視著年輕人，年輕人臉上的表情似乎在說，他也無能為力。

「那也沒辦法。」項梁嘆了一口氣，「……園糸，我們走吧。」

「項梁，但是……」

「大家的日子都不好過。走吧。」

項梁催促著不願離去的園糸，但他牽著的栗更不願離開。他似乎想進去這個里，指著里閭皺起了臉。

「栗，不是這裡。」

即使項梁安撫，栗也不停地搖頭。連這麼小的孩子，也知道住在這裡比較好。項梁不由分說地想把他抱起來，他放聲大哭著。栗向來很能吃苦，但一路走來實在累壞了。站在里閭前的年輕人聽到栗的哭聲，露出了痛苦的表情。園糸看到他的表情，終於瞭解到——這個里真的不可能接受外人。

項梁抱起了扭著身體放聲大哭的栗，轉身走回街道的方向。園糸也跟在他身後，依依不捨地看向身後，發現那個年輕人低著頭，似乎不敢正視他們。掛在里閭高處的匾額寫著「東架」這兩個字，好像俯視著那個年輕人。

「……對不起。」

園糸沿著街道慢慢往上走時向項梁道歉。流浪的目的地當然由園糸決定，項梁只是「護送」園糸，但園糸根本無處可去，只是毫無計畫地從馬州來到江州，沿著街道一路南下。園糸最近有點舉棋不定，不知道到底該繼續南下，還是改變方向前往鴻基。如果去鴻基，街道兩旁會很熱鬧，但遭遇無賴和草寇的危險也會增加，而且住宿和食物的價格也比較貴。她遲遲拿不定主意，每次都胡亂選擇，結果誤闖的捷徑通往這條一片死寂的街道。

「全都怪我一直拿不定主意。」

「沒關係，」項梁用開朗的聲音說：「不必在意，反正再撐三天就好。」

雖然項梁這麼說，但園糸聽著栗哭哭啼啼的聲音，不由得感到很可悲。

園糸從戴國東北部往西，穿越文州，跨越馬州，來到江州後一路南下到這裡。因為並沒有明確的目標，所以沿途在各地來來回回。他們一路流浪，親身瞭解到一件事——戴國真的很窮，根本沒有餘力幫助流離失所的旅人。照這樣下去，真不知道要怎麼熬過今年冬天。栗的哭聲聽起來格外刺耳。

年幼的栗絕對需要充足的食物和不會受寒的睡床才能撐過寒冬，必須找到可以安身的里，才能夠找到食物和睡床。然而，這個國家的狀態一年比一年差，在這個已經沒有餘力接納旅人的國家，到底要怎樣才能找到這樣的地方？

項梁用開朗的聲音鼓勵她說：

「三天應該可以撐過去，幸好這幾天的天氣還不錯。」

項梁說完，撫摸著還在抽抽噎噎的栗。

「乖孩子，再忍耐一下，只要再過三天，就可以讓你睡在溫暖的床上，給你吃好吃的東西，然後還要幫你買衣服。」

栗終於停止哭泣，看著項梁問：「真的嗎？」園糸帶著溫柔的心情看著他們，覺得好像丈夫就在身邊。項梁和栗看起來像父子——沒錯，園糸至少有項梁的陪伴。

「對不起，你在各方面都這麼照顧我們。」

去年冬天，也是項梁為栗買了上衣。無論是住宿的費用還是食物，都仰賴他的幫助。項梁放聲笑了起來。

「只是這陣子而已，妳不必放在心上。」

「謝謝。」園糸露出微笑。她的笑容也變得很複雜。

——只是這陣子而已。項梁不止一次對她說這句話。項梁在客棧用木材製作雜貨、玩具時，園糸請項梁代為照顧栗，然後自己外出打工賺錢，賺取微薄的工錢，但項梁不願收她的錢。他每次都說，之後你們母子不管在哪裡安身，在那裡生活都需要錢，這一陣子就讓我幫助你們，妳就盡量存點錢。園糸每次聽他這麼說，就不得不想起這個男人只是旅伴而已。

一起流浪了半年，園糸不時覺得這種像是一家三口的狀態會永久持續下去，但男人的話每次都把她打醒。雖然目前在一起，但早晚會分道揚鑣——每次都提醒她，至少項梁抱著這樣的想法。

項梁或許會接受自己和栗——園糸始終無法放棄這份期待，但也始終無法完全相信。這個男人幾乎隻字未提自己的情況，不知道他在哪裡出生，也不知道他怎樣長大。他的生意賺不了多少錢，雖然材料幾乎不用錢，只不過那些雜貨也賣不了幾個錢，但園糸從來不曾看過項梁為錢發愁。他雖然不闊綽，卻也不拮据，身上應該有點錢，只是園糸不知道他的錢從哪裡來。項梁說自己無家可歸，所以一直在外流浪，但從來沒有提過他為什麼無家可歸。從他不經意的舉手投足中，覺得他好像是為了漂泊而流浪，而且看起來不像是沒有定性的人四海為家。項梁看起來雖然沒有目的，也沒有目標，但在他身上可以感受到無法停留在某個地方，必須做點什麼的迫切感。

項梁的內心有某些園糸看不到的東西，所以早晚會離開園糸和栗，不能指望這種狀態能夠一直持續下去。

園糸悶悶不樂，拖著長途跋涉已經痠痛的雙腳，默默爬上坡道。

去思仍然站在里閭前。三個人影在夕陽下在街道上漸漸遠去。從那個女人身上可以感受到旅途的勞累，那個小孩子也厭倦了流浪，男人帶著那對母子應該很辛苦。去思很想叫住他們，叫他們至少在這裡住一晚，但去思無法憑一己之見決定這件事，居民不可能同意這件事。這個里很貧窮，就連稍微寬裕的里也不願意收留外人。一旦收留了外人，就很難再趕人，所以一開始就不接受外人。更何況東架除了很貧窮以外，還有無法收留外人的隱情。

——希望他們的旅途一切順利。

他帶著這樣的想法目送三個人離去，聽到了啪答啪答的腳步聲。回頭看向空地，發現一個男人從里周圍的圍牆角落竄了出來，不顧一切地奔跑著。那個男人也住在這個里，他上氣不接下氣地跑過來，張大了嘴好像要說什麼，接著看向街道的方向，閉上了嘴，跌跌撞撞地跑過來，抓住了去思的手臂。

「……山上、有人。」

去思聽到男人好像嘆氣般壓低聲音說話，驚訝地看著他。

「有兩個人，而且、有騎獸。」

男人喘息著竊聲說道，去思小聲問他：

「有騎獸？衣著打扮呢？」

「身上的衣服、很高級，而且不是普通的騎獸。」

去思重新握緊了剛才趕山羊的木棒。那是很堅硬的橡木棒，使用多年，已經變成麥芽糖色的木棒兩端留下了淡淡的血跡。

「——在哪裡？」

「剛才看到他們從普賢寺遺跡的那座山峰下來。」

去思點了點頭。

「我先過去，你去通知其他人。」

男人喘著氣點了點頭，去思握緊木棒跑了起來。他瞥了一眼在街道上遠去的三個人，沿著城牆，在空地上奔跑。

3

夕陽西下，禁苑凌雲山巨大的影子落在街道上。園糸抬頭看著漸漸變暗的天空，項梁也仰望著天空。

「天快黑了，是不是該找地方過夜了？」

園糸點了點頭。他們離開匾額上寫著「東架」的那個里並沒多久。往山峰的坡道坡度很陡，而且曲折迂迴。雖然走了不少路，雖然已經精疲力盡，但其實並沒有走太長的距離。

「你們等我一下。」項梁說完，把栗交給園糸，爬上了街道旁的陡坡。他爬到擋住視野的頂端後，立刻跑下來，搖了搖頭說：「這一帶都是岩石區和草叢，繼續走這條路也沒有地方可以睡覺。雖然有點辛苦，但越過這個斜坡前方有一片樹林，那裡應該有可以遮蔽夜間露水的地方。」

「是嗎？」園糸有點失望地嘆著氣。今天晚上也要露宿嗎？她握著栗的手，沿著陡坡往上爬。晚上的時候，草叢中會有很多露水，根本無法入睡，而且西方的天空很暗，也許入夜之後會變天。這個季節早晚溫度很低，夜晚下雨就更冷了。尤其栗年紀還小，一旦被淋成落湯雞，身體也會很快失溫。雖然樹林可以遮蔽風雨，只是不知道能夠擋住多少。

園糸在岩石和茂密的雜草中尋找可以踏腳的地方，爬上陡坡。費了九牛二虎之力爬到頂端後，如項梁剛才所說，看到一片開闊的草地。經過這片草地——和緩的草地斜坡，前方有一片樹林。以方位來說，等於又回到了剛才的來路。

——照目前的情況，不知道要幾天才能抵達越過山頭的那個市井。

雖然她這麼想，但還是用開朗的聲音對栗說：「繼續加油，我們去那裡。」然後撥開草叢繼續走，沒走幾步，栗就開始哭鬧。對這麼年幼的孩子來說，這條路的確太辛苦了。雜草很茂密，而且草叢中不時有像是道觀殘骸的瓦礫，一不小心就會被絆到。更何況他們已經有兩天沒有好好休息，想到栗的年紀，就覺得他能夠撐到這裡已經非常了不起。園糸想要抱起兒子安慰他一下時，項梁放下了原本背著的書笈，把背帶掛在手臂上，在栗的面前蹲了下來。栗高興地爬上了他的背。

——如果可以一直這樣下去，不知道該有多好。

栗也和項梁很親近，如果項梁離開，他一定會很難過。最重要的是，園糸會感到很不安。這個國家已經荒廢，到處都是窮困的百姓。即使能夠找到安身的地方，也必須在這樣的環境下帶著栗在陌生的里展開生活。

園糸心事重重地爬上草地。好不容易來到這一大片雜草叢生的緩斜坡中段時，走在前面的項梁把背上的栗放了下來，把原本掛在腰上的皮袋放進懷裡。皮袋裡裝了好幾把小刀，園糸以為他找到了適合加工的好木材，忍不住左右張望，但離前方的樹林還有一段距離，左右都是秋草蔓延的岩石斜坡。項梁回頭看著園糸，園糸加快腳步跟上去時，他把栗交給了園糸。

「對不起，他很重吧？」

「沒關係，但妳牽著栗，千萬不要放手。」

「怎麼了嗎？」

「沒事。」項梁有點緊張地說完後，回頭看向斜坡上方。園糸也順著他的視線望去，似乎看到有影子閃過樹林邊緣，消失在樹林中。

「剛才那個是……？」

「嗯，可能是狐狸。妳哄一下栗，小心他又哭鬧，剛才走了那麼多路，他一定累壞了。」

「喔……也對。」

園糸重新握住了栗的手。項梁背起書笈，拿著原本插在腰帶上的笛子。每當栗走累的時候，項梁就會吹笛子給他聽。栗很喜歡聽項梁吹笛子，總是配合著歡快的旋律，心情愉快地邁開步伐。項梁笑著對栗說「加油加油」，然後把笛子放在嘴邊，立刻響起了歡快的音色。

園糸不太懂音樂，但她覺得項梁的笛子吹得並不好。不，笛子本身就很粗糙，所以吹出來的音色並不優美，卻可以讓人心情變得愉快。栗也舉起另一隻空著的小手，時而握拳，時而鬆開，笑著跟在項梁身後。

項梁的笛子聲突然停了下來，他停下腳步，看著旁邊。

就在同時，有兩、三個黑色人影從高處的岩石區撥開草叢衝了出來。

園糸驚訝地停下腳步，當她看到衝出來的男人手上都拿著鐮刀和釘耙時，下意識將栗抱入懷裡。那幾個男人個個身強力壯，一臉凶相，好像在威嚇般看著園糸他們。

「不是他們。」其中一個人說，輕輕咂嘴後轉頭巡視左右，「剛才的人去了哪裡？」

那個人咬牙切齒地說完後，目露凶光地看著園糸他們問：

「你們有沒有看到帶著騎獸的兩個人？」

「沒有。」園糸拚命搖頭。她仔細看清楚後，才發現三個男人中，有一個人拿著弩弓。拿著弩弓的矮個子男人好像在估價似地打量著他們。是草寇。園糸不由得渾身發抖。在窮困地區，經常有人搶奪旅人的財物，而且是普通的居民利用空閒時間攻擊路過的旅人，搶走財物。因為他們只能靠這種方式苟延殘喘，聽說還有整個里的人都以當草寇為生。園糸的懷裡有靠項梁的幫助存下的一點錢，雖然金額很少，但如果被搶走，日後的生活就沒了著落。

拿著弩弓的矮個子男人用鼻子輕輕哼了一聲，放下武器。

「前面什麼都沒有，你們趕快回去街道，快走吧。」

他是不是覺得我們身上沒什麼錢？園糸暗自鬆了一口氣，按住了胸口。

「等一下。」拿著釘耙的巨漢說道：「最好還是檢查一下，這種人往往容易讓人鬆懈。」

園糸忍不住按著胸口後退，矮個子男人立刻發現了。

「——那個女人懷裡藏了什麼東西。」

園糸覺得渾身幾乎失去了知覺。光是被搶走財物也就罷了，但遭到搶劫的被害人幾乎都會被殺人滅口。園糸緊緊抱住了栗。至少要讓兒子活下來。為了照顧兒子，自己也不能死在這裡。但園糸並沒有能力打敗這幾個草寇，即使抱著栗逃命，腰腿也已經嚇得發軟。即使是項梁——園糸看著身旁的男人。在這個時代，出門長途旅行，他身上竟然沒有帶一把劍。他溫和善良，因為太老實，為了照顧園糸母子，結果來到這種地方。

「如果你們要錢，我可以給你們，所以……」

至少不要殺我們。正當園糸打算這麼說時，岩石區上方傳來說話聲。

「他們只是無處可去的旅人。」

抬頭一看，發現是剛才在里閭前遇到的年輕人。他一隻手拿著木棒。剛才見到他時，他也拿在手上用來趕山羊，原來——

年輕人重新握好木棒——不，原來是棍棒，一臉歉意地看著園糸他們。

「你們不要繼續在這裡打轉，什麼都別想，趕快離開。」

園糸點了點頭，正打算轉身離去，一個壯漢擋在她面前，用力抓住她的手臂。

「把懷裡的東西拿出來。」

園糸還來不及發出慘叫聲，項梁就擋在她面前。園糸忍不住大叫：

「項梁，別這樣，不要反抗——他們要錢的話，我可以給他們。」

園糸準備把手伸進懷裡，項梁簡短地說了聲「別拿出來」，制止了她，「妳以後需要用到這些錢。」

項梁的聲音很平靜，他的鎮定自若讓園糸感到驚訝，抓住園糸手臂的壯漢也警戒地瞇起眼睛。項梁淡淡地說：

「放開園糸，我們馬上離開。」

「那可不行。」

壯漢說完，抓住園糸手臂的手更加用力，試圖扭她的手，項梁立刻向男人伸出了手。園糸不知道他做了什麼，只知道他抓住男人的手臂，就讓原本粗暴地抓住她的手鬆開了。男人驚叫一聲跺著腳，然後殺氣騰騰地看著項梁。

如果抵抗，就會沒命了——園糸還來不及叫出口，壯漢已經揮起釘耙。園糸尖叫一聲，同時聽到栗也發出了尖叫聲。最糟糕的狀況發生了——園糸腦海中閃過這個念頭時，剛才揮著釘耙的男人蹲了下來。

那幾個草寇愣在原地，蹲在地上的男人額頭頂著地面呻吟著，項梁面無表情地看著他，他手上拿的既不是劍，也不是小刀，而是那支笛子。

園糸驚訝地注視著項梁，手拿鐮刀的男人咆哮著，項梁的笛子擋住了揮起的鐮刀，然後向外一撥。男人重心不穩，整個人向前衝。就在同時，手拿弩弓的矮個子男人發出一聲慘叫，原本拿著的弩弓掉在地上，手上插了一把小刀——項梁用來加工木製品的小刀。剛才拿鐮刀的男人重新拿起武器撲向項梁，但項梁躲過他伸出的手，他的手被項梁的笛子打中，發出了慘叫。

項梁推著目瞪口呆的園糸說：「離開這裡，快跑。」

園糸點了點頭，被推開的同時牽著栗的手，朝向唯一沒有人阻擋的方向跑了起來。她回頭看了一眼，發現剛才蹲在地上的人站了起來，面目猙獰地吼叫著。背對著園糸的項梁鎮定自若地看著他們。在園糸確認這一幕的同時，栗好像從茫然中清醒，放聲大哭起來。園糸抱起他，撥開草叢奔跑著——至少要跑進樹林，只要跑進樹林，天色暗下來之後就不會被發現。

園糸上氣不接下氣地跑著，前方有幾個男人衝了出來。

園糸慌忙停下腳步，但踉蹌了一下，當場倒在地上。栗嚎啕大哭起來。即使不需要看他們手上的武器，園糸也知道那是草寇的同夥。當她看到其中一個人身上那件有點髒髒的外袍上發黑的舊汙漬時，忍不住感到頭暈。那個男人氣勢洶洶地問了一句：「怎麼了？」雙眼瞪著斜坡下方。園糸身後的斜坡下方傳來項梁的叫聲。男人見狀，舉起了原本隨意拿在手上的劍。

園糸立刻把栗抱在懷裡。她閉上眼睛，做好被砍的準備，但既沒有感受到衝擊，也不覺得疼痛。耳邊響起怒叫聲，還有好幾個沉重的腳步聲和像是悲鳴的叫聲。然後聽到了異樣的聲音。園糸驚訝地抬起頭。因為她聽到野獸的叫聲和翅膀的聲音。是妖魔。她不加思索地想道。在這麼想的同時，想起剛才衝到他們面前的男人曾經問他們：「有沒有看到帶著騎獸的兩個人？」

園糸睜開眼時，發現前方有一頭巨大的野獸。白色的身體，黑色的腦袋，其中一名草寇被野獸壓低的頭撞了一下，立刻飛了出去。

「站起來。」

有一個低沉的聲音說道。園糸回頭一看，一個身材高大的女人站在她身旁。

「妳帶著孩子去草叢裡，然後趴下來。」

那個聲音氣定神閒。園糸不安地點了點頭，抱著栗衝下斜坡。她跌跌撞撞地衝進岩石區，跳進了草叢，正想要趴下來時，腳下一滑。她正想站起來，卻發現踩不到地面。

她甚至來不及發出叫聲，一手抱著栗，另一隻手抓住了草，但下半身向下滑，懸在半空。她感覺到自己抓著的那把草連根被拔了起來。至少要讓栗保住一命——她正想把抱在手上的兒子丟上斜坡，眼前卻浮現栗為了尋找自己，走到草寇面前的景象。

到底要放手，還是……？她在剎那之間猶豫著，兩腳拚命掙扎，試圖尋找可以踩踏的地方，但原本懸空的腳尖不知道碰到了什麼東西。

即使轉過頭，也看不到下方，只知道下面有一雙手托住了她的腳。是草寇的同夥嗎？但如果想要害自己，應該把自己往下拉，並不會在下面托住自己。正當她在尋思時，不小心稍微鬆開了抓住草的手，她抱著栗滑了下去，胸部以下都滑到了懸崖下方，但有一雙手從下方用力托住了園糸，不讓她繼續往下滑。園糸再次回頭，這次看

到懸崖下方有一個人影。那個人影看起來像十幾歲的少年，對她點了點頭，園糸鬆了一口氣，放開手中抓住的草。她的身體往下滑，落在托住她的雙手中，腳尖很快便碰到了地面。那個斷坡差不多剛好一個人的高度。

——得救了。

園糸渾身癱軟，放下抱在手上的栗，整個人癱坐在地上。頭頂上傳來怒罵聲和殺氣騰騰的聲音，但至少現在什麼都看不到，聲音也好像隔了一層般遙遠。她覺得自己逃離了危險的地方。

「妳沒事吧？」

有一個聲音小聲問道，生怕被別人聽見。

「我沒事，謝謝你。」

園糸小聲回答，剛才托住她的少年露出了微笑。園糸看著他，不由得感到難過。她也不知道其中的原因，也許是那名少年看起來讓人心痛。可能是因為他的臉看起來很憔悴，也可能從他身上的衣服可以感受到旅途的勞累，或是他一頭不同尋常的黑髮剪短的關係。他是出家人——或是身邊發生了極大的不幸，正在沉痛地服喪。

園糸很想反過來問他：「你沒事吧？」她連自己都搞不懂為什麼會有這種想法。少年把手放在栗的頭上，為被剛才那一幕嚇傻，忘記哭泣的栗撥掉頭髮上的枯草和泥土。

他們站在好像被挖空的斷坡下方，剛好有低崖擋住，下面是一片長滿秋草的陡峭岩石區。岩石區下方還有一個斷坡，那個斷坡並不高，下方長得很高的草叢中有一頭巨大的野獸。

——帶著騎獸的兩個人。

「……你和那個女人是一起的嗎？」

園糸問，少年點了點頭，一臉擔心地抬頭看著懸崖。怒罵聲不知道什麼時候停了，在蒼茫暮色中，聽不到鳥啼聲，只聽到雜草在秋風中擺動的聲音。現在到底怎麼樣了？園糸感到不安，左右張望著。旁邊有一片可以往上爬的岩石。她牽著栗的手，戰戰兢兢地爬上岩石，向懸崖上方窺視，看到剛才的女人站得遠遠的，項梁跑向她，但不見騎獸和草寇。不，可以看到好幾個人影倒在草地上，低聲呻吟著，而且也還在蠕動，看起來並沒有死。只不過人數比剛才看到時少了好幾個，可能有人逃走了。

園糸在感到鬆了一口氣的同時，急速感到不安起來。

項梁唯一的優點就是很老實——園糸一直這麼認為。在旅途中受到不公平的對待，他也從來不發脾氣。即使捲入紛爭，他也從來不會大聲說話，看起來完全不像面對草寇的恫嚇，仍然能夠面不改色的勇敢男人，更絕對不可能把草寇打得落花流水。

「妳沒事吧？」

項梁跑到女人身邊問，園糸也聽到了女人回答的聲音。

「沒事，你也沒有受傷嗎？」

「沒有。妳剛才救了我的同伴，謝謝妳。」

已經爬上懸崖的園糸聽到項梁開朗的聲音，站在草叢愣住了。項梁既沒有慌忙，也沒有緊張，看起來完全不像是幸運躲過草寇的攻擊，好像對他來說根本是理所當然、輕而易舉的事。

「不值得道謝。」那個女人也氣定神閒，「反而是我們把你們捲了進來，很抱歉。」

「你們好像被盯上了，妳的同伴呢？」

「在下讓他躲起來了。你剛才就發現我們嗎？」

「對。」項梁笑著說：「我看到幾個奇怪的傢伙偷偷摸摸地從斜坡上下來，好像在追什麼人，結果就看到你們逃進樹林。雖然我們也可以躲起來，但後來想可以把他們引開。」

「原來是這樣，謝謝你幫忙。」

「不，我帶著女人和孩子，這麼做似乎太魯莽了，幸虧妳救了他們，太感謝了。」

這到底是怎麼回事？園糸慢慢走過去，內心感到很不安。她覺得有哪裡不對勁，似乎發生了不好的事。項梁剛才就發現了草寇，難怪他的舉止有點不對勁，但即使發現了草寇，他仍然沒有逃走。

「——這是鐵笛嗎？」女人指著項梁的笛子問，「在下第一次看到會用鐵笛的人。」

女人在說話的同時，把什麼東西遞給了項梁。

「這是飛刀吧？你似乎也很精通暗器。」

項梁聽到女人這麼說，驚訝地眨了眨眼睛。園糸目瞪口呆地走出草叢。項梁察覺到動靜，轉頭看著她，露出滿面笑容。

「妳沒事吧？有沒有受傷？」

園糸點了點頭，抱緊了現在才終於發出哭聲的栗。

「栗也沒事嗎？」

園糸再度默默點頭，走向項梁的方向，她感到極度不安，不知道為什麼，她很害怕。鐵笛是什麼？飛刀又是什麼？剛才那個女人提到了暗器，那又是什麼？項梁為什麼有這些東西？

正當她在想這些問題時，聽到了輕微的動靜。園糸才離開的草叢搖晃了幾下，剛才的少年走了出來。

「啊啊——很抱歉。」

女人在說話的同時，項梁偏著頭。「他是在下的同伴。」女人對項梁說完，跑過來和園糸擦身而過。這時，園糸看到了——她現在才發現，那個女人只有一隻手。

女人跑到少年身旁，用自己的身體擋住了園糸他們的視線，不知道小聲和他說了什麼。

項梁一臉詫異，頻頻看著少年和女人。怎麼了嗎？園糸走到他身旁，正想問他時，項梁臉色大變，猛然衝向女人和少年，對園糸向他伸出的手視而不見。

項梁對那兩個人說了幾句話——然後看著園糸。他臉上露出了園糸以前從來沒有看過的表情。那是拒人千里的表情，和園糸之間出現了難以靠近的距離。

「園糸，妳趕快去里。」

「──啊？」

「不好意思，我無法再繼續護送你們了。」

這個剎那，園糸知道「那一天」終於來了。她早就做好了這一天會出現的心理準備，但為什麼是現在？為什麼是充滿秋日將盡預兆的今天？這附近根本沒有可以投靠的里，而且才剛遭到草寇的攻擊，天色也快暗了。

項梁從懷裡拿出錢囊塞到園糸的手上。

「拿去補貼以後的生活。」

園糸愣在那裡不知道該說什麼，也無法伸手接過項梁給她的東西。項梁突然抬起了頭。

「──後面！」

項梁大叫一聲。他是對園糸身後的兩個人說的話。園糸順著項梁的視線望去，看到其中一人──那個少年身體猛然傾斜。

4

前一刻，去思在草叢中慢慢爬行。

他好不容易從混戰中逃了出來。同伴不是逃走，就是被制伏了。這也不能怪他們，那一男一女——那兩個人太厲害了。

——原本以為他們只是普通的旅人。

同行的女人叫他項梁。在里閭見到他時，還心生同情地目送他離去，自己真是太傻了。男人拿在手上的原來是鐵笛。雖然看起來像笛子，也可以吹出音色，但裡面是用鋼做的，是足以殺傷他人的暗器。而且男人還會使用飛刀。那是投擲專用的小刀，而且他的高強武藝令人不寒而慄，絕對不可能只是普通的旅人。

至少他會使用武器，而且藉此為生。那個女人——並不是那個叫園糸，帶著孩子的那個女人，而是帶著騎獸的女人——也一樣。女人雖然只有一條手臂，但顯然很擅長用劍。去思和同伴完全不知道面對的是這樣的高手，畢竟他們是和武力無緣，只是擁有武器的團體。

——但無論如何都不能就這樣逃走。同伴倒在地上，如果他們還活著，必須趕快救他們，最重要的是不能放過那幾個闖入山裡的人。

——那兩個帶著昂貴騎獸的人，其中一人有佩刀。和他們同時出現的男人精通暗器。他們都遠離街道，走進山裡。

我知道他們是誰。去思心想。無論如何都要收拾他們。去思感受到內心的急切，悄悄地沿著斜坡爬行。幸好天色暗了下來，視野並不理想，而且起風了。他慢慢爬著，盡可能不發出任何聲音，接近站在那裡的那夥人。途中經過了倒在地上的同伴身邊。

「……沒事吧？」去思壓低聲音。

同伴發出輕微的呻吟點了點頭。他似乎無法動彈，但幸好還活著。去思猶豫著該不該救他，同伴催促著他：「快去……拜託了。」

同伴眼中的急切比痛苦更加強烈。去思接受了他的懇求，點了點頭。他留下同伴，離開那裡，繼續爬向那夥人。他在離他們只有咫尺距離的地方停了下來，躲在草叢中觀察。只看到獨臂女人，不見同行的騎獸。剛才看到騎獸去追逃走的同伴，可能還沒有回來。女人身旁——靠近去思的位置有一個看起來比女人更纖瘦的人影。帶著孩子、名叫園糸的女人，和名叫項梁的男人站在他們後面。項梁低著頭，正在和背對著這裡的園糸說什麼。去思見狀，猛然衝了出去。在他站起來的剎那，看到項梁抬起了頭。去思不理會他，向前兩步，抓住靠近他的那個人往後退。園糸和那個女人大吃一驚地轉過頭。

「不許動！」

去思用力吸了一口氣，拿小刀抵住人質。用小刀抵住時，才知道那是十幾歲的少年。他把刀尖頂在大吃一驚的少年喉嚨上，自己的手很不中用地顫抖不已，好像得了瘧疾般。

「別亂來！」獨臂女人叫道。

去思慢慢後退，大聲喝道：「不許動！」

他不希望他們有任何行動——尤其是那個使用暗器的男人。

女人和項梁就像凍結般僵在那裡，只有那個叫園糸的年輕母親沒有聽從。

「不要這樣——請你不要這樣。」

園糸說著，把手伸進懷裡，拿出錢囊，雙手捧著獻給他。

「你可以拿走，我們不會去告官，所以請你放過我們。」

去思邊退邊皺起了眉頭。他們似乎把自己當成了草寇，這種誤會讓他鬆了一口氣，但也同時感到狐疑。園糸不是和項梁一起的嗎？既然這樣，她應該知道項梁為什麼要入山。去思再度打量著項梁和女人。

「……你們是什麼人？來這裡幹什麼？」

項梁回答說：「我們只是旅人，你不是知道嗎？」

「會使用暗器的旅人嗎？而且旅人為什麼偏離街道，跑來山裡？」

「因為你不讓我們進去里裡面，所以我們在找過夜的地方，總不能睡在路邊吧？所以想去林子裡過夜，只是這樣而已。」

「那為什麼和他們分頭行動？」

另外兩個人帶著騎獸。騎獸就是在世界中央的禁域黃海獵獲的妖獸，在馴服後做為坐騎使用，雖然有可以飛空等優點，但數量有限，因此價格也很昂貴。那兩個人騎的並不是普通的騎獸，絕對不是市井小民或是有點小錢的商人騎的那種騎獸，而是士兵打仗用的騎獸。而且不是普通的士兵，只有軍隊的空行師，或是將軍、師帥等有相當地位的將官，才可能有這種騎獸。剛才去思和同伴追著這兩個人進山，結果這個男人前來救援。男人假裝是普通的小販，帶著母子同行，但其實是會用暗器的高手。去思覺得他們都是同夥。男人用母子做為掩飾從街道走來，另外兩個人騎著騎獸降落在山中，雙方分頭行動，神不知，鬼不覺地前往事先約定的地點會合。

「哪裡有什麼分頭行動？我們根本不認識，真的是偶然遇到而已。」

「怎麼可能？」

「雖然聽起來不可信，但這是事實。這一帶的街道完全沒有樹木，這一陣子晚上的露水很重，而且也快下雨了。我帶著女人和孩子，總不能睡在岩石上，所以只是來這裡找過夜的地方。結果就看到了你們，我覺得他們被草寇盯上了。對了，你們是誰？為什麼要攻擊他們？為什麼要攻擊我們？是為了錢嗎？如果是這樣，錢都給你們，把這種危險的東西收起來。」

去思眉頭皺得更緊了。因為他覺得項梁的聲音中帶著一絲懇求。去思當然不相信項梁說的話，項梁也很清楚這一點，但仍然拚命想要說服自己。這個男人為什麼這麼不顧一切？

去思正在思考，聽到一個平靜的聲音。

「放開我。」

那是被去思從背後架住的人質的說話聲。

「我不會逃走，你說說你想要什麼？」

去思慌了手腳。因為人質的語調太平靜了。剛才只是因為他離自己最近，所以就順手抓了他，但他和那個女人一起來到這裡，搞不好像項梁一樣武藝高強。去思握著小刀的手忍不住用力。果真如此的話——去思完全沒有勝算，更何況他原本就不擅長這種事。

正當他這麼想的時候，項梁突然叫了起來。

「將軍，萬萬不可！」

去思立刻看向項梁看著的方向——看著獨臂女人。女人拔出了劍，正準備跑向去思，但聽到項梁的聲音猛然回頭，把劍指向項梁。現場氣氛一觸即發。

——這是怎麼回事？

去思陷入了混亂。項梁稱女人為將軍。可見自己想的沒錯，項梁和女人認識。項梁剛才說他們根本不認識，完全是彌天大謊。既然這樣，這幾個人果然是同夥，他們的目的當然是為了來探查山上的情況。所以，他們來這裡的目的是為了抓去思和其他人——是為了消滅這裡的人。但是，那個女人的劍竟然指向應該是同夥的項梁。

去思的混亂變成了緊張，手上的凶器握得更緊，連他都可以發現自己的手顫抖不已。刀尖正慢慢刺進有彈性的東西——項梁突然在他面前雙手伏地，他忍不住縮了手。

「住手！這位是台輔！」

去思目瞪口呆。女人驚訝地放下了劍，帶著孩子的年輕母親也愣住了。

「……台輔？」

去思突然意識到被自己抓住的軀體。自己抓過來、用刀子抵住的對象是……

去思知道，戴國目前沒有宰輔。一國只有一個宰輔，本性是麒麟，秉承天意，為國擇王。在遴選出一國之王後，輔佐王，將慈悲施予百姓。最為百姓著想的宰輔失去音訊——已經六年了。有人說已經慘遭毒手，但去思並不相信。他覺得宰輔一定平安地在某個地方，有朝一日，一定會回來戴國。

去思戰戰兢兢地探頭看著的對象靜靜地抬頭看著他，但他的頭髮——去思想到這裡，想起來之前曾經聽說過，這個國家的宰輔是黑麒。宰輔的頭髮其實是鬃毛，通常鬃毛都是金色，但這個國家的宰輔——泰麒的頭髮是黑色，所以並沒有問題。

項梁不理會一臉茫然的去思，面對著拿著劍的女人。

「妳看起來像是劉將軍——李齋大人，」他叫了女人一聲，鞠了一躬，「我是禁軍中軍的楚。」

「中軍……」女人——李齋喃喃說著，猛然睜大了眼睛。

「是中軍師帥的楚嗎？在下聽說有一個叫項梁的暗器高手。」

「對，我就是。」

項梁說完，轉身對著去思——對著人質，當場深深地磕首。

「……您平安無事，真是太好了。」

刀子從去思手上掉了下來。

「……真的嗎？」

去思雙腿一軟，當場跪了下來，茫然地抬頭看著的那個人靜靜地點了點頭。

「你呢？」

「我是——瑞雲觀的人。」

「瑞雲觀！」項梁和其他人驚叫起來。

「我是瑞雲觀的倖存者！」

六年前，瑞雲觀和鄰近的道觀寺院一起被燒光了，所屬的道士僧侶也都葬身火窟。去思和其他倖存者被附近的居民藏匿起來，總算活了下來。

去思當場深深磕頭。

「衷心期盼您的歸來……！」

第二章

十二國記

1

和元三十三年閏六月，戴國的新王登基。先王驕王崩殂後，歷經十一年王位無王的空位時代，戴國的黑麒泰麒遴選出以前的禁軍將軍乍驍宗為王，但新王時代在驍宗登基短短半年後就落幕了。事情發生在位於戴國北方的文州。

文州是氣候惡劣的地區。戴國北部的冬天都很寒冷，文州雖然積雪不深，卻是無人不知的極寒之地。春天姍姍來遲，夏天氣候乾燥，完全不適合農作物生長，也缺乏濃密的森林。百姓靠礦山維持生計。文州是知名的玉的產地，不僅在戴國遠近馳名，更是全世界屈指可數的產地。除此以外，還開採出規模並不算大的優質鐵礦，並擁有優質的金泉、銀泉和玉泉。礦泉和單純的礦山不同，可以湧出能夠生產出礦物的泉水，泉水孕育了礦石。天然湧出的泉水在地下孕育金、銀、玉這些珍貴的礦石，在開採這些礦石的同時，也在泉水中培養礦石。把成為核心的礦物放在水中——雖然需要經過很長的時間——就可以培育出高純度的礦石。位在瑤山南側的函養山是戴國歷史最悠久，也是最大的玉泉。

這些礦山基本上都屬於官方所有，官府全權掌控礦山，但由民間業者負責實際的營運，而且還細分為尋找礦床、挖掘坑道、挖掘礦石和搬運礦石等不同的作業，分別由不同的業者承包。尋找礦床的業者必須找到礦床或礦泉才有利可圖，所以見山就挖，於是挖掘坑道的業者就會挑剔指責，說他們試挖的坑道亂七八糟，增加了他們的作業難度，也增加了危險。挖礦石的業者又挑剔挖掘坑道的人，因為一旦坑道挖得慢，就會影響開採礦石的坑夫收入。坑夫又整天被搬運礦石的人埋怨。坑夫如果不工作，就沒辦法挖出礦石，工人只能在那裡乾等，根本賺不到錢，所以會一直催促坑夫趕快挖礦石，但即使坑夫再怎麼努力工作，如果礦石不搬出去，就變成坑夫沒有認真工作，所以坑夫又催促工人。在這種情況下，整天都吵個不停，於是能夠靠拳頭擺平一切的當地匪賊，也就是土匪的勢力逐漸擴大。

土匪調整各方的要求，讓各方和平相處。雖然會曉之以理，但也會用拳頭擺平事端。透過指揮調度，維持礦山的秩序，讓開採作業順利進行，結果就掌管了整座山，所以對文州一帶來說，土匪的勢力不可或缺。土匪勢力不斷增長之後，就開始為所欲為。府第為了百姓——或是為了自身的利益，開始加強管制，土匪當然會反抗。府第和土匪之間在礦山的利害問題上產生了衝突，於是紛爭不斷。

六年前也一樣。弘始二年——驍宗即位後的第一個新年剛過，土匪就占領了文州南部一個名叫古伯的地方。雖然派遣了王師前往鎮壓，但其他地方也暴動頻傳，而且規模持續擴大，最後發展為席捲了整個文州的叛亂。叛亂像野火般擴大，最後連王也御駕親征，然後被這場野火吞噬了。

弘始二年三月，驍宗在文州失去了音訊。同時，宰輔泰麒也從宮城消失——這就是六年前在戴國發生的事。

當時，項梁就在文州。他在被派去鎮壓暴動的禁軍中軍擔任率領一師兩千五百名士兵的師帥，當時接獲命令，要和文州師協力討伐引發暴動的土匪，解放被土匪占領的地區，營救被捲入暴動的百姓。

原本以為易如反掌。出征時，聽說土匪人數只有五百名左右，即使有地利之便，也根本不是一萬兩千五百名士兵的禁軍的對手。更何況文州也有州師，這麼一想，甚至覺得出動一軍的士兵有點小題大作，但下達討伐命令的驍宗認為，重要的是必須讓百姓知道國家會保護他們。

文州長期以來，都深受土匪的專橫之苦。之前的文州侯比土匪更陰險毒辣，和土匪之間為了利益糾紛不斷。無論主導權掌握在州或土匪手上，受苦的都是百姓，這些人魚肉鄉民，剝削民脂民膏，橫行霸道，無法無天，經常為了爭權奪利引發暴亂。文州的百姓敢怒而不敢言。禁軍一軍要展現軍威，讓文州的百姓知道，驍宗登上王位之後，不會再允許州侯專橫跋扈，也不准土匪放縱肆虐。戴國的新王不允許這種情況發生。驍宗為此派遣了中軍前往，然而，項梁他們的禁軍無法凱旋而歸。因為各地土匪好像串通好似地，暴動接連不斷，規模也持續擴大。

暴動如火燎原，一發不可收拾，即使在這裡滅了火，其他地方的火勢又燒了起來。在消滅之後，又有其他地方引發了更大的火勢。土匪串通勾結，戰況持續擴大。這已經不是暴動這麼簡單，是不是精心策劃的謀反？為了回應前線的這種懷疑，又從王都派遣了一軍的士兵，最後驍宗親自率領禁軍御駕親征。

照理說，王不會躬擐甲冑，但驍宗之所以御駕親征，是因為戰況持續擴大，和驍宗淵源極深的轍圍也將被捲入暴動的漩渦。為了保護轍圍遠離土匪——遠離戰禍，驍宗特地親自上陣，然後突然消失無蹤了。

王師不由得慌了手腳，耗費了大量時間和人力尋找驍宗的下落，和土匪的戰況完全陷入膠著。鴻基又派了新的一軍前來支援，才終於鎮壓了土匪，但現場極其混亂。就在這時，一隻鳥飛到了營地。同樣被派去承州鎮壓暴動的瑞州師女將軍——李齋傳來消息。阿選謀反。

項梁驚愕不已，但靜下心來思考之後，就發現事態很明確。原本覺得各地的暴動好像串通好似地不斷擴大，但其實就是串通好的，當初的計畫就是為了牽制項梁等王師留在文州，然後把轍圍捲入暴動，把驍宗騙離王宮。

我們完全中了計。項梁的主將——中軍將軍的英章痛苦地這麼說。八成是阿選在背後指揮了文州各地的暴動，把驍宗麾下的王師騙離王都，趁機篡奪王位。即使想要反擊阿選，目前只有巖趙軍一軍留在鴻基。即使項梁等人趕回鴻基，也很難攻下堅不可摧的王都。而且在接到「阿選謀反」的消息後不久，中央也傳來了李齋謀反的消息，說是李齋試圖討伐驍宗篡奪王位。形勢已經十分明朗，如果不向阿選輸誠，參加討伐李齋，就會變成叛賊。要向阿選投降，還是和李齋一樣變成叛賊？在面臨這樣的決斷時，英章把主要軍官和士兵召集到營帳內，明確地告訴他們：

「我要當逃兵。」

「——英章大人！」

「我會當逃兵，然後找一個地方潛伏下來。你們也可以自由決定。」

項梁和其他人都說不出話，英章看著他們，撇著嘴角，露出諷刺的笑容。

「這是形勢所逼，我們當然不可能向阿選投降，變成了叛賊，所以只能逃走。」

「不回去打仗嗎？」

討伐篡位者阿選——除了項梁和其他英章軍的士兵以外，同在文州的霜元軍、臥信軍的士兵也都認為這是理所當然的事。

「不打這一仗——因為白雉未落。」

這是李齋傳來的消息。白雉是一國中唯一的靈鳥，王登基時會鳴「即位」，當王崩殂時會鳴「駕崩」而落。雖然聲稱白雉因驍宗已崩而落，但這是阿選的欺瞞，白雉並未落。

「主上並未駕崩，既然如此，未來必有一戰，不是為了抵抗阿選而戰，而是阿選和主上正面對決。」英章冷笑著說：「只有屆時參戰，才是為驍宗主上效力。所以現在要逃離，找個地方隱姓埋名，等驍宗主上現身時急馳而來——但你們可以自由決定自己的去處。」

英章說完，打量著營帳內。

「因為我沒有財力養你們這麼多人，所以你們可以自由決定要逃離王師，躲藏起來，還是向阿選投降。但是……」

英章指著攤在桌上的地圖，那是轍圍、琳宇周邊的地圖，詳細標示了敵我的營地和成為戰場區域的地形。

「如果你們打算繼續效忠驍宗主上，就在這裡簽名，發誓一定會為了驍宗主上回來。這不是約定，而是像麒麟向王宣誓忠誠一樣，是絕對不可違反的誓約。」

這張地圖丟在紛紛表示同意的麾兵面前，他們的王在地圖上的某個地方失去了音訊。

「在此發誓，暫且忍耐雌伏，一旦主上現身，必定赴湯蹈火。無此決心者，悉聽尊便。打算向阿選投降者，記住一件事，你們的命數只到決戰為止。一旦主上和阿選決戰，我必取其首級。」

英章說完，露出冷酷的笑容。

「接下來是我的真心話，想要逃走的人，走在路上時，記得要低頭，不要和我對上眼，一旦和我視線交會，我手下不會留情。到時候心生恐懼的人，不要試圖逃遁躲藏，乾脆自我了斷。因為即使試圖貪生，壽命也差不了多少。」

項梁不知道到底有多少人在那張地圖上簽了名，至少地圖的正面和反面都簽滿了名字，沒有絲毫空白。英章帶著那張地圖，真的從此銷聲匿跡，項梁完全不知道他的消息，但也沒有聽說他落入阿選手中被處死的消息。既然沒有聽到這個消息，就代表他還在某處隱姓埋名，臥薪嘗膽。

項梁也丟棄了徽章，丟棄了戈劍、甲冑，離開了文州，之後就無所事事地持續流浪，等待決戰時刻的到來。

「李齋大人，我一直很擔心妳的安危，因為阿選派人在各地搜索。」

項梁注視著獨臂的女將軍——至少在項梁啟程前往文州時，這位將軍還有兩隻手。

李齋點點頭說：「正如你所看到的，在下勉強活了下來——雖然付出了很大的代價。」

他們正在一片廢墟的角落，據說這裡以前是普賢寺，只是已經被燒得滿目瘡痍。原本寺院所在的位置只剩下石頭堆積起來的基座，受傷的百姓躺在、蹲在不遠處的院子——如今已經長滿野草，完全看不到院子的影子。剛才攻擊李齋和泰麒的是道觀寺院的倖存者，和庇護他們的鄰近居民。他們看李齋和泰麒的騎獸和舉止，以為是阿選派人來追捕倖存者。

所有可以自由行動的人一起把倒在斜坡上的傷者搬來這裡休息。為了把他們帶回里，傳令兵已經跑下山通知居民。幸好沒有造成任何人死亡，也沒有太多人受重傷。因為項梁必須隱瞞身分，所以沒有帶劍上路。雖然帶了暗器，但基本上都是防衛或是暗殺的武器，並不是一旦使用，就會造成對方重傷的武器。李齋雖然帶了劍，但她失去了慣用手，而且知道泰麒就在附近，盡可能避免造成死傷，因此那些善良百姓並沒有受重傷。

「李齋大人，妳的部下呢？」

「不知道。」李齋回答。

在李齋通知文州和鴻基「阿選謀反」後，就被阿選逮捕。阿選謊稱李齋弒君，殺了驍宗，在李齋準備前往承州鎮壓叛亂的路上逮捕了她。李齋留下軍隊，被移送往王宮，聽說她的部下也被帶往鴻基。

「之後聽說他們回到了鴻基，又派遣了新的將軍，把他們送去了承州。」

但是，李齋在移送途中逃亡。在她逃亡的同時，李齋軍就變成了叛軍。雖然經過嚴格審議之後，他們被派往承州鎮壓叛亂，但顯然是在懲罰他們之前跟隨犯下大逆之罪的將軍。如果不為鎮壓賣命，就會遭到處決。

但是，他們還沒有抵達承州，暴動已經遭到鎮壓。在失去目的之後，又接到了下一個命令，而且這個命令竟然是找出李齋加以處死。李齋的部下知道將軍根本沒有犯下大逆之罪，無法服從這個命令。

「聽說他們在承州解散了……還聽說很多被抓到之後處死了。」

李齋也不知道有多少士兵，以及部下有誰實際被處死了。大部分人並沒有經過正式的審判，在被抓到之後，就不由分說地遭到殺害。既沒有記錄，也沒有墳墓。李齋在逃亡之後四處躲藏，根本無法調查實際的情況，只知道他們當初是在承州拒絕國命而解散，承州也是李齋受命成為州師將軍的地方，部下有很多人都來自承州，熟悉當地的環境，也有地緣關係，所以李齋至今仍然抱著一線希望，認為仍然有不少人在當地百姓的協助下，巧妙地躲藏起來。

之後，李齋一直逃亡，雖然一直希望能夠遇到自己的部下——或是驍宗的部下，設法討伐阿選，但始終徒勞無功。

當時，除了李齋以外，還有很多義民想把阿選拉下王位，但是，集結的勢力都被視為叛民，一旦被阿選發現，就會遭到慘烈的報復。阿選報復的方式很異常，一旦得知某個地方有企圖謀反的勢力，他根本不會花時間把叛民找出來，而是將整個地方徹底殲滅——如同瑞雲觀之前的遭遇。

在一旁默默聽李齋說話的去思忍不住渾身顫抖。

新王在文州駕崩，阿選坐上了王位——當初在王宮外的人沒有任何理由對此表示疑義。王本來由天選定，天透過麒麟，選定最理想的人選坐上王位，但既然王已駕崩，再度遴選出正當的王之前，當然必須有人代替王掌管朝廷。阿選從驕王時代開始就和驍宗一起被稱為雙璧，在驍宗王朝也受到厚遇，除了受到部下的愛戴，也受到朝臣的高度評價，因此所有人都認為在新王登基之前，由阿選擔任假王繼承驍宗的衣缽合情合理。

但是，瑞雲觀對此產生了疑問。瑞雲觀是全國道觀的中樞，各地道觀所見所聞的各種資訊都會傳到瑞雲觀。再加上道觀寺院是傳承知識技術的地方，所以和冬官也有密切關係。只要綜合道觀和冬官的意見，就知道阿選登基的過程疑點重重。

首先，無從判斷驍宗是否真的駕崩。當初說驍宗在文州的土匪之亂中戰死，但前後的情況很不明確，而且遇難的地點眾說紛紜，缺乏統一的說法。假設驍宗因為某些意外而駕崩，既沒有舉行葬禮，也沒有設置陵寢。即使詳加調查，也找不到能夠確認驍宗駕崩的人。驍宗的確在戰亂中消失了，但似乎之後失去了消息才是事實。既然這樣，就沒有理由立假王。一旦這麼懷疑，就認為土匪之亂是為了把驍宗捲入，經過精心策劃的叛變。而且在驍宗失去消息的同時，泰麒也失蹤了。聽說王宮發生了異常的天災——蝕，但天上的王宮發生蝕這件事本身就很罕見，而且在驍宗失蹤的同時發生，這樣的巧合令人難以接受。雖然泰麒下落不明，卻理所當然地視為王已崩殂，立了假王，理所當然地掌管了朝廷，此舉非但沒有太綱背書，甚至沒有慣例可循。

恬縣的道士僧侶都紛紛認為事有蹊蹺，最後經由各派道觀、諸派寺院協議，決定提出正式詰問。每個人都知道此舉等於和目前由阿選執牛耳的國府對立，去思的長老也提醒他，之後的處境可能會很艱難，要多留神。長老說，以後國家對待瑞雲觀可能會很冷淡，即使發生任何狀況，也無法期待得到國家的援助。各道觀都有許多道士，國家和州會根據道觀的規模提供補助，之後很可能會斷絕所有的補助，可能會造成各種物資匱乏，但即使因此必須過苦日子，也必須撥亂反正。

沒想到幾天之後，敕使前來瑞雲觀，完全沒有回答他們的質疑，只宣稱對新王登極產生質疑即是謀反。瑞雲觀表示反彈，說這根本答非所問，而且瑞雲觀完全沒有謀反意圖，而是有權利詰問領導百姓的王的正當性。如果是正當的假王，瑞雲觀會積極協助王的統治，但如果不是，就無法提供任何協助。

瑞雲觀的反彈很快遭到了報復。八月最後一天黎明，去思被驚慌失措的同修搖醒。去思聽到同修不同尋常的慌亂聲音叫自己的名字時大吃一驚，整個人跳了起來。

「……怎麼了？」

在修行的道士中，像去思這種屬於低階的道士會幾個人一組在側院雜居。去思當時十六歲，才剛入山不久，雖稱為道士，但還只是類似學徒的身分。除了早晚要在祠廟禮拜，聽長老授課以外，還必須負責各種雜務。天一亮就要起床打掃各處，深夜也要打掃完一天的塵埃後才能休息。除此以外，還要劈柴、照顧家畜，去菜園種菜，在廚房幫忙和跑腿，在遵守禮法的同時，勤於雜務是修行的第一步。正因為這個原因，他每天倒下就立刻睡著，在聽到銅鑼聲起床之前也完全不會做夢。

去思從來沒有對這樣的生活感到不滿。他當初進入道觀是如願以償，對在江州出生、長大的去思來說，每當百姓有難，立刻火速前往援助的道士身上的黑色道服一直是他內心的嚮往。去思還沒有學完道觀的學問，還無法穿黑色道服，但穿著道觀發的藍衣，走在壯麗無比、已經成為自己生活場所的瑞雲觀，就讓他備感驕傲。並不是每個想要入山進入瑞雲觀的人都能夠如願，去思也是剛好有熟人，所以才有機會進入瑞雲觀修行，他認為這是他莫大的榮幸。

話雖如此，整天忙於雜務總是累得精疲力竭，很難在銅鑼聲敲響之前起床。如果不是聽到同修緊張的聲音，他可能翻個身又繼續睡著了。同修悲痛的叫聲讓他跳了起來，他發現雖然沒有開燈，但廂房被紅光照亮，忍不住大吃一驚。

熄了燈的堂內有一排臥床，同房的同修和去思一樣慌忙跳下床，所有人都被可怕的紅光照亮。他倒吸了一口氣，看向天窗，發現天空像白晝般明亮，被染成一片紅色的黎明天空下，鱗次櫛比的屋頂勾勒出黑色的影子。他立刻知道發生了火災，而且規模不同尋常。

必須趕快去滅火。去思跳下臥床，同修抓住了他的手。

「快逃命。」

「但要先滅火。」

去思正想衝出去，立刻被用力抓了回來。

「別管那麼多了，快逃，是王師。」

去思驚愕地看著同修的臉。今晚應該是那名同修負責守夜，身穿藍衣的他臉都被熏黑了，汗如雨下，變成了一張花臉。

這是怎麼回事？另一名同修問。

「我們被包圍了，這就是王的回答。」

去思忍不住顫抖。他知道之前的舉動得罪了王，但沒想到竟然做到這種程度。

「他們突然放火，完全沒有任何警告。」

「怎麼會這樣？」

同修搖著頭。偌大的瑞雲觀突然到處竄起火勢，當他驚訝地察看情況時，發現整座山都被軍隊包圍。

「長老呢？」

「正在正堂收拾行李，長老說，至少要把經典帶走——」

去思和其他人點著頭。

「你們趕快去協助長老，然後逃去山下，我再去把其他人叫醒。」

去思和其他人點了點頭，來不及換上藍衣，就衝去正堂。瑞雲觀內有好幾個道院，每個道院都是由長老擔任監院的獨立修行場，總稱為瑞雲觀。去思所屬的道院名為得之院，得之院的監院是世明。去思跑去世明那裡，俐落地收拾完東西後連夜逃離了道院。瑞雲觀被王師重重包圍，但得之院位在由巨大的岩石形成的岩山山麓，有一條用於修行的小路通往山上。雖然是像獸徑般的小徑，但這條小徑翻山越嶺，一直通往墨陽山的山腰。去思和其他人分別背著行李，輪流牽著長老的手越過漆黑的山路。諷刺的是，燒毀瑞雲觀的火光照亮了他們腳下的路。王師似乎並沒有發現這條小徑，所以沿途都沒有遇到任何士兵。

去思和其他同修總算逃了出來，但許多道士都和瑞雲觀遭遇了相同的命運。周圍的其他道觀寺院也一樣，只有少數人好不容易逃了出來，逃進了附近的里廬，但這也導致了悲劇進一步擴大。就連和詰問毫無關係的里廬，也被視為支持謀反而遭到誅討。

瑞雲觀的人都知道得罪了王，可能會遭到嚴格審議，審議的結果可能會追究瑞雲觀高層的罪責，進而遭到處罰，但沒有任何人會想到不僅是所屬的道士，就連受僱在瑞雲觀工作的百姓、瑞雲觀前的里廬也會遭到一舉殲滅。瑞雲觀和附近的道觀寺院內還有前來參拜而投宿的信徒，或是為了接受治療逗留的病人，這些無辜的百姓也受到了牽連，墨陽山一帶徹底付之一炬——這就是阿選異常的報復方式。

之後，王師繼續嚴加追捕道觀寺院的倖存者，有些里廬因為藏匿道士而遭到殲滅；有些並非因為居民藏匿，而是僧侶無處可逃，逃進了里廬，結果那些里廬也被燒得精光。相反地，有些道士為了保護藏匿自己的里廬，主動向王師投降。去思一行人也是如此，當初他們總共有十七個人逃進了位在墨陽山麓的東架這個里，結果遭到王師搜索。一旦找到去思等人，整個東架都會遭殃。為了避免這種情況發生，同時為了保護去思和其他人，長老等六個人主動走去王師面前——不，他們說服了百般不願意的東架居民把他們交出去。

不知道該說是幸運還是不幸，蜂擁而至的王師很有紀律——至少在當時——在開始搜索瑞雲觀倖存者當時，軍隊還有紀律。王師為了搜索逃入里廬的道士和僧侶，雖然會破壞房子、恐嚇居民，但並不會有不合理的粗暴野蠻行為。居民一旦抵抗，就會將整個里燒光，但只要居民乖乖配合搜索，通常就會放過他們。東架的居民把長老等六個人交給了王師，長老和居民都主張，只有這六個人逃到東架，王師也接受了他們的說法，這六個人犧牲自己，救了去思等十一個人。

照理說，去思和其他人——不光是瑞雲觀的倖存者，還有躲在附近一帶的道士都應該分散，離開周圍一帶，但他們無法這麼做。因為製作丹藥需要各道觀內的設備。丹藥是民間醫術的關鍵，正因為無法期待國家的周濟，所以更不能停止製造丹藥。去思和其他人在廢墟內徘徊，尋找可以使用的窯和道具，壞了就修理，還從瓦礫和灰燼中挖出堪用的道具。如果去思和其他人心灰意冷地放棄各自逃命，不僅無法將必要的丹藥交到百姓手上，製造丹藥的技術和知識也會失傳，所以他們繼續留在山上。附近的居民明知道可能會受到牽連而有生命危險，但仍然向他們伸出援手。不僅在貧困中省下糧食給他們，還偷偷把他們製造的丹藥送去各地道觀，回程時為他們張羅材料。去思和其他人帶著這些寶貴的材料走遍各個山頭。因為沒有任何一個道觀保有齊全的設備，所以每進行一道工序，就必須從一座山走到另一座山，從一個廢墟走到另一個廢墟。為了預防知識失傳，他們根據找到的書面資料和記憶重新編纂。雖然因為寒冷和飢餓，人數逐漸減少，但總算苦撐了六年。

去思有問必答，向其他人說明了這些情況。

「你們……受苦了。」

去思的雙手感受到一雙溫暖的手，他驚訝地抬起眼睛，發現泰麒竟然跪在坐在基座上的自己面前，握住自己的手。

「萬萬不可。」

去思慌忙想要跳下基座，但握住他雙手的人不讓他下來。

「很抱歉，也很感謝。」

去思說不出話。他想起了長老在離開藏匿的民宅時叮嚀他們，一定要守住窯，也想起了同修越過雪山，準備前往下一個窯時，不幸倒地身亡。當他從山路上滑落時，可能想到一旦籮筐弄溼，恬縣居民冒著生命危險帶回來的材料，以及之前的工序都會泡湯，於是脫下身上所有的衣服蓋在籮筐上，然後用身體抱住籮筐凍死了。

去思很想說，真的吃了很多苦。這六年來，每個人的身心都飽受折磨。

「……台輔，我可以請教您一個問題嗎？」去思終於擠出這句話，在獲得對方的同意後問：「您之前都在哪裡？」

「去思！」他聽到有人制止的聲音。這是理所當然的事，因為這句話是在責怪台輔的離開。雖然去思知道，但他無法不問這個問題。

「……在蓬萊。」

聽說在世界的盡頭，在大海的遠方有一個名叫蓬萊的夢幻國度。

「台輔，我記得您是在蓬萊出生。」

偶爾有在那個夢幻國度出生，稱為胎果的人。胎果的宰輔點了點頭，把原本握住去思的手摸著自己的額頭。

「請你原諒我，因為我不知道回來的路。」

原來是這樣。去思心想。雖然他不瞭解具體的狀況，但可以從握緊自己的手掌，從那個手掌的力量和顫抖中感受到某些事。

「……謝謝您回來這裡，這是至上的幸運。」

泰麒聽了去思的話，輕輕搖了搖頭，但去思不知道搖頭代表的意思。

2

黑暗中，里閭緊閉。城牆內鴉雀無聲，也只有幾戶人家亮著燈光。現在已是深夜，該是居民入睡的時間。雖然從外面看似一片靜謐，但這一刻，這個里並沒有沉睡。最好的證明，就是有數十個人聚集在亮著昏暗燈光的里家。

他們默默站在位於里家東方的花廳周圍，雖然擠得沒有立錐之地，但即使有人向里家張望，應該也不會發現那裡聚集了這麼多人。沒有任何一個人手上有燭火，他們站在走廊的暗處和庭院的黑暗中，緊閉雙脣，沉默不語，注視著從房子內漏出來的燈光。

——不，並不是完全沒有聲音。雖然沒有交談聲，但黑暗中可以聽到憋著聲音的喃喃自語和強忍的嗚咽。有的家人緊緊抱在一起，有的夫妻緊緊握著彼此顫抖的手，也有的人咬著舉到嘴邊的袖子，努力不讓自己發出聲音。也有人抱著庭院內的樹木，但視線都注視著那棟房子。隔著窗戶和門可以看到花廳內昏暗的燈光照亮的人影，所有人的視線都集中在一個影子上。

一個年邁的影子出現在窗前，擋住了所有人的視線。那個影子用壓低的聲音對著黑暗說話，好像擔心里家外隔牆有耳。

「你們——趕快回家吧。」

說話的是這個里的閭胥。

「雖然我能理解大家的心情，但這樣心情無法放鬆。」

誰的心情無法放鬆——閭胥並沒有明說，但他知道大家都瞭解他在說誰，然而，像雕像般站在那裡的人都沒有回答。

「大家先回去休息，好不好？」

閭胥再度說道，人群開始晃動，但並不是回應老人說的話，而是所有人看到出現在老人背後的身影都驚訝得忍不住移動身體。

「沒關係。」

那個人影對閭胥說完，走到前面。他看向夜空片刻，然後用柔和的聲音悄聲說：

「我發現這裡也有年幼的孩子，繼續在這裡，夜露會把你們淋溼。至少進來裡面——請進。」

閭胥驚訝地看著那個人，人潮也同時晃動起來。隱約的嗚咽和壓抑的吶喊，人牆好像倒塌般下沉，人們當場磕頭。不一會兒，伏在地上的人潮又站了起來，然後從角落開始慢慢退潮，完全沒有人說一句話，直到最後一個人消失。

「……台輔。」

閭胥看向身旁的影子。泰麒注視著居民離去之後，只剩下漆黑的夜晚。

「這些人應該有很多話要說……他們太了不起了。」

「謝謝。」閭胥鞠躬說道。

去思默默看著這一幕。這個里的居民默默忍受著艱苦的生活，繼續留在這片貧瘠的土地上，節衣縮食，支持隱居的道士。他們應該得到回報，他們看到泰麒的身影，聽到泰麒的聲音，不知道是否得到一絲安慰。

閭胥催著依依不捨地看著庭院的泰麒回到了花廳。

「好了，」他打量著為傷者治療和準備飲食而留下的幾個里人，用開朗振作的聲音說：「我們也該告辭，讓各位好好休息了。」

閭胥說完，那張蒼老的臉轉向項梁說：「我們會安排你的同伴住在里家，因為這個里並不富裕，所以雖然無法一應俱全，但我們會盡力招待，敬請放心。」

「謝謝。」

項梁道謝後，深深鞠了一躬，李齋也開了口：

「招待如此周到，誠惶誠恐，不勝感激。」

閭胥磕頭回應了李齋的話，其他里人也磕頭後離開了，只剩下站在泰麒周圍的項梁、李齋、去思和另外兩個人。一個是清瘦的中年男人，另一個是一身樸素的老人。男人名叫同仁，是這個里的里宰，老人是瑞雲觀的道士淵澄，這兩個人一直支持瑞雲觀的人至今。

去思和其他人攙扶著受傷的同伴回到里的時候，同仁驚慌失措地站在里閭前。他從同伴口中得知泰麒歸來，急急忙忙來到這裡等候。慈眉善目的里宰遠遠看到泰麒的身影，當場磕頭，在去思和其他人走到他面前為止，都一直趴在地上，無聲地哭泣。

太陽已經下山，東架的里迎接了一行人之後關上里閭，拒絕了外界。賓客被請入里家休息，接受了飲食的款待。原本躲在附近山上的淵澄接獲消息後火速趕來，前一刻才跟著同仁派遣的使者趕到。他從受難至今從來不曾慌張過，但去思第一次發現他亂了方寸。他看到泰麒時幾乎說不出話，在磕頭之後，就一動也不動地蹲在花廳角落。

去思看到花廳內暫時安靜下來，牽著長老的手來到泰麒面前。

「台輔，容我為您介紹長老。這位是瑞雲觀的監院淵澄長老。」

瑞雲觀內有近百道院，每個道院就有一名監院，監院之上有掌管數家道院的方丈，但這一次沒有任何一名方丈倖存，也只有六名監院虎口餘生。淵澄的資歷最深，他讓其他五名監院逃往他州，自己留了下來，管理製造丹藥的道士，也同時擔任留在這裡的他派道觀、諸派寺院的統籌工作。

泰麒聽去思說完之後，就像剛才對待去思一樣，懇切地牽著淵澄的手，然後把他的手舉到頭上，表達了感謝之意。

「老夫愧不敢當。」長老老淚縱橫，用衣服擦拭著眼角，去思攙扶著他。年邁的淵澄在慘劇發生之後，因為窮困和寒冷，腰腿都受了傷，無論站著、坐下，或是走路時都需要旁人攙扶。泰麒可能察覺了這件事，親自把淵澄帶到椅子旁說：「你請坐。」說完後維持跪著的姿勢回頭看著同仁說：「里宰也請坐。」

「不，我──」

同仁慌忙搖頭，泰麒說了令人驚訝的話。

「地上很冷，更何況我已經沒有資格讓各位對我磕頭了。」

「台輔！」李齋慌忙叫了一聲，泰麒用眼神制止了她。

「各位請坐下，我必須為自己長期離開道歉，不僅如此，我還必須說一件會讓各位失望的事。」

泰麒說到這裡，稍微停頓了一下，他臉上的表情淡然平靜。

「首先，由衷地感謝里宰和監院至今為止，為百姓竭盡心力，還有去思。」泰麒說到這裡，望向去思。「而我也要向一直以來殫精竭慮的各位致上最深的謝意。幸而有各位在能力不足的我離開戴國的期間，不遺餘力地幫助百姓。儘管各位付出了莫大的犧牲，卻依然竭誠歡迎如今才歸來的我，但是——」

泰麒又停頓了一下，似乎在思考如何表達。

「我無法帶給各位奇蹟……我失去了角，所以，我已經稱不上是麒麟了。」

李齋猛然站了起來。

「台輔，怎麼可以說這種話？」

「這是事實。」

去思無法充分理解泰麒剛才說的話。項梁可能也一樣，露出了詫異的表情。

李齋看著去思和其他人，搖了搖頭說：「不，台輔的話並不正確，麒麟怎麼可能不再是麒麟？台輔當然就是戴國的麒麟，是上天派使給戴國的，這件事絕對沒有問題，只是台輔目前受了傷。」

「……角嗎？」

去思忍不住問道。麒麟原本具有被稱為神獸的獸形，大部分麒麟都有雌黃的毛和金色的鬃毛，額頭上有一角，據說那是麒麟創造奇蹟的源泉——泰麒失去了角？

「被阿選砍掉了，被那個囟賊砍掉了，因此受了重傷，台輔漂去蓬萊，這絕對不是台輔的過錯——」

李齋拚命辯解，但泰麒制止了她。

「李齋，妳這麼說也無濟於事——妳說得沒錯，我受了傷，所以已經無法尋找王氣，無法轉變為獸形，也無法驅使之前受我支配的妖魔做為使令。我無法為戴國——無法為戴國的黎民做任何事，只剩下這個軀體。」

「這樣就足夠了。」同仁搶先回答：「因為對戴國來說，您的身體正是上天的恩惠。身為麒麟的台輔回到戴國，就代表上天並沒有捨棄戴國，對我們而言，這已是十二萬分的回報。」

同仁說到這裡，輕輕吐了一口氣。

「……實不相瞞，我原本以為上天已經捨棄戴國了，以為國家和百姓會一直沉淪下去……」

同仁向來積極激勵里人、去思和其他同伴，這是他第一次說出內心的不安。

「如何才能讓所有人不要察覺這件事，懷抱希望，直到最後一刻，還是讓大家懷抱無用的希望，反而是一種殘忍……」

同仁停頓了一下，然後用拳頭抵著嘴，好像在克制內心的情緒。

「里人完全沒有任何罪過，相反地，他們努力支持道士，省吃儉用，辛苦勤勞——我怎麼忍心對他們說，上天捨棄了你們？我不希望他們知道，他們的善行沒有感動上天，他們的奉獻是徒勞。」

同仁快哭出來的臉上露出了笑容。

「但是，上天並沒有捨棄我們。我一直鼓勵大家，不要放棄希望，只要忍耐，一定會有更好的回報——如今，我的這些話不會成為謊言，沒有比這更令我感激的事了。」

泰麒聽了同仁的話，不發一語，深深鞠了一躬。

「同仁說得沒錯，」淵澄也附和道：「……但是，您身受重傷，竟然還能夠平安回來。這裡和蓬萊之間不是無法來去自如嗎？」

「憑我一己之力當然不可能，李齋冒著生命危險前往慶國，得到了景王的協助。」

「景王？」淵澄喃喃說著，似乎無法理解這句話的意思。太意外的字眼讓他難以理解。去思似乎也有同感。景王是位在大陸東方的慶國之王嗎？景王幫助戴國？

去思以前從來不曾聽說任何一個國家曾經幫助他國，也許大陸的國家之間會有這種情況。大陸八國的疆土相連，但戴國四面環海，幾乎和其他國家沒有交流。雖然之前聽說在王——在登基半年之後就消失的新王登基大典時，曾經有他國的賓客前來參加，但詳細情況不得而知。對不曾屬於天上世界的去思來說，他國就和不存在沒什麼兩樣。

每個人都目瞪口呆，李齋在泰麒的示意下開了口。

「因為在下之前聽說，景王和台輔一樣，也都是胎果出生——」

在這個世界，所有的生命都來自里木的卵果。有時候卵果會不幸漂流到夢幻國度，漂流到蓬萊的卵果就會在那裡孵化、出生，那就是胎果。聽說景王也是胎果，李齋覺得景王應該會對同在蓬萊出生的泰麒產生親近感，願意伸出援手。當時除了向他國求救以外，李齋已經無計可施。

慶國的年輕女王為了拯救泰麒奔走，除了景王以外，更獲得與慶國情誼深厚的雁國相助，在雁國延王的要求下，其他各國的王也都一起加入，總算找到了因為鳴蝕而漂去蓬萊的泰麒，而且成功地把他帶了回來。

即使有諸王相助，把泰麒帶回仍然並非易事。即使好不容易帶回來了，但因為泰麒仍然少了一隻角，他甚至無法保護自己。然而，泰麒仍然堅持必須回戴國。

泰麒來不及充分休養在蓬萊生病的身體，就離開了慶國，回到戴國。李齋騎著自己的騎獸，泰麒騎著向延王借來的騎獸越過雲海，最先前往垂州。

高空中的雲海將天上和天下分開，妖魔在戴國到處肆虐，似乎證明了國家岌岌可危。尤其位在南方的垂州，妖魔更是跋扈自恣，但天上不會有妖魔，原本以為越過雲海，就可以抵達垂州城，沒想到垂州城的城門深鎖，州師在周圍層層戒護，根本無法靠近。

「在下去慶國之前，和朋友一起去了垂州城，因為聽說垂州還沒有落入阿選之手。」

「不，垂州不行了。」項梁插嘴說：「垂州侯早就病了。」

「原來是這樣。」李齋喃喃說道。當時她不知道這件事，和朋友一起前往垂州城，然後在那裡分道揚鑣，直奔慶國。不知道朋友和自己在那片荒蕪的山丘上道別之後的情況如何，想到她的下場，李齋暫時說不出話。

「總之，在下不瞭解垂州的現狀……所以就和台輔一起前往垂州……」

李齋也考慮到自己離開戴國期間，垂州侯倒戈的可能性。

阿選當初是以正當的新王登基之前的假王身分，理所當然地坐上了王位，治理戴國九州的州侯並沒有理由和阿選為敵，即使在阿選篡權行為明朗化之後，並不是所有州侯都抵抗阿選。雖然有一部分州侯提出異議，但在阿選威脅之下閉了嘴。雖然應該有人打算伺機反抗，但應該也有人在看風向。不久之後，有幾個州開始向阿選輸誠，甚至有人莫名其妙地突然變節，也就是「病了」。

抵抗阿選的人不時會突然「生病」，李齋之前就知道這件事，而且看到被州師重重戒備的州侯城，知道垂州已經沒有希望，垂州侯應該也病了，所以垂州才會向阿選投降。雲海上沒有妖魔，州師的森嚴防備並不是針對妖魔。

但是，李齋開始煩惱接下來該去哪裡。雲海上沒有可以好好休養的地方，必須找地方去雲海下方，但無法經由州侯城。李齋知道，位在垂州北方的藍州和凱州都已經在阿選的掌控之下，所以只能從凌雲山下雲海。於是她立刻想到了江州墨陽山，墨陽山山麓的恬縣是道觀的土地，她之前聽說那裡的道觀被阿選燒光了，既然這樣，墨陽山附近應該幾乎是無人狀態。

墨陽山的確無人警戒，門前的市街也都消失了，連附近的里廬也只剩下殘骸——沒想到還有這麼多人。

「也許是上天的安排……」李齋喃喃說道，「雖然在下只是剛好想到了墨陽山。」

垂州北部和更北方的藍州也都有凌雲山，雖然李齋並不知道所有的凌雲山，也可以立刻想到兩、三座凌雲山，但為什麼最先想到更加北方的江州——而且是江州北部的墨陽山？雖然是因為瑞雲觀的悲劇令她留下深刻印象，但即使如此，應該會想到恬縣真的太遙遠而打消念頭。然而在她想到墨陽山之後，就完全沒有再想到其他選擇。

「多虧妳能想到這裡，」項梁說：「因此我才能在這裡偶遇你們。」

去思也點著頭——然而想起剛才的經過，忍不住心有餘悸。如果不是項梁剛好在場，去思和同伴會誤以為李齋和泰麒是阿選派來殺害倖存者的士兵，千方百計想要排除他們。雖然面對李齋會陷入苦戰，去思和同伴也可能被一網打盡，但很可能在閃失之下傷及泰麒。泰麒是黑麒，他的頭髮並不是成為其他麒麟特徵之一的金髮，所以做夢也不可能想到他是本國的麒麟，很可能會導致他受傷——因為泰麒沒有使令，所以並非不可能——最糟糕的情況，甚至可能會殺了他。

不知道項梁是否猜到了去思內心的想法，他說：

「如果我當時不在場，至今仍然不知道台輔回來了，會繼續在戴國四處流浪，真是太感謝了。」

「在下認為並非在下的功勞，」李齋搖了搖頭，「應該是東架各位的功德感動了上天。」

同仁和其他人聽了李齋的話，都忍不住激動地拭淚。

3

位在江州北部角落這個小里的夜越來越深，曾經失去榮耀，陷入一片死寂的墨陽山一帶，在這片漆黑的深夜中，亮起了一盞小燈。

圍在燈旁的人各有所思，暫時陷入了沉默。

「那……」同仁打破沉默，「各位真的該好好休息了，無論台輔和李齋大人看起來都很疲累，請兩位暫時在這裡休養——」

泰麒打斷了同仁的話。

「很感謝你的心意，但我和李齋明天清晨就會出發。」

同仁驚訝地看著泰麒。

「啊？不、但是……」

「我們必須分秒必爭，必須趕快尋找主上的下落。」
去思不由得一驚。官方發布消息，戴國正當的王已經駕崩，但看到這個國家之後的狀況，當然不可能相信官方的這種說法。但是——
「呃……」去思吞吞吐吐，猶豫再三之後，還是問了他內心因為懼怕而不敢問，但又無法不問的問題，「台輔，請問主上？」
「主上平安。」
泰麒的聲音很柔和，但語氣很堅定。去思忍不住握起了拳頭。
「那——」
「不，」李齋插了嘴，「很遺憾，目前並不知道主上身在何方，只知道並未駕崩，至少這件事可以斷言。」
「喔喔，」同仁嘆道：「……太好了。」
去思和其他人也都當場捂著臉——這代表戴國還有希望，還有撥亂反正的可能性。
「負責照顧白雉的二聲氏親口告訴在下，聲稱白雉已落是阿選的欺瞞。」李齋明確說道，「不僅如此，他國王宮也未收到主上駕崩的消息。白雉若落，鳳就會鳴聲通報，但景王和延王都說，至今尚未聽到鳳鳴。」
「既然這樣，主上到底身在何方？」
「不知道，遺憾的是，台輔也不知道這件事，但在函養山發現了主上的一截腰帶。」

李齋說明了因為奇妙的緣分，拿到了驍宗這截腰帶的過程。這是範國的氾王送給驍宗的登基大禮，之後竟然混在從函養山運來的玉中，又回到了氾王手上，氾王把腰帶交給了李齋。

李齋拿出了用漂亮的手巾包起的那截腰帶。

「斷得很整齊，從長度判斷，應該剛好在背部的位置。」

「所以主上是從背後遭到攻擊？」項梁問。

李齋把腰帶交給他說：「在下認為應該是這樣，你看，上面沾到了血跡。我認為主上應該遭到敵人的攻擊受了傷。」

項梁接過那截腰帶後微微舉過頭頂，然後仔細打量起來。

「一刀兩斷啊，可見攻擊的人武功高強。」

「應該是這樣，主上也是聞名天下的劍客，在下想不出有誰這麼厲害，能夠從主上背後，把主上的腰帶一刀兩斷。」

「可能被很多人包圍……或是使用了什麼奸計……」

「也許吧，無論如何，既然斷得這麼徹底，可見是當場掉落，因為沒有支離破碎，應該是掉在遭到攻擊的地方。既然這樣，主上顯然是在函養山遭到攻擊，也必定是阿選攻擊主上。阿選打算趁文州之亂弒君。」

「但是主上並未駕崩，那又是怎麼回事？」

「這就不知道了。」李齋看著在場的所有人，「是否聽說過有人曾經看到很像主上的人？即使只是傳聞也沒有關係。」

「我在各地流浪，在流浪期間從來沒有聽過這方面的傳聞，不知道東架的各位有沒有聽說？」

東架的人聽了項梁的問題，全都偏著頭。

「之前曾經聽說有人看到被國家追捕的武將出沒，」同仁說：「……雖然聽說過這種傳聞，但是都無法確認，而且完全沒有聽說看起來好像是主上。正因為這樣，所以百姓才對主上駕崩的消息信以為真。」

「是啊……」

「從這條腰帶可以發現，主上的確受了傷，但仍然順利逃離了襲擊凶手的魔爪，既然這樣，為什麼這麼多年仍然杳無音訊？既然逃離了魔爪，卻始終保持沉默，這太匪夷所思了。」

「的確。」項梁點了點頭，「照理說，應該會宣布阿選謀反……難道落入了阿選之手？」

「如果主上在阿選手上，他可能讓主上活著嗎？」

不可能——去思心想。阿選想要弒君篡奪王位，才會採取行動，如果主上落入他的手中，他不可能留下活口。

「應該不可能。」項梁也小聲說道：「主上應該不在阿選手上，但主上目前的狀態無法親自聲討阿選，也許無法自由活動。」
去思聽了項梁的意見，再度感到納悶。這到底是怎樣的狀況？
「──總而言之，既然主上平安，就必須趕快找到主上。正如台輔所說，必須分秒必爭。」
李齋聽了項梁的話，點了點頭說：「要尋找主上的下落，就必須前往文州。」
項梁立刻坐直了身體。
「我會欣然前往。」
「在下不是這個意思。在下當然也──」
項梁搖了搖頭。
「將軍，請妳繼續留在這裡，我去就好。」
李齋聽了項梁的話，板著臉說：「雖然在下失去了慣用手，但是──」
項梁慌忙說：「請不要誤會，我非常清楚，想在文州找主上的下落，兩個人當然比一個人更好，問題是台輔怎麼辦？總不能帶台輔一起前往文州吧？如果東架的各位認為不會造成負擔，最好能夠麻煩各位，只不過不能只留下台輔一個人，李齋大人務必要陪在台輔身旁。」
李齋輕嘆一聲，陷入了沉默，但默默聽他們說話的泰麒提出了異議。
「不行。」
項梁驚訝地看著泰麒。

「不能給東架的各位添麻煩，而且不能只有我一個人躲在安全的地方。」
「請您別說這種話，雖然您會覺得過意不去，但無論如何，您都必須注意自身的安全……」
項梁的話還沒說完，泰麒就制止了他。
「我現在的確無法尋找王氣。」
「台輔，我不是這個意思。」
「也無法驅使使令，甚至無法保護自身的安全，即使和你們同行，也會成為你們的累贅。」
「台輔，請別這麼說。」
項梁說道，李齋也制止了泰麒。
「台輔，不可以這麼說。」
「但這是事實。」泰麒的語氣堅定得有點殘酷。
「李齋，這件事我們之前已經討論過了。如果要躲在安全的地方，沒有比慶國的金波宮更安全的地方了，我記得之前已經向妳解釋過，為什麼要離開那裡。」
李齋低下了頭，泰麒看著在場的其他人。
「項梁，還有各位，我非常瞭解你們的擔心，我完全失去了麒麟所具備的各種神奇的能力，但正因為失去了這種能力，更加必須憑藉不是奇蹟，而是現實的某些東西拯救戴國。各位忍受苦難，撐到了今天，如果我無法像大家一樣克服苦難，即使有朝一日，戴國邁向國泰民安，我也會失去和大家一樣享受這種風調雨順的資格。」

「台輔，但是……」

「當他們在為風調雨順感到高興時，我必須獨自詛咒自己的無力。」

項梁不發一語。

但即使聽了泰麒這番話，所有人仍然難以服從，泰麒靜靜地說：「照理說，如果真心為戴國著想，最好的方法，就是當場把我砍死。」

「這怎麼行！」在場的所有人都發出驚愕的叫聲。

「為什麼？這才是最確實的方法，砍了我之後，然後捨棄不知道身在何方的驍宗主上，最快的話，數年之後就會有新的麒麟和新的王，就可以確實撥亂反正。」

項梁結結巴巴說不出話，去思也不知道該說什麼——泰麒說的話的確沒錯。

「謝謝。」淵澄在凝重的沉默中開了口，他一臉平靜的表情看向所有人。

「台輔說願意和我們同甘共苦，我們該心生感謝，有必要感到不滿嗎？」

「沒有。」去思大聲說道：「如果不嫌棄，希望可以帶我同行。」

所有人都看著去思，他微微欠身說：「我非常清楚，我的武藝不夠高強，無法保護台輔，我才是真的會成為大家的累贅，但如果有我同行，沿途可以投靠道觀。」

「好主意。」淵澄大聲說道，「你願意一起去嗎？」

「我欣然接受，請務必帶我同行。」

淵澄用力點了點頭。

「我也會寫封短信，要求各道觀不問理由，盡力相助。雖然你以前沒做過這種事，應該會很辛苦，但希望你和各位同行，協助各位。」

「是。」去思深深鞠了一躬，李齋也向淵澄行了一禮。

「……安排如此周到，感恩不盡。」

淵澄點了點頭，然後向李齋伸出手。李齋伸出手，淵澄雙手握住她的手說：

「我們才要向妳道謝，謝謝妳去了慶國，謝謝妳救了台輔，接下來也會很辛苦，但上天一定會相助。」

說完，他拍了拍李齋的手。

「……除了天助，還有人助。不光是這個里，戴國還沒死，我相信這個國家到處都有通達事理的人，等待時代重新啟動。」

聽了淵澄這番話，不光是李齋，在場的所有人都點著頭，祈禱但願如此。

輕微的雨聲滲入這片嚴肅的沉默，不知什麼時候靜靜地下起了毛毛細雨。

4

無風的夜晚，寧靜的雨溼了山野。滋潤江州北部大地的這場雨來到位於文州州境的山區，雨勢逐漸變強；來到山麓時，再度變成寧靜的小雨，在文州中央地區，幾乎變成了霧雨。染上秋色的樹木吸滿了雨霧，變成雨滴落在地面。雨滴滴落的地面下方有一個地窖，有一個人影躺在黑暗中，滲入的雨聲中夾雜著輕微的聲音。

「……戰城南……」

地窖中只有隱約的燈光，而且很昏暗，好像隨時會熄滅。

「……死郭北……」

躺在昏暗中的人影一動也不動，只聽到好像在嘴裡哼唱的歌聲。少年停下手，看向臥床，看到躺在床上的人睜著眼睛，像往常一樣注視著黑夜，然後繼續低頭看著自己的手，一邊用砥石磨著小刀，一邊跟著唱了起來。

「野死不葬烏可食……」

雖然歌詞很悽慘，但曲調很歡快。他負責照顧的人經常唱這首歌，所以他也在不知不覺中學會了。躺在床上的人似乎有點驚訝，身體動了一下，歌聲也暫時停止，聽到了「呵呵」的笑聲。

——為我謂烏，且為客豪！

野死諒不葬，

腐肉安能去子逃？

此刻躺在床上的人曾經告訴他，這是一首年代久遠的打油詩，是山客從崑崙帶來的歌，士兵在喝酒時經常唱這首歌。在酒宴的尾聲，士兵藉著酒興，情緒高漲，拍著手，跺著腳，齊聲引吭高歌，笑著自己面臨如同歌中所唱的那樣，明天將會曝屍荒野的命運——無可救藥的是，自己選擇了這樣的命運。

他在砥石臺上潑了點水，哼著歌，繼續磨小刀。

——水深激激，蒲葦冥冥；

梟騎戰鬥死，駑馬徘徊鳴。

這個里有幾個落魄士兵的食客，他們在把酒言歡時經常唱這首歌，但說實在的，他們並不是在唱歌，而是扯著嗓子大叫。其中一名士兵說，這首歌就是要在喝得酩酊大醉時再唱，所以每個人都各唱各的調。不知道是否因為這首歌靠這種方式流傳，大家也藉由這種方式學會的關係，當不同的人唱的時候，曲調也有微妙的不同。臥床上的主人唱這首歌時，覺得是一首開朗優美的歌曲，如果是打油詩，似乎太協調了，也許是主人在漫長的歲月中一次又一次反覆吟唱，曲調也變得越來越協調。

少年邊想邊磨，不小心手一滑，嘎啦一聲，刀刃卡到了砥石。

主人可能聽到了這個聲音，問他：「怎麼了？你沒事吧？」

他轉過頭點了一下，把小刀放在燈火下。好不容易磨利的刀刃毀了。

「我又磨壞了……」

「給我看看。」溫暖的聲音帶著笑意說道。他走到臥床旁，把小刀遞給躺在床上的主人。在夏末時，因為感冒而臥床的主人用看起來好像瘦了一些的手，接過了少年遞給他的刀子。

「真的磨壞了，你磨得太薄了。」

「如果不夠薄，就根本不利。」

「因為原本的材料不好。」主人笑了笑，然後輕輕咳嗽幾下。

「……沒事吧？要不要喝水？」

「不用。」主人笑了笑說：「再稍微厚一點。」

主人說完，把小刀還給他。他再度回到砥石前。

——**梁築室，何以南？何以北？**

禾黍不獲君何食？

願為忠臣安可得？

思子良臣，

良臣誠可思。

臥床上傳來輕笑聲。他是不是想起曾經放聲大笑，唱這首歌的日子？主人剛病倒的那一陣子，身體真的很差，大家都很擔心，但昨天終於退了燒，氣色也好多了。少年也終於鬆了一口氣。

六年前，遍體鱗傷的主人被送到這個里。少年當時還是小孩子，如今已經成為可以磨刀的少年了，不久之後，應該就可以握劍、揮劍了。

四年前，父親被妖魔攻擊時，主人救了父親一命。雖然最後父親因為當時受的傷而去世，少年失去了唯一的親人。之後，主人就把他留在身邊照顧他。雖然里人都說主人把他當成自己的兒子——但他從來不覺得自己是主人的兒子，而是主人的部下。

——我要成為勇猛的士兵，有朝一日和主公一起上戰場，拯救飽受摧殘的國家和百姓。

窗外聒噪的蟲鳴聲和靜靜的雨聲一起飄了進來，那是昆蟲在冬季來臨之前，歌頌來日不多的生命。

簡直就像士兵上戰場之前放聲高歌。

——**朝行出攻，暮不夜歸**。

第三章

1

鳥啼聲喚醒了東架的黎明。

深夜下的雨已經在不知不覺中停了。園糸在昏暗的臥室中坐了起來，怔怔地聽著鳥啼聲，栗一動也不動地在她身旁睡得很香甜。

——他累壞了。

園糸看著幼子熟睡的臉，撫摸他潮濕出汗的頭髮。

抵達東架之前，園糸他們連續兩天晚上都露宿戶外。昨天晚上，他們疲憊地走在綿延不斷的坡道上，被捲入一場奇妙的紛爭後，終於得以在里家內的一個小廂房過夜。東架這個里原本把園糸他們拒之門外，但在迎接了一名少年之後，對園糸他們的態度丕變，盛情款待他們，為他們提供了充分的飲食、可以和栗兩個人好好休息的房間，以及洗去塵土的熱水和簡樸柔軟的床。

昨天晚上，總算喘了一口氣時，響起了敲門聲。園糸滿心期待地站了起來，但發現東架的閭胥站在那裡。老人客氣地慰問了她，問她是否需要什麼，還對她說，這個房間雖然不大，但她可以隨意使用。她和栗想在這裡逗留多久都沒問題，東架的里家可以接受他們。

原來這裡就是園糸踏破鐵鞋尋找的「安身之地」。閭胥說，只要園糸願意，可以為她辦理居民身分，就可以在這裡生活。園糸以前住的里已經消失了，所以也可以在這裡生活。園糸可以住在里家，如果她願意，也可以有自己的家。如果她想找工作，閭胥也會幫忙。閭胥說，這個里雖然貧窮，但希望她可以當成是自己的里，安心住在這裡。

「謝謝。」園糸鞠躬說道。事實上，她真的很感激。從此之後，不需要四處流浪，四海為家，也不必再露宿街頭，冬天也不會再受凍。如果正式成為東架的居民，也會有自己的農田，可以在這裡扎根。

但園糸感到很不安，心裡好像破了一個洞，昨晚幾乎一整晚都沒有闔眼。

園糸所在的堂屋後方有一個小庭園，後方是迎接重要貴賓的客廳。從園糸所在的廂房看不到那裡，甚至無法感受到那裡的動靜。走到和庭園之間的圍牆前張望，可以在樹木縫隙中看到微弱的燈光。他們應該在那裡。

——台輔。

台輔可以拯救紛亂的戴國。

事實上，台輔的確拯救了園糸和栗。但是——園糸心想，台輔同時也奪走了項梁。

雖然她知道這樣很不敬，但她很想問台輔，為什麼丟下重責大任消失不見了。在台輔消失期間，園糸除了栗以外，失去了所有的一切。身為宰輔，為什麼離開國家？之前都去了哪裡、在幹什麼？為什麼沒有更早回來？在園糸失去了一切之後才回來這裡，還要從她和栗身邊帶走項梁。

項梁再也不會護送園糸了。

眼前的圍牆證明了園糸和項梁從此將天各一方。

——他畢竟是禁軍的師帥大人。

對園糸來說，項梁是高不可攀的人。在戴國變成目前這種狀況之前，項梁應該生活在鴻基靠近天空的地方。

園糸無法去圍牆的另一端，項梁也不會和園糸一起留在東架。

這樣就好。園糸告訴自己。項梁當初說，要送她到安身之地，園糸在這裡找到了落腳的地方，所以和項梁的旅程也結束了。

——雖然知道早晚會有離別的一天。

項梁一直背負著園糸看不到的東西。如今終於知道，項梁背負著戴國的命運。園糸在四處流浪後瞭解到戴國的現狀，戴國目前無王，所以才會這麼荒蕪。項梁四處流浪是為了尋找改正的機會，這個機會隨著宰輔的現身出現了。

項梁無論如何都不可能再和園糸同行。

雖然很清楚這些事，但看著栗熟睡的臉龐，還是不由得感到難過。

——栗這麼喜歡他。

一旦栗知道項梁要離開，一定會很難過，回想起相處的時光，一定會很懷念他。

這樣很好。即使這麼告訴自己，內心還有另一個自己提出異議。園糸心神不寧，所以整夜輾轉難眠。聽到鳥啼聲，知道天亮了，看到房間內的空氣漸漸泛白，終於放棄了。她下了床，仔細清理了脫下襦褲的灰塵，也為栗的衣服清理了灰塵後，用梳妝臺上的提桶洗了浮腫的臉。栗聽到園糸的動靜醒了，園糸為他穿好衣服，牽著栗的手走出臥室，想去看看外面的狀況時，正在院子內打掃的女人發現了他們。

「這麼早就起床了嗎？」

「對。」

「休息得好嗎？」

「託各位的福，休息得很好。」園糸費力擠出了微笑，女人可能察覺到園糸在說謊，心疼地笑了起來。

「妳可以在這裡好好休息。不過妳起來得正好，我原本就打算去叫妳。」

「要我做什麼事嗎？」園糸問。

女人緩緩搖了搖頭。

「……聽說快要出發了。」

園糸聽了，忍不住屏住呼吸——這麼快？

「聽說要趕著上路。妳是不是打算送行？」

女人說的是項梁，還是宰輔？

園糸用力點了點頭。栗一臉納悶地抬頭看著她，她蹲在栗面前說：「項梁要出遠門，你去對他說，要他路上小心。」

栗微微偏著頭，然後用力點了點頭。年幼的栗可能還沒有搞清楚狀況，他應該以為和之前一樣，項梁只是離開客棧出門做生意。

園糸牽著栗的手，跟著女人來到里家深處。穿越廊屋，經過庭園周圍的迴廊，來到庭門外。那是從庭園直接通往外面的門，她和女人一起加入了聚集在門外的人群，不一會兒，出現了七個人影。閭胥也在其中，還有一個看起來是這個里的中年男人和一個清瘦的老人，他們為幾個身穿旅衣的人送行。兩頭騎獸、一名少年，還有一個女人，昨天遇見的年輕人去思身穿道服，還有——另一個人。

園糸緊緊握住了栗的手。

她之前一直覺得項梁就像自己的丈夫，覺得丈夫回到了她的身邊。但是，必須認清現實，丈夫留下栗和自己死了，項梁也將離去，他要去打仗——打仗就是打打殺殺，不是你死就是我亡。

園糸猛然意識到這件事，不由得呆立在那裡。項梁看到了她。他像往常一樣，背著書笈，一臉開朗的表情。他向園糸點了點頭，看到栗時，忍不住瞇起了眼睛。

「怎麼樣？昨晚睡得好嗎？」

他在問話的同時走了過來，把手放在栗的頭上，充滿憐愛地撫摸著他的頭。栗點了點頭，他對栗露出微笑，然後轉頭看著園糸說：

「里宰會安頓你們母子。」

園糸默默點了點頭。

栗的背。

「……多保重。」

園糸聽到他這麼說，再度點著頭。除此以外，她不知道該怎麼做。

項梁露出有點困惑的表情。

「……我並不是拋下妳和栗，而是剛好相反，妳能瞭解嗎？」

園糸再度點頭。項梁為了拯救像園糸一樣的百姓而出征。園糸用顫抖的手，推著栗的背。

「栗，對項梁說謝謝……然後請他一定要平安。」

栗聽到園糸這麼說，露出呆滯的表情。項梁再度把手放在栗的頭上。

「你們多保重，等我回來。」

「你會回來？」

園糸反問，項梁露出開朗的眼神看著園糸。

「當然，我一定會平安回來。雖然妳會很辛苦，但要加油，知道嗎？」

「等你回來之後，還會護送我們嗎？」

園糸戰戰兢兢地問，項梁笑著說：「不會。等我回來的時候，就不需要再流浪了——這個國家的所有人都不需要再流浪了。」

清晨，規定的時間一到，東架的里閭打開了。兩頭騎獸和四個旅人走出門外，來到街道上。三個男人和一個女人，還有一個小孩送他們到門外，但是，門的內側有無數男女，他們都跪在地上，在旅人的身影消失在街道遠方之前，一直都跪在那裡為他們送行。

2

去思帶著三個人沿著街道一路向北。昨天晚上的雲在深夜下了幾滴雨就飄走了，聳立在身後的黑色凌雲山周圍也完全沒有一絲雲，放眼望去，晴空萬里，睡眠不足的雙眼覺得陽光很刺眼。

昨晚為了收拾行囊，幾乎沒有時間闔眼。雖然身體應該很疲勞，但奇怪的是，他完全不覺得累，相反地，情緒很高漲——現在終於可以拯救百姓了。

也許是因為第一次穿道服的關係。在瑞雲觀被燒毀時，去思雖然已經入山，但還沒有學完道觀的學問，還不是道士。之後，在隱居期間完成了學問，受度了代表已經正式成為道士的法籙，但當時的狀況別說穿道服，甚至無法穿上藍衣。因為東架對外宣稱沒有道士，所以這也是理所當然的事，但是今天早上，淵澄把自己的道服送給了他，還向他道歉說，因為事出突然，來不及準備全新的道服。

原本應該在受度法籙時訂做一套全新道服舉行儀式，這是每個立志成為道士的人嚮往的儀式，但他們根本沒有餘力舉行這種儀式。他們必須躲躲藏藏過日子，守護道統，製作丹藥，根本沒有想到儀式的事，反而為淵澄在如此艱困的狀況中仍然授予法籙感動不已。道服的問題也一樣，去思根本沒有想到有生之年可以穿上道服，雖然是為了旅途的方便，但他還是很高興可以穿上道服，戴上道帽。淵澄的道服穿在去思身上有點短，但這種事並不重要，淵澄在昨晚到今天清晨短短這段時間內，特地派人去他躲藏的家裡拿了藏起的道服，這份心意深深感動了他。

——我會努力讓自己的行為無愧於這身衣服。

去思向淵澄發誓，淵澄點著頭，握住了他的手。去思感受到那一刻，淵澄把什麼東西交到了他的手上。

正當他在想這些事時，走在身旁的項梁說：「不好意思，還麻煩你陪同。」

「千萬別這麼說，我很高興有機會和你們同行。」

去思笑著回答時，覺得這是奇妙的緣分。昨天才第一次在里閭前見到，因為誤會而敵對——如今並肩走在街道上。

「是嗎？」項梁對著滿面笑容的去思這麼說之後，就沒有再說話。比起昨天看到這個年輕人的時候，身穿道服的他似乎才是他原本的樣子。他不習慣拿武器的手持著棍棒，在守護里的同時，還要為了製作丹藥在山上奔波，這樣的生活一定很辛苦。項梁發自內心感謝這些道士含辛茹苦，為百姓無私的奉獻。在自己只是碌碌無為地四處流浪時，有人默默地為這個國家做出貢獻，他為此既感到羞愧，又感到高興不已。

——這個國家還沒有亡。

他深刻體會著這種感慨，跟在默默趕路的去思身後。他們經過兩個無人的里廬後，走進了一條岔路。以前——在附近還有很多里廬的時代，人們上山時都走這條路，從這裡上山伐木，然後把木材運下來。如今很少有人經過，山路上長滿了野草。他們沿著山路往上爬，經過狹小的捷徑，在太陽快下山時，終於來到一條荒廢的狹窄街道。

「前面有一個我們落戶的里，雖然已經蕭條沒落了，但都是我們的人，所以可以安心休息。」

去思沒有多說什麼，但項梁心領神會——因為他們帶著騎獸，所以很顯眼。而且泰麒帶的騎獸是向延王借來的騶虞，一眼就可以看出不是普通的騎獸，所以很容易引人側目。

「給你添麻煩了。」項梁說。

「不會。」去思用開朗的語氣說：「原本我們就很習慣出入不引人注目，因為絕不能讓外人知道丹藥是從哪裡運出去的。」

如果被人看到定期搬運東西，就會知道在運送什麼物資。一旦留下印象，在從末端追查丹藥運送的途徑時，就一定會把兩件事結合在一起，所以去思他們在離開恬縣之前都不會走街道，會徹底躲藏，選擇沒有人的路線——即使有人看到，也不會看起來不自然，不會讓別人留下印象的路線。隨著遠離恬縣，才慢慢移動到大路上，混入越來越多的旅人之中。

「你們的辛苦……真的太令人佩服了。」

泰麒幽幽地說，去思似乎感到惶恐不安。走在一起時，可以感受到去思對泰麒的存在感到手足無措。其實項梁也一樣。想到泰麒就在身旁，就忍不住綁手綁腳。只有李齋完全不緊張，看到她很理所當然地走在泰麒身旁，像姊姊一樣和他說話，不由得佩服，將軍果然不一樣。

項梁盡可能不去意識到泰麒的存在，沿著冷清的山路上攀登到頂，在日落之前，來到一個小里。空地上長滿了雜草，通往里閭的路幾乎是踩在草上走出來的路，里周圍的城牆也有一部分毀壞，一部分留下了火災的痕跡，但只要看里閭周圍，就知道並不是完全無人居住。恬縣有不少這種面臨傾圮邊緣的小里。

一個駝背的老婦人站在只開了一扇門的里閭旁，當項梁一行人走進門內，她立刻靜靜關上了里閭的門。他們踏入里內，發現一個身穿旅衣、背著行李的男人坐在路旁的瓦礫堆上等他們。這個瘦小的男人看起來大約三十五、六，比去思年長十歲左右，看到項梁他們一行人，立刻站了起來。去思舉起一隻手向他打招呼，然後回頭看著項梁他們說：

「他是一名神農，接下來由他帶路。」

「神農？」

神農是四處賣藥的商人總稱。各道觀製造的丹藥除了會送去同派的道觀，在那裡銷售以外，也會委請神農將丹藥送至遠離道觀的地方。

「因為我幾乎沒有離開過江州，所以對文州不熟……」

去思在江州出生，年少時就進入了瑞雲觀，之後除了有特殊的事外出以外，從來沒有離開過恬縣，所以淵澄安排了熟悉文州地理環境，也熟悉文州道觀的神農同行。

「神農通常口風很緊，而且很值得信賴，尤其是這個人，深得淵澄長老的信賴，所以你們可以完全放心。」

去思在說話時，那個男人向他們走來。來到他們面前時，環視了所有人，然後視線停留在泰麒身上。男人注視著泰麒，然後微微──但很恭敬地鞠了一躬。

「我叫酆都……歡迎。」

李齋覺得他壓抑的聲音似乎在說「歡迎您歸來」。

「恕我這個粗人為各位帶路，有任何事，請儘管吩咐。」

酆都說完這句話，向所有人鞠了一躬後，笑著拍了拍去思的肩膀。

「你太厲害了──幹得太好了。」

「我並沒有做任何事，是上天的安排。淵澄長老說，會有神農和我們同行，原來是你，這下子就放心了。」

「不知道能夠幫上多少忙，其實有人比我更機靈，所以我想是淵澄長老有所考量。」

「有所考量？」

李齋聽到了他們的談話，忍不住問道。

「對。」酆都回答後，看向所有人。「這邊請。」去思引導他們走向里的深處，酆都跟在去思身後說道：「我是委州人。」

「委州……」

驍宗出生的地方就在委州深處一個叫呀嶺的地方。

「你的老家在委州哪裡？」

泰麒難得插嘴問道。

「南嶺鄉。驍宗主上的出生地是在北嶺鄉。」

委州西北部周圍一片崇山峻嶺，呀嶺是在山谷間一個比較大的地方，也是翻山越嶺，通往周圍高山的街道要衝。北嶺鄉擁有整片山谷地區，鄉城就設在呀嶺，和酆都的老家南嶺鄉相鄰。

「北嶺真的是一片崇山峻嶺的地方。」酆都走在泰麒身旁，充滿懷念地說：「南嶺位在山區的入口，還有一些耕地，林業也很豐富，但北嶺幾乎沒什麼耕地，森林也很少，而且那麼高的山上，也沒有長什麼適合當作木材使用的樹木，只有長在懸崖邊的松樹和灌木而已。」

李齋聽著酆都向泰麒說明的內容，獨自點著頭，回想起之前去呀嶺時的情況。呀嶺周圍的山都是陡峭的高山，幾乎沒有人煙，只有少許樹木點綴在灰褐色的懸崖上，形成了獨特的景觀。街道在峻嶺的山間蜿蜒，周邊有少許人家居住，但狹小的土地無法形成廬。廬通常由八戶人家形成一個村落，但那裡根本沒有可以容納八戶人家的平地，只能沿著街道旁，這裡住一戶人家，那裡住兩戶人家，然後開墾周圍的懸崖，形成階梯狀的狹小農地。
「但是，夏天的風景很優美。夏天早晨通常都會起霧，雲霧繚繞在高山之間的風景簡直太美了。傍晚的景色也很美，那片山在夕陽的照射下，閃著暗紅色的光，留下清晰的陰影。雖然那一帶氣候寒冷，風很強，但有許多知名的道觀寺院，很多地方都值得一看。」
李齋聽了，再度點著頭。李齋是在冬季前往呀嶺，當時就覺得雖然那裡氣候惡劣，但風景很優美，更覺得這種粗獷堅毅的感覺很像驍宗。
「以那種地理環境，照理說應該很貧窮，事實上，農民的生活也的確不輕鬆，但位在中心的呀嶺是一個很大的城鎮，因為如果要從委州向西，非要走貫穿山岳地區的街道。如果去南北相鄰的凱州和承州時，可以走位在中央地區和東方沿海的大街道，如果要去除此以外的地方，就必須先到承州或凱州，然後繞行前往，否則就要穿越北嶺。尤其要去西部和瑞州時，經由北嶺最方便。越過北嶺的高山，然後在鴻基南側進入橫跨瑞州的大街道。」
酆都笑著說，呀嶺因為是街道的要衝日益繁榮，由於從南方前往呀嶺時，南嶺是必經之路，所以也帶動了南嶺的繁榮。
「的確。」李齋輕聲嘀咕：「在下之前去的時候，也遇到很多旅人，很多業者都用牛和馬拖著一大車行李。」
「那裡不是很險峻嗎？」泰麒回頭看著李齋問，他雙眼發亮，也許對驍宗的家鄉是怎樣的地方充滿好奇。
李齋微笑著說：「街道很險峻，路倒是很好走。因為路上都鋪了石頭，沿途設置了休息站和可以停載貨馬車、牛車的廣場，陡坡旁一定會有坡度緩和的迂迴道，方便腰腿無力的婦孺老人行走，牛車、馬車也可以順利爬坡。」
「是喔。」
泰麒嘀咕時，酆都告訴他：「那些路都是驍宗主上鋪設的。」
「啊？」泰麒看著酆都。
「原本的街道真的很險峻，容易崩塌，也很滑，有很多險處，是一條危險的街道，所以以前的人明知道會繞一個大圈子，但通常都會避開北嶺。」
很多人在成功發跡、出人頭地之後都會回饋鄉里，通常都會向里家、義倉提供金錢或物資上的援助，但驍宗並沒有這麼做，他在街道的險處鋪石，修建迂迴道路。
「起初招來很多罵聲。」酆都笑著說：「有人罵驍宗主上，竟然連一升麥都不送。據說有一年，北嶺一帶歉收，導致嚴重缺糧，於是就去向主上求救，結果主上沒有送食物，而是派了石工。」
酆都說到這裡，故意皺起眉頭，扮著鬼臉。
「——話說回來，這只是傳聞而已，聽說其實也有送了糧食，但當地人那麼說，是為了強調驍宗很瞭解故鄉真正的需要。大家都以為今年秋天，驍宗一定會送糧食或是送買糧食的錢，沒想到秋天時，還是派了石工，這件事是真的，這些從王都派來的優秀石工都負責修建道路。」

「驍宗主上瞭解故鄉真正的需要……」

泰麒說道，酆都點了點頭。

「沒錯。驍宗主上逢年過節，季節更迭時，就會用這種方式修建道路。隨著路越修越好，來往的旅人也增加了。」

「最後就讓北嶺富裕起來了。」

「正是如此，而且來自中央的石工會在當地雇用實際作業的工人。驍宗主上雖然沒有送錢給家鄉，但支付了那些工人的薪水。工人向王都那些手藝高強的石工學了手藝，就可以運用這些技術修補自家的房子和農地，甚至有人自立門戶，開始以石工為生。」

「這樣啊。」泰麒高興地小聲說道。

「有人以前住的房子只是在巴掌大的平地上建的棚屋，後來他們自己築起石牆，整地之後，終於建造了像樣的房子住了進去。農田也一樣，以前只有極少數地區有農田，農民每次去農田都很辛苦，但後來自己建了石牆，修了水路，在廬家周圍有了自己的耕地。」

隨著北嶺逐漸繁榮，旅人日益增加，位在入口的南嶺也跟著富了起來。

「——所以在委州的西北部，有很多崇拜驍宗主上的人。」酆都笑了笑，然後壓低聲音說：「但也因為這個原因遭到了阿選的討伐。」

「原來是這樣……」李齋不由得感到痛心。「在下以前曾經為了尋找驍宗主上的下落去過呀嶺，但是，當時呀嶺已經消失了……」

四周都是險峻高山的那片山谷中，原本的圍牆被燒得只剩下斷垣殘壁，還有很多像遺跡般的黑色基石，顯示那裡曾經有過許多房子。

酆都點了點頭說：「整個城鎮都被燒了，但那一帶的百姓至今仍然相信驍宗主上還活著。有人至今仍然在尋找驍宗主上的下落，還說即使主上不幸駕崩，在找到他的屍骨埋葬之前，絕對不會放棄。」

李齋想起之前去委州時，曾經投靠山上的隱士，住在草庵中。隱士的老翁已經放棄了，但他的孫女沒有放棄。

「在下記得那個少女要我無論如何都要救救主上，救救台輔……」

但是，那對爺孫因為藏匿李齋，都遭遇不測——

酆都聽了之後笑了起來。

「如果他們知道當時救的李齋將軍帶了台輔回來，一定會很高興，會認為太值了。」

「是嗎？」

「我可以打賭，委州的百姓絕對這麼認為，無論賭什麼都沒有關係。我本身也因為剛好在東架附近，所以才有幸協助你們，我很感謝上天賜給我這種良機。」

「是嗎……？」

當李齋小聲嘀咕時，他們剛好來到一棟民房前。走在最前面的去思停下腳步，敲了敲大門說：「就在這裡，原本希望可以安排在里府或是里家，但都被燒掉了，屋頂破了大洞。」

雖然並不是所有的堂屋都破了，但被燒毀之後就棄置在那裡，根本不適合居住。因為不僅沒有財力修理，也沒有人手去維護。

「這個里的里宰呢？」

李齋問。

「這裡沒有里宰，雖然名義上還有里府，但其實已經和旁邊的里合併了，只有里祠還發揮正常功能，目前由閭胥負責。閭胥剛好有事外出，所以無法向他打招呼。」

去思說完之後，又小聲說：「——我只告訴他是重要的客人，不好意思，所以在這裡會稱呼您為郎君。」

在去思說明時，門打開了，一個健壯的中年女人從裡面走了出來。

「歡迎你們。」

「不好意思，突然來打擾。」去思說完，請一行人進屋。一踏進大門，裡面是一個充滿生活氣息的院子，院子周圍的三側都是堂屋，是普通百姓生活的民宅。雖然空間不大，但整齊清潔。

中年女人是住在這個里的寡婦，她的丈夫和孩子在遭到阿選討伐時死了，她平時都在附近的城鎮工作，只有當有人來這裡投宿時，她才會回來張羅打掃。當有問題問她時，她都會開朗地回答，但同時手腳俐落地忙裡忙外，安頓一行人。除了有問必答以外，她完全不多話，也不會插嘴，只有一次，她主動問泰麒：「郎君，你看起來很累，沒問題嗎？」

「沒問題，謝謝妳。」

「你要好好休息。」

女人對泰麒露出微笑，關心地說完後，收拾完東西就離開了。

「這裡的人連自己過日子也捉襟見肘，還願意幫助去思和其他人。」

去思聽到李齋這麼說，也表示同意。

「這個里的人真的都鼎力相助，雖然因為我們的關係，付出了莫大的犧牲，但他們無怨無悔幫助我們。身強力壯的人都外出工作，賺錢照顧我們和老幼。」

這個里只剩下六戶人家，無法維持這個廬，大部分人都去不遠處街道旁的地方工作，但其實隱居在這裡的道士、僧侶人數和居民的人數不相上下。

老幼和身障者留在里內照顧里祠，負責開關里閭等公共雜務的同時，在一小片菜園內種菜，照顧家畜，勉強餬口，齊心協力支持那些道士。

「他們為了養活我們，個個都省吃儉用。」

李齋點了點頭，這是因為去思和其他道士冒著生命危險，為了國家——為了百姓，繼續留在這裡。

「只有瑞雲觀在製造丹藥嗎？」

泰麒問道，他可能也想到了相同的問題。去思挺直了身體說：

「不，並不是只有我們製造而已，他派也在各地道觀製造，但那是不同的東西——不，雖然都是丹藥。」

去思語無倫次，酆都立刻為他解圍。

「本地的其他道觀、寺院也會製造丹藥，各地的道觀也都會製造，但即使相同用途的丹藥，不同道觀的製品功效不同，而且瑞雲觀有獨自傳承下來的丹藥，如果瑞雲觀的道士不製造，就會慢慢消失。不光是瑞雲觀，其他道觀、寺院的製造方法都會慢慢流傳出去，但有些是祕方，也有些需要使用特殊的道具，所以不可能同時製造出所有的丹藥。」

「所以由神農賣去各地嗎？」

「對。」酆都點了點頭，「道觀也有系統，各宗派的道觀基本上只經手自家宗派道觀製造的藥，門前町的藥房會蒐集各派道觀製造的丹藥販賣，去城鎮的話也有藥鋪，所以我們會把藥批發到那些店家。」

藥鋪除了販賣道觀和寺院製造的藥以外，還有冬官府製造的藥。冬官府基本上只散發寫了調配方法的藥簽，由具有技術和設備的道觀寺院調配，但有些藥只有冬官府才有能力調配，然後直接送至藥鋪或藥師手上。雖然功效甚佳，但價格也很昂貴。

「幸好即使在目前的戴國，冬官府仍然持續供應藥物，不過只能勉強餬口的平民百姓根本買不起，老百姓只能仰賴便宜的丹藥。」

神農把丹藥運往全國各地的道觀、藥鋪和藥房，同時還負責送貨到各地設置的神農站。各地的神農站由宰領掌管，然後再將丹藥分配到下游的神農社。各神農社都有販賣丹藥的神農，這些屬於神農社的神農都扛著藥，定期在各里廬販賣。

「神農有頭目嗎？」

「並沒有特別可以稱為首領的人，因為並不是一個組織——有點像是親戚家族，每戶人家都有一個頭目，這些頭目結合在一起成為同族。掌管這一帶神農站的宰領名叫短章。」

「這位宰領目前在——？」

「他把據點移去其他地方了，因為表面上瑞雲觀已經滅亡，繼續留在此地也很奇怪，而且表面上神農也不會送藥過來，所以只能靠恬縣的百姓把藥送去各地道觀，然後派不至於會引起注意的少數像我這樣的人，為去思他們盡綿薄之力。」

短章手下的神農靠恬縣的百姓把藥送往各地，酆都負責馬州到文州的地區。

「從馬州州都的威稜到文州州都的白琅，還有江州州都的漕溝。」

他從恬縣把藥送去各州州都的神農站，酆都只在這三個地方往返，但短章手下還有其他神農前往他州，或是在更小範圍的地區巡迴。總而言之，從整體來說，神農深入瞭解這個國家的每個角落。

「旅行對我們來說是家常便飯，所以旅途中的一切就放心交給我吧。」

「謝謝。」泰麒很有禮貌地鞠躬道謝，李齋面帶微笑地看著他，然後問：

「明天的安排呢？」

「我希望可以到一個名叫北容的里，北容和這裡一樣，也是支持瑞雲觀的里，所以可以安心居住，只不過路不太好走。」酆都滿臉歉意地說：「因為是沒什麼地方休息的捷徑，敬請各位忍耐一下。」

「一切聽從你和去思的安排，無論走怎樣的路都沒關係。」李齋說：「不必介意，你似乎因為騎獸的關係有所顧慮，真不好意思。」

「彼此彼此，造成了各位的不便，北容已經備好了馬，很快就可以為項梁大人準備騎獸了，只不過我們能夠張羅到的騎獸很普通。目前正在盡力張羅，到時候會有人送到我們前往的地方。」

「這樣會太麻煩你們了。」

項梁慌忙舉起手說道。

「不，」酆都搖了搖頭，「至少讓我們盡一點力，原本很希望每人都有騎獸，但我不會騎會飛的騎獸。」

酆都說完，看著去思，去思也點了點頭。

「最多只能騎馬。」

酆都笑了笑。

「如果項梁大人也有騎獸，你們三位就可以飛空先去目的地，也不會引人注目。一旦有了馬，我和去思也可以趕路，不至於太拖累你們。」

「真是安排得太周到了，深感惶恐，感恩不盡。」

李齋鞠躬說道。從昨晚到現在這麼短的時間內，就已經做了這麼周到的安排。到底是短章的安排，還是淵澄和同仁？也許是酆都張羅了這一切。考慮到人力和資金的問題，應該是所有人的意願，實在太感謝了。

李齋忍不住再度為自己想到墨陽山感到幸運。

3

「酆都，你好像天不怕，地不怕？」

項梁把行李塞在床下時說道，同樣拿下行李，正在整理的酆都納悶地回頭看著他。

「你指哪一方面？」

今晚借宿的民宅是只有一個正房的小房子，小堂屋的左右有兩間臥室。雖然院子左右兩側都有廂房，但其中一間是儲藏室，另一間是面對街道的店鋪。據說以前是賣穀物的禾商在那裡做生意，不知道是否因為這個原因，房子雖然牢固寬敞，但只有兩個房間可以居住。泰麒和李齋睡一個房間，項梁、酆都和去思睡在同一個房間。

「項梁大人，你不和郎君睡一個房間嗎？那間臥室也比較寬敞。」

酆都的話還沒說完，項梁就制止了他。

「我睡這裡比較好。」

「但是，」去思委婉地表達了自己的意見，「這麼說有點失禮，李齋大人失去了慣用手，雖然這裡應該不會有危險，但項梁大人，為了以防萬一，你和他們住在一起不是比較好嗎？」

「別叫我大人，」項梁不知道第幾次苦笑著搖手這麼說：「這讓我很不自在，而且當道士用這種態度和我說話，外人會覺得很可疑。」

「對不起。」去思低下了頭。

「而且，千萬別小看李齋大人，雖然她對於自己的本事不如從前感到無地自容，但她畢竟是將軍，即使少了一條手臂，也仍然是高手。」

劍術的高低並非只取決於身體能力，在近身戰使用劍時，需要的是瞬間把握當時狀況的五感敏銳度，能夠分析所掌握狀況的冷靜，和為了逼近對方，敢於逼近危險一步的膽量，李齋的這些能力完全沒有受到影響。

「她也是從士卒一步一步成為將軍，身經百戰，在緊要關頭，可能比我更厲害。」

「是……這樣嗎？」

「我更擅長戈和長槍，如果擅長劍術的話，就不會使用暗器了。」

「長槍——所以項梁大人……項梁，你也會使用長棍嗎？」

「會啊，怎麼了？」

「可以請你教我棍術嗎？」去思一口氣說完，然後害羞地說：「雖然我知道，像我這樣的人即使稍微練幾下，也發揮不了太大的作用，但我希望盡可能不要拖累你們。」

項梁笑了起來。

「小事一樁，不管是我還是李齋大人，都很樂意和你練習。」

「李齋大人也會嗎？」

「現在可能有困難，但她當然會使用長槍。既然會騎騎獸，怎麼可能不會長槍和弓呢？」

酆都一臉好奇地聽著他們的談話。

「原來是這樣啊。你睡那張床沒問題嗎？真的不去那間臥房嗎？」

「我說了，我想睡這裡，還是說，我睡這裡會礙事？」

「沒這回事，完全不是這個意思。」

酆都慌忙搖手。

「如果不覺得我礙事，就讓我睡在這裡，而且我不太敢和郎君說話。」

「你也會這樣嗎？」去思瞪大了眼睛。

「因為之前就不曾有機會和郎君聊天，所以根本不敢隨便和他說話。」

去思笑了起來。

「我也是。現在知道不是只有我這樣而已，就安心多了。」

「所以看到酆都竟然可以輕鬆和郎君聊天，簡直太佩服了。」

酆都驚訝地問：

「難怪你剛才說我天不怕，地不怕。我雖然也很惶恐，但還是得開口啊。」

「就是沒辦法做到啊，又不是李齋大人。」

「是這樣嗎？」酆都苦笑著說：「……話說回來，郎君真是一個讓人猜不透心思的人。」

「是嗎？」

「我是徹徹底底的庶民，從來沒有看過雲上的世界，所以從來沒有想像過他是怎樣的人，但之前都隱約想像他應該更柔和——為人更飄然。」

「郎君的確和以前的感覺很不一樣，以前看起來更天真無邪。」項梁說到這裡，苦笑了起來，「只不過我最後一次見到他時，他還是小孩子。」

「那當然會不一樣了。」

酆都笑了起來，項梁也笑了。

以前——曾經見過泰麒幾次。項梁屬於禁軍中軍，所以在舉行各種儀式時，曾經近距離見過泰麒，只不過幾乎沒有直接面對面的機會。只有在英章將軍送幼馬給泰麒，項梁陪同前往時，曾經有機會說過話。英章的領地是馬的產地，那裡的名馬赫赫有名。驍宗和英章討論，想送一匹馬給泰麒，英章立刻精挑細選了一匹幼馬送到泰麒手上。泰麒第一次見到幼馬時，也邀請贈送者英章在場，當時項梁有幸握著韁繩，把幼馬牽到泰麒面前。

泰麒對項梁說：「謝謝你。」然後問他：「牠很溫和嗎？」因為是英章親自安排，所以當然挑選了脾氣溫和，受過徹底調教的幼馬。項梁牽著幼馬走過來時，幼馬也完全沒有任何不聽話或是神經質的動作。

「非常溫和。」

「但馬不都很敏感嗎？」

驍宗在七年前登基，記得那次是登基後剛過新年，泰麒才十一歲，年幼的他雙眼發亮，但怯生生地抬頭看著幼馬。

「雖然馬通常很敏感，但這匹馬很開朗，完全不會膽怯。」

「我可以摸牠嗎？」

「沒問題，請隨意。」

年幼的宰輔聽到項梁這麼說，向幼馬伸出了手。那匹幼馬不慌不忙，露出好奇的眼神看著泰麒。那匹馬不僅開朗，而且也很外向。

不知道是否摸到了鼻子上的汗毛，泰麒感覺有點癢地笑了起來。天真無邪的笑容——那是項梁對泰麒最鮮明的記憶。記得當時泰麒代替驍宗前往漣國回來不久。

「……這也難怪。」

酆都聽到項梁的自言自語，納悶地偏著頭。

「沒事——因為郎君之前被身邊信任的大人攻擊受了重傷。」

項梁回想起泰麒那天的笑容，不由得對這種殘暴行為感到心痛不已。

「聽說他之後吃了不少苦，難怪他內心會有陰影。」

「被攻擊……」酆都嘀咕道，「我之前聽說台輔登遐，我記得官方好像是這樣公布。」

項梁搖了搖頭。

「官方公布的消息應該並沒有提到台輔。」去思也表示同意。

「官方只公布了王的訃告，完全沒有提到台輔。」

正因為沒有提到台輔，在得知成立假朝時，大家都以為泰麒也同意了。

「但如果是假朝，朝廷的行為太奇怪了，所以在懷疑是不是偽朝時，瑞雲觀內也曾經討論，台輔到底去了哪裡。雖然有人懷疑台輔是否已經登遐，但後來認為應該不可能。」

雖然瑞雲觀和冬官府有密切的關係，但也不知道泰麒的消息，只知道王宮內完全沒有任何人提到曾經見到泰麒。沒有人實際看過，或是和泰麒見過面，甚至沒有聽說有誰見到過泰麒的傳聞。

「聽說王宮發生了災害，據說發生了蝕。」

項梁點了點頭說：「我當時在文州，所以並不知道實際發生了什麼，但我也聽說是這樣，那次的蝕之後，台輔就失去了消息。」

「有傳聞說，台輔被捲入了蝕，所以失去了消息，但也有傳聞說，台輔可能被關起來了。」

「其實，那次的蝕是台輔引發的。」

項梁昨晚深夜和李齋、泰麒一起討論今後的計畫時，從李齋口中得知了這件事。

「主上前往文州，台輔留在宮城，台輔雖然有使令——就是為了保護自己而降伏的妖魔，卻聽信鬼話，派了使令去文州保護主上。」

麒麟通常會驅使好幾個妖魔做為使令，但泰麒只有兩個使令。李齋說，這是因為泰麒是蓬萊出生——是胎果的關係。年幼的泰麒被花言巧語矇騙，派了唯二的使令去保護主上，在赤手空拳、毫無防備的情況下遭到阿選攻擊。

「阿選想要砍殺台輔，台輔在情急之下想要逃走，就引發了蝕。聽說稱為鳴蝕，麒麟遇到緊急狀況時，會引發這種極小的蝕。」

「怎麼會這樣！」酆都難掩憤慨地問：「台輔有沒有受傷？」

「台輔的角，」項梁指著自己額頭說：「台輔是麒麟，在以麒麟姿態現身時，額頭上有一個角，阿選斬殺台輔時，砍掉了台輔的角。」

「這不就代表阿選是從頭上砍下去嗎！竟然對才十多歲的孩子下這種毒手！」

項梁點了點頭。想到年幼的泰麒當時的樣子，就感到不寒而慄。阿選竟然對著年幼孩子的頭頂一刀砍下去。

「而且是對麒麟——對我們的麒麟做這麼殘忍的事。」

麒麟是百姓的守護神，隨時和百姓站在一起，施予慈悲。百姓都認為王也是麒麟施予的慈悲之一。

「台輔在情急之下引發了鳴蝕，逃離了現場，然後在那場鳴蝕中漂流到蓬萊。」

「蓬萊！」酆都瞪大了眼睛看著去思。去思對他點了點頭，表示事實的確如此。

「台輔說，他不知道回來的路。」

「正確地說，」項梁想起李齋的說明，「台輔的角被砍之後，他失去了麒麟的能力。原本麒麟可以在這裡和蓬萊之間來去自如，但台輔失去了身為麒麟的能力和記憶，所以無法回來。」

酆都困惑地眨著眼睛。

「我……不太懂。」

「其實我也不太懂。」項梁苦笑著。雖然他聽了李齋的說明，但光是聽那些說明，根本搞不太清楚。更何況項梁原本就對麒麟一無所知，只知道泰麒無法回來這裡，而且是因為阿選的關係，導致泰麒失去了回來這裡的能力。

酆都重重地吐了一口氣說：「但台輔幸好去了蓬萊，這麼一來，壞蛋就無法繼續追擊，而且蓬萊不是很棒的地方嗎？」

傳說中，蓬萊是神仙居住的幸福國度。

項梁苦笑著說：「真正的蓬萊好像並不是神仙的土地，也不是幸福的國度，至少台輔得了嚴重的穢瘁。」

「穢瘁……」
「聽說是麒麟才會生的病，是因為血的汙穢和咒怨引起的。」
「怎麼會……？」
酆都驚訝地張大了嘴，去思也目瞪口呆。
「原本台輔無法回來這裡，不僅如此，還會因為穢瘁的關係，早晚失去性命。但是李齋大人前往慶國，懇求同樣是胎果的景王去蓬萊尋找台輔的下落。最後得到了延王和其他各國王的助力，才終於把台輔帶回這裡，但阿選造成的傷並沒有癒合，台輔已經無法轉變，也無法使用使令，也找不到王氣了。」
「這——不是很危險嗎？」
「是啊。」
「一旦被敵人發現，那傢伙一定會再度攻擊台輔。台輔回來戴國沒問題嗎？」
「台輔要求回來戴國，他認為自己必須拯救戴國。」
即使回來戴國，也沒有能力做任何事。正如泰麒自己所說，他已經無法為戴國帶來奇蹟。如今，泰麒只是一個無力的年輕人，其實他應該留在慶國。但是——
「如果沒有台輔，事態就無法改變。」
即使李齋隻身回到戴國，告訴大家泰麒在慶國，也不可能改變事態。項梁覺得正因為親眼看到了泰麒，一切才開始動了起來。
從上次看到天真無邪的燦爛笑容至今有了六年的空白，回想起來，上次看到他的笑容不久之後，就發生了悲劇。在英章和項梁把幼馬送到泰麒手上的隔天，就接到了文州發生動亂的消息。

——六年前。

在前一年時，驍宗成為新王登基，更迭了州侯，加強了對土匪蠻橫行為的管制。土匪強烈反彈，也用暴力反抗。州侯為了平息暴力，派遣更多人員鎮壓，土匪用武器反抗。文州之前也經常發生這種情況，但在弘始元年年底，土匪占領了古伯，顯然不只是普通的衝突而已。州侯正式派了州師前往古伯，試圖趕走占領縣城的土匪，但新年過後，仍然無法趕走土匪，眼看即將陷入長期戰，於是就向國家上報了「文州發生動亂」的消息。

驍宗立刻決定派王師前往，並向禁軍中軍下達命令，要求和文州師齊力討伐引發暴動的土匪，解放被占領的縣城，保護被捲入的百姓。

4

「要派禁軍一軍的兵力嗎？」

項梁記得當時在軍府接獲命令時，曾經困惑地嘀咕。

「對，就是一軍。」

率領中軍的英章冷冷地回答，但說話的語氣帶著嘲諷。

「但是，」同樣是師帥的俐珪也和項梁一樣感到困惑，「我聽說……占領那裡的土匪只有五百人……」

俐珪越說越小聲。他在五名師帥中年紀最輕，面對英章時總是很膽怯。一來是因為他年紀尚輕，更因為他成為師帥才沒多久。以前的師帥基寮被任命為文州師將軍，原本是旅帥的俐珪被拔擢為師帥還不到三個月。更何況英章原本在某些方面就不好相處，所以項梁覺得他會心生畏懼也情有可原。

「敵人占領了縣城，周圍有牢固的城牆，而且我們對周邊的地理並不熟悉。」

英章聽了項梁的回答，冷笑一聲，語帶不屑地說：「莫名其妙，即使有地利之便，終究只是匪賊的集團，根本不是我軍的對手。而且文州也有州師，雖然都是一些膽小的鄉下兵，但有基寮擔任將軍，派一萬兩千五百名禁軍去打區區五百土匪，簡直就像是出動投石機去砸雞蛋。」

英章滔滔不絕地說完後，看著項梁說：

「你也這麼認為嗎？所以剛才問我是不是要派一軍的兵力？」

「嗯，是啊。」

英章說話向來喜歡冷嘲熱諷，所以項梁並不會太在意。

「這是主上的旨意。」

英章在說這句話時也語帶嘲諷，但項梁很清楚，他不可能對驍宗有負面感情。

「主上認為，重要的是必須讓文州的百姓知道，有國家在保護他們。」
派遣英章軍的目的，是希望文州的百姓看到禁軍一軍的英姿後，不再懼怕土匪。
原來是這樣——項梁忍不住想道。
「什麼時候出發？」項梁問。
英章語氣堅定地回答：「越快越好。」
「已經下雪了，」春官說，這場雪還會繼續下。」
「瑞州師在清理街道。」
在更迭文州侯之後，就預料到不久的將來，文州的土匪就會鬧事，所以在街道沿線重點配備了州師，每逢下雪，州師就立刻清雪。
「不愧是驍宗主上。」
對項梁來說，驍宗在成為主上之前，原本就和英章一樣，是他敬畏的長官。
「既然沒辦法等到春天，早去晚去都必須在極寒時期行軍，所以越快越好。等雪變小了反而麻煩，也會對掃蕩戰有負面影響。」
「遵命。」項梁和其他師帥都點頭，但接下來就忙壞了。雖然之前就預料到可能會發生意外狀況，做好了隨時可以出陣的準備，但遠征到文州需要更進一步的準備。
不眠不休地完成準備工作後，隔天就有一師的先遣部隊從鴻基出發，之後各師依次沿著街道北上，殿後的項梁軍和英章在三天後從鴻基出發。鴻基往文州的街道沿途都一片冰天雪地。天空中籠罩著冬季期間常見的雪雲，白色的鵝毛大雪不斷從雪雲飄落。除雪之後，風吹起被踩得很結實的街道上積起的新雪，部隊的腳下一片白色霧茫茫。

在積雪的街道上行軍半個月之後，英章軍抵達了文州琳宇，在郊外嚴陣以待。從那裡到發生動亂的古伯還有一天的距離。

——那些土匪突然大量湧入。

古伯的里宰說。這次是距離古伯不遠處衡門的土匪引發了暴動。衡門山是近年新開發的玉礦，只有玉泉，並沒有可以開採的礦床。在衡門山的玉泉也只能採集到二等的玉石，雖然礦山不小，但礦產並不豐富。治理那座礦山的土匪是新興的嘍囉土匪，所以經常發生糾紛。州派遣了監督官進行管理，但遭到了衡門土匪的拒絕，用暴力把監督官一行人趕出了礦山。州司寇派遣了師士，並向縣司寇下令要逮捕施暴的土匪，恢復衡門的秩序。至此為止，事態還在掌握司法的秋官管轄範圍內。

「通常的暴動都會在這個階段平息。」前來說明的州司寇說。

在秋官的管轄期間，都屬於暴動的範圍。當暴動持續擴大，被認為是叛亂時，管轄權就移交到掌握軍事的夏官手上，派出州師平定。土匪根本不是軍隊的對手，土匪也瞭解這一點，所以都會在秋官管轄期間適可而止。

「他們可能誤判形勢，沒有及時收場，所以和師士發生了正面衝突。」

師士雖然由秋官指揮，但其實是向軍隊借來的士兵。因為行動的目的是取締罪犯，所以不會不由分說地使用武力，但一旦真的打起來，不可能輸給土匪，衡門的土匪也一下子就被打敗了。但是，那些土匪並沒有投降，而是從山上逃了下來，逃到了古伯，在警備鬆懈之際入侵縣城，殺害了縣正，占領了古伯。

「這個首長真了不起。」英章露出冷笑，「明明附近已經發生了衝突，竟然沒有加強警備，仍然高枕無憂，最後整個縣城都被土匪拿下了——雖然在此之前，他就賠上了性命。」

州司寇縮著腦袋，好像是自己挨了罵。

縣城內有一個成為核心的里，古伯的里宰是一個有點年紀的溫厚女人，她的腿瘸了。

「被捲入的百姓受苦了——妳的腿怎麼了？」

「從山上衝下來的土匪想要搶義倉。」

義倉內儲存了發生非常狀況時的生活必需物資，在這片冬季沒有收成的極寒地區，義倉是百姓的生命線。

「日後需要義倉內的糧食和木炭，而且原本儲存量就不充足，他們經常向百姓敲詐勒索。為了幫助受害的百姓，不得不動用義倉內的物資接濟，所以原本就已經越來越少，如果再被他們搶走的話……」

周圍的百姓都冒著生命危險抵抗，於是遭到那些土匪的拳打腳踢。

「看來縣正平時就根本不保護里——沒關係，反正這個無能的人也自食其果。」

土匪襲擊了里的義倉，攻擊住民的住家，完全沒有人向他們伸出援手。因為縣城已經變成了土匪的大本營，里宰和其他倖免於難的居民都逃離了古伯。

「幸好你們保住了性命，我向你們保證，會盡速拿回古伯，義倉的事也不必擔心，只要讓傷者專心養傷就好。」

「謝謝。」里宰深深鞠躬。

項梁目送里宰頻頻鞠躬並離開後問：「承諾解決義倉的物資問題沒關係嗎？」

「沒問題，主上的旨意是安定文州百姓的民心，等到我們奪回古伯，就先把軍隊的兵糧給他們，然後再向州庫和國庫調度。」

「希望還有剩餘。」

驍宗登基後不久，國土因為驕王的窮奢極侈和之後的空位時代而荒廢，就連維持國家營運的義倉，也沒有充分的儲備。

「如果不夠的話，我會讓人從領地運來。」英章若無其事地說。英章的領地很富裕。不光是英章，驍宗麾下的將領都很懂得經營自己的領地。因為驍宗軍在評定部下的能耐時，除了戰鬥的巧拙以外，還會觀察是否具備營運領地的能力。無論將領的戰鬥能力再強，如果領地經營不善，就無法受到肯定。正因為這個原因，在驍宗登基之後，才能迅速整頓朝廷。

項梁噗哧一聲笑了起來。

「所以義倉的事解決了，接下來就只剩下完成奪回古伯的約定。」

「這件事更加輕而易舉。」

英章說得沒錯，在安營紮寨後立刻派了三個師包圍了古伯。封鎖了城門，封閉了縣城，殲滅了抵抗的土匪，解放了縣城，救出了受困的百姓。然後進軍縣城，掃蕩了固守縣城的土匪，不到半個月，就在將損害控制在最小範圍的情況下，如約解放了古伯。只不過項梁他們的任務並沒有結束，在解放古伯之前，鄰近的三個地方又有土匪暴動。

英章軍在掃蕩古伯的同時，還要應付那三個地方，好不容易即將鎮壓下來了，其他地方又竄出火苗。正在費工夫鎮壓時，又有新的地方發生暴動，連州師也全體出動，暴徒相互勾結，戰況持續擴大。這也許不是暴動這麼簡單，會不會是有計畫的謀反——在產生這樣的疑問之後，又從王都派了瑞州師的霜元軍，而且驍宗也親自帶著王師出征。

「主上御駕親征？」

聽到這個消息後，俐珪驚訝地問，項梁也同樣驚訝。

「似乎是這樣。」英章咬牙切齒地說完，把青鳥送來的信一丟。薄得幾乎透明的紙像一大片雪花般飛舞，然後落在地上。項梁撿起了英章不悅地踩過的紙片。信上的內容當然不能被其他人看到，必須確實銷毀。

俐珪一臉難以釋然的表情，但無法繼續問英章。戰況始終不見好轉，英章的心情一直都很差。對英章來說，藉助州師的兵力已經傷害了他的自尊心，如今還要藉助霜元軍的力量，而且在持續討伐土匪之際，雪慢慢變小了。白天的路面都溼答答，入夜之後，有許多腳印的路面都結了冰，行軍很不方便。有時候天氣熱得臉頰發燙，隔天卻寒風刺骨，又下起了雪。一切都讓英章感到心浮氣躁。

「通常王不會親上火線，」項梁接過了話題，「但戰場不斷擴大，照這樣下去，很可能把轍圍也捲進去。」

「轍圍就是函養山西側那裡嗎？是在山的那一頭，我記得是中等規模的縣城。」

「和規模無關，對主上來說，轍圍是特別的地方——對我們也一樣。」

以前，轍圍曾經因為拒徵被徵收繁重的稅捐而關閉公庫。驕王時代，因為驕王花錢如流水，耗盡府帑，於是增加稅賦，越是貧窮的地區負擔越大，如果再加上天候惡劣或是自然災害等不利條件，一旦繳完稅，就完全沒有糧食可以餬口。繳稅就會餓死，拒絕繳稅就會遭到懲罰殺害——轍圍選擇了後者，他們拒絕徵稅，關閉了公庫，也關閉了縣城持續抵抗，國家認定這是叛亂。於是驕王派遣了當時擔任將軍的驍宗前往鎮壓。

「……喔，原來是這樣，」英章嘀咕道：「原來你當時也在。」

「我在啊，師帥中——有目前調去文州的基寮和我——還有剛平。」

「對啊，我當時也在。」剛平說道：「當時我剛當上卒長不久。」

「禁軍一軍鎮壓守在縣城內的叛民——和古伯這次的情況很像。」

「哪裡像？而且我們當時輸了。」剛平笑著說。

俐珪聽了瞪大了眼睛。

「輸了？」

「應該說沒有贏。」英章撇著嘴說：「我們並沒有輸，只是也沒有贏。並不是轍圍很厲害，而是驍宗主上認為轍圍有理。雖然必須讓他們打開公庫，但轍圍的百姓並不是叛民。」

「我以為驍宗主上百戰百勝。」

英章皺著眉頭說。

「怎麼可能百戰百勝？主上經常因為這種奇怪的理由主動放棄勝利。」

項梁和俐珪都苦笑起來。

「雖然士兵中有人誤會，但驕王的將軍中，只有阿選是真正的常勝將軍。」

雖然還有另外兩個沒有打過敗仗的將軍，其中一個才剛當上將軍不久，另一個是絕對不參加可能會打敗仗的老狐狸。

「是喔……」

剛平深有感慨地回首往事。

「那一仗永生難忘，因為主上說，他們不是叛民，所以不能攻擊。」

「你們沒有展開攻擊嗎？」

俐珪發自內心感到驚訝。

「主上下令，絕對不可以攻擊。結果我們就像這樣——拿著盾牌，像烏龜一樣忍受百姓的鐵鏟和鋤頭。」

「劍呢？」
「根本不能帶武器，盾牌也只是內側貼了金屬板的木盾牌。當初聽到命令時，還以為叫我們去送死。」
項梁也想起當時的事笑了起來。
「是啊，然後就只能等對方打累了為止。」
雖然後世稱為「白棉盾牌」，在木盾牌的表面貼上棉花和羊毛，避免百姓受傷，但其實只有最初的階段使用了白棉盾牌。因為都用木盾牌抵抗攻擊，所以盾牌很快就壞了。盾牌變成了消耗品，為了珍惜物資，所以就不再使用棉花。驍宗當然也知道這件事，對驍宗來說，「白棉盾牌」是在開戰時表達禁軍意志的象徵，但在戰爭初期，驍宗宣布，如果棉花上沾到百姓的血就會嚴格處罰，而且持續貫徹這個命令。如果不顧一切地攻擊百姓，盾牌上沾到了血，就會受到嚴格處罰。
「當物資減少後，鐵板也越來越小。」剛平笑著說：「最後甚至連鐵板也沒了，無奈之下，只好把盾牌的尺寸加大，結果變得很重，根本沒辦法揮動，完全不可能發生不慎反擊的情況。」
「然後靠這種方法解決了問題嗎？」俐珪問。
「當然不可能解決問題，所以才會說，既沒有輸，但也沒有贏。」
「真是一場奇妙的仗。」剛平充滿懷念地嘀咕：「那些百姓起初看到我們沒有拿劍，就氣勢洶洶地打過來，但之後就慢慢手下留情了。」

「其實是因為打累了。當時他們都吃不飽，即使一直打人，也很耗體力。」

「打我們的那些百姓漸漸體力不支，所以我們就把食物塞在懷裡，等他們準備離開時，把食物交給他們。」

「他們曾經送我煮熟的蜂斗菜，還很同情我說，你也是為了執行任務，真是辛苦了。」

「的確有這種事。」剛平笑了起來，「還有人為我們包紮傷口，問我們沒問題吧？」

俐珪始終瞪大了眼睛。

「……這場仗打得真有牧歌情調啊。」

「哪有什麼牧歌情調，終究是打仗，是你死我活的戰場。」

被禁軍包圍的轍圍居民做好了被殲滅的心理準備，他們以為軍隊是來殺他們的，所以當初殊死反擊，花了很長一段時間才瞭解到項梁他們沒有戰意，但也並不是所有的百姓都相信。

「有人送了命，也有人受了重傷。我拿盾牌的手臂也完全失去了知覺，接下來有好幾年，手都沒辦法伸直。」

即使如此，項梁和其他人仍然貫徹了驍宗下達的「不准打百姓」的命令，是因為他們對驕王的奢侈導致百姓犧牲這件事感到義憤難平。課徵這麼重的稅，根本無法生活，難怪他們要拒絕繳稅——越是下級的士兵越強烈感受到這一點，所以項梁聽到驍宗說「轍圍有理」時很高興，也才能夠持續服從這種離譜的命令。

「那場仗糟透了，我根本不願回想。」英章咬牙切齒地說：「但轍圍那些人並不傻，最後還是打開了門，同意繳稅。」

「打開門的那些人都在流淚，」剛平說：「從公庫搬運物資的士兵也都跟著哭了起來。」

因為一旦繳了規定的稅，就等於做好了冬天挨餓受凍的準備。正因為這樣，他們做好了被稱為叛民，遭到殲滅的心理準備，也要把城門關起來。最後他們改變主意繳了稅，但也同時看到了自己將受飢餓折磨的未來。項梁也在沮喪地站在那裡的轍圍民眾臉上，看到了死亡的影子。老人和孩子，還有受傷的人。即使如此，他們仍然必須納稅，否則這場仗就會打不完。

「那件事之後，正視了稅賦過重的問題，隔年就稍微減輕了稅賦。那場仗打完之後，我們也自掏腰包支援了他們，但對他們來說，那年冬天還是很難熬。」

即使明知道如此，仍然必須徵稅，否則就會動搖國家的基礎。為了穩固國家的基礎，就只能攻打轍圍，如果他們抵抗，就只能殲滅。雖然驍宗堅決不攻打轍圍的百姓，但如果戰線延長，增派援軍的可能性增加，到時候就無法避免轍圍被斬草除根。

「明知道將來會挨餓，仍然把門打開必定悲痛萬分，但他們還是感念驍宗主上說理在他們那一方，持續讓步的命令。」

贏不了的轍圍和贏不了的禁軍，對雙方來說，只有百害而無一利，但兩者之間建立了感情。

「所以主上這次御駕親征。」俐珪說：「但……這是多久之前的事？」

「多久了呢……」剛平偏著頭思考，「很久以前的事了，至少當年打我們的人應該都已經離開人世了，搞不好他們的孩子也死得差不多了。」

「應該吧。」項梁苦笑著說：「對轍圍的人說，已經變成了古代的故事，但我們還活著，是我們親身經歷的回憶。」

驍宗對轍圍有特別的感情，無法明知轍圍有危險而見死不救，正因為這樣，所以才會親上火線，避免土匪——避免戰火延燒到轍圍。

然後，驍宗就在行軍前往轍圍的途中突然消失了。

5

項梁等英章軍在琳宇安營紮寨，驍宗在三月初和霜元軍一起抵達了陣地。雖然持續打這場毫無成果的仗，但冰雪開始融化，平原上，陽光照射的斜坡上，積雪消失，已經露出了下面的泥土。文州熬過了漫長的冬天，終於即將迎接春天。

成為一國之王的驍宗並沒有自己的軍隊，當時禁軍右軍派了兩個師給他，由他負責指揮。禁軍右軍就是阿選軍。驍宗當然不可能知道接下來會發生的事，率領阿選手下的兩個師，總共五千名士兵來到了琳宇。

「戰況如何？」

驍宗一抵達陣地，立刻問英章。項梁當時也在場，內心緊張不已。驍宗造訪英章的營帳——以前經常有這種事，但在驍宗登基之後，照理說不可能再看到這樣的景象。在驍宗登基之後，項梁也是第一次親眼看到他。驍宗公務繁忙，之前把幼馬交給泰麒時，他並沒有出現。

驍宗的體格在軍中並非出類拔萃，但一頭白髮和紅眼，以及莊重的氣質與眾不同。

——完全沒變。

項梁看著默默傾聽英章說明的驍宗，忍不住這麼想。硬要說有什麼不同，就是比之前瘦了些。也許因為遠離戰場的關係，他的皮膚也比之前白了些，所以增添了幾分伶俐的感覺。

「總之，必須阻止安石的土匪東進。」

英章指著地圖對驍宗說。當州師從白琅方面進攻後，原本在琳宇的西北方——文州州都白琅和轍圍之間安石的土匪逃向了東方的轍圍。

「轍圍南方的象山一帶也有異常的動靜，之前收到消息，土匪漸漸集結在豐澤。」

「形勢的發展太可疑了，英章，難怪你一直打不下來。」

「我也無可奈何。」

英章不悅地說，驍宗聽了忍不住笑了起來。

「幸好你沒有因為大動肝火，把文州一把燒光。」

驍宗說完這句話，回頭看著項梁等人。

「也讓你們受了不少苦。」

然後，他的視線停留在項梁身上。

「項梁，好久不見，最近還好嗎？」

項梁忍不住輕輕跳了起來。

「是，託主上的福。」

「剛平，你似乎也不錯。」

驍宗對剛平點了點頭，然後向其他師帥打招呼，最後說：「俐珪也平安無事，真是太好了。這次是你成為師帥後第一次遠征，應該很勞累吧。」

俐珪完全說不出話。這應該是他第一次親眼看到驍宗，沒想到驍宗竟然知道自己。他興奮得紅了臉。其實這不值得驚訝，驍宗記住下屬的能力超強，即使是雜務兵，他也能夠過目不忘。即使沒有見過面，只要是認識的人身邊的士兵，他也都會記住。

「不光是俐珪，我們只是盡自己的職責，不值得慰勞。只是接下來該怎麼辦？」

英章心浮氣躁地問。

「你才是指揮官啊。」

「我不想聽這種不好笑的玩笑，禁軍是王的私兵。」

驍宗噗哧一聲笑了起來。

「那就來聽聽你有什麼打算。」

「雖然我很希望可以前往安石，阻止土匪東進，然後和州師東西夾擊，但如果輕舉妄動，就會背對象山。我認為那些土匪似乎在背後串通，既然這樣，背對象山就不是好主意。」

「完全正確。這條路，」和驍宗同行的霜元指著地圖說，他率領瑞州師左軍，「似乎穿過安石的街道。」

「通往安石的西方，這會更加把那些傢伙往東趕，而且安石西方目前在州師的控制之下，和他們會合並沒有意義。」

「有沒有通往安石以東的方法？」

「有幾種方法，但並沒有路可以讓大軍移動。每條路積雪都很深，而且可能遭到埋伏，也不建議分散兵力移動。」

英章和項梁等師帥根據現場狀況得出了結論，軍隊往豐澤挺進，在那裡阻止土匪繼續往東。從豐澤到轍圍需要兩天的時間，如果安石的土匪逼近轍圍，可以立刻趕過去。問題在於象山的土匪行為可疑，如果貿然靠近，可能會刺激土匪，招致暴動，但土匪也可能看到軍隊進入後，暫時不敢輕舉妄動，平息目前不穩定的形勢。如果像最近所懷疑的那樣，土匪果真在背地裡勾結，當他們控制豐澤後，安石的土匪也會立刻接獲消息。如此一來，安石的土匪就無法輕易前往轍圍，如果他們打算把軍隊引至安石，和背後象山的土匪一起夾擊，就會知道這個陰謀失靈。

驍宗聽了英章的說明後表示同意。隔天天亮之後，禁軍開始向豐澤移動。項梁等英章軍打頭陣，俐珪率領的先遣部隊最先從琳宇出發，從沿著山麓的街道前往豐澤。驍宗軍也緊跟在後，霜元軍最後出發。沒想到第三天發生了異常變化。

那是一個雲壓得很低，天氣格外暖和的日子。最前面的俐珪軍遭到土匪襲擊，當軍隊來到狹窄的山谷時，躲在周圍山稜線的土匪毫無預警地展開了攻擊。土匪的人數不多，而且陣勢也不嚴謹，但因為俐珪軍的地理條件不佳，所以預計將會陷入苦戰。英章接到報告後，立刻派傳令兵通知緊跟在後的驍宗，然後就發現驍宗失蹤了。

向原本走在驍宗周圍的士兵打聽驍宗的去向後得知，在行軍開始後不久，驍宗說要和後方的霜元會合，於是帶著護衛離開了行軍的行列，停在原地。士兵聽了之後，就留下驍宗一行人繼續前進，但接著抵達的霜元軍中沒有任何人看到驍宗，負責護衛驍宗的二十五名經過精挑細選的騎兵，也和驍宗一起失蹤了。

問了驍宗軍的士兵，他們也不知道驍宗什麼時候消失。照理說，他們應該看到驍宗一行人停在街道旁，但士兵的證詞各不相同，無從得知驍宗到底什麼時候失去了蹤影。在這種情況下，根本無暇打仗。

於是英章立刻把土匪交給俐珪軍，開始在周圍一帶尋找驍宗。在太陽下山時，下起了那一年的第一場雨，原本光線就很昏暗，下雨之後的視野變得更差了。雨量雖然不多，但下不停的雨融化了留在雪地上的痕跡。條件非常惡劣，雖然徹夜搜索，不要說驍宗的身影，甚至沒有發現任何顯示他去向的線索，也沒有找到和驍宗一起消失的二十五名優秀騎兵。但是——驍宗騎的計都在隔天獨自回到了營地。

「戰況如何？」英章在深夜回到營帳後問。

剛平回答說：「俐珪回來這裡了，他們總算後退到安全的地方了。應該是趁一連串暴動的影響，敵人也不算太難對付，接下來交給旅帥應該就可以搞定了，只是時間的問題。」

「是嗎？」英章看著被叫回來的俐珪點了點頭。

「——然後呢？騎獸的狀況如何？」

「看起來並沒有受傷，雖然情緒有點激動，但鞍和行李都很安全，看起來不像是主上騎在騎獸上時發生了問題。」

英章用鼻子冷笑一聲。

「當然啊，如果是騎乘時遭到攻擊，計都怎麼可能乖乖跑回營地，回到廄房呢？」

「牠的脾氣這麼暴躁嗎？」俐珪問：「看起來不像啊。」

「也不是脾氣暴躁，而是乖僻——和牠的主人一樣。」

「英章大人。」

「我只是實話實說，」英章坐在交椅上搖了搖手，「計都是主上捕獵後親自馴服的。」

「有辦法自己馴服嗎？」

「主上有辦法，只是沒辦法像騎商那麼厲害，所以除了主上以外，其他人都沒辦法騎，但牠也不會隨便亂攻擊人。」

「牠還真聰明。」霜元說：「牠會看人，除了主上以外，牠根本不聽任何人的指揮。」

「哼。」英章冷笑一聲，「可見牠不是回來，而是來找驍宗主上。牠回到主上可能出現的營地，但沒有看到主上，所以很煩躁。顯然是驍宗主上在某個地方跳下騎獸，根據阿選軍士兵的證詞，應該是憑自己的意志去了某個地方。」

「關於這件事，」霜元壓低了聲音，「這就是我請大家都來這裡集中的原因。」

「你說有事要私下談，就是這件事嗎？」

霜元點了點頭說：「主上在失蹤的前一天晚上曾經來找我，祕密借用了我手下的士兵。」

不光是英章，在場的所有人都露出了詫異的表情。

「主上直接來找我，要我祕密借士兵給他。我問了原因，但主上沒有告訴我，叫我什麼都不要問，只要為他找一個武功高強的人到營帳，然後由那個人擔任指揮官，再借調十五名精銳兵力。」

指揮官來到霜元的營帳後，驍宗請霜元迴避，向指揮官下達了指示。霜元也不知道驍宗到底下達了什麼指示。

「指揮官挑選了十五名精銳，立刻編成了三伍，所有人都騎了坐騎。」
霜元說，那些手下當天晚上就不知道去了哪裡。
「之後也沒有再回來。」
既然驍宗特地借兵，顯然有什麼計畫。難道是為了這個計畫，在行軍途中帶著護衛一起，離開了隊伍嗎？之後又去了哪裡、做什麼呢？驍宗應該停下腳步後不久就消失了。難道是去了某個地方之後，發生了什麼意外？或是遭到土匪的襲擊？項梁和其他人推測可能發生了這種情況，展開了大規模搜索，就在這時，鴻基傳來了令人驚愕的消息。
白圭宮發生了蝕，造成多名國官死傷。
「為什麼天上會發生蝕！這不是根本不可能的事嗎？」
英章大發脾氣。
「台輔和六官都平安嗎？」霜元擔心地問。
「聽說……台輔不見了。」
「怎麼會這樣！」所有人都忍不住問，然後說不出話。
「要瞭解進一步狀況，趕快派人去。」
霜元的話音未落，英章就語帶不屑地說：
「已經派人來這裡了。在瞭解詳細情況之前，我們不能輕舉妄動。」
當務之急是尋找驍宗的下落。雖然在接獲消息之後，再度舉兵展開搜索，但仍然沒有發現驍宗和負責保護他的優秀士兵下落。

王師徹底亂了方寸，霜元趕回鴻基說明目前的情況。尋找驍宗的下落耗費了人力和時間，導致和土匪之間的戰況陷入膠著。不久之後，從鴻基傳來了令人絕望的消息——白雉已鳴末聲。

也就是說，驍宗已經在某個地方駕崩了。

項粱至今仍然無法忘記當時所承受的打擊。驕王的剝削導致國力荒廢，好不容易有了新王，準備邁向新的時代，沒想到在短短半年之後，王就駕崩了。王宮傳來泰麒消失的消息也讓人陷入更深的絕望。這個國家將何去何從？想到這件事，心情就很鬱悶。百姓也悲聲載道。他們對新王的時代充滿希望，聽到王駕崩的消息，文州百姓都意志消沉，士兵和百姓全體出動搜索，希望至少可以找到驍宗的屍體加以埋葬，卻始終沒有發現。由於想到驍宗可能遭到土匪襲擊，所以土匪頓時成為全民仇敵。來自鴻基的臥信軍加入後，徹底掃蕩了土匪，這才終於平定了文州的動亂。

但是，現場仍然相當混亂，而且承州也有土匪謀反，同時發生了好幾個狀況。中央下達了詳細的指示，軍隊分出一師、兩師分頭行動的情況越來越多，就在這陣混亂中，一隻鳥飛到了營地。

那是李齋送來的消息。

——阿選謀反。

6

突然響起敲門聲，項梁回過了神。

他在去思和酆都的要求下回首往事，由於說得太專心，不知不覺中夜已深。酆都起身打開門，發現李齋站在門口。

「怎麼了？」

「沒事，在下看到你們燈還亮著，又聽到說話聲。台輔睡不著，在下想讓他喝點熱飲。」

「那我來吧。」

「沒關係，在下來就好——如果你們也睡不著，也一起來喝茶。」

他們高興地點了點頭，來到堂屋，發現泰麒獨自等在那裡。

「該不會是我們太吵了？」

「不是，可能是因為情緒太激動了——你們也是嗎？」

去思昨天晚上幾乎沒時間闔眼，但今天長途跋涉了一天，情緒仍然高漲，完全不想睡。

「我們正在聽項梁說文州發生的事。」

「是嗎？」李齋點了點頭，昨天晚上，去思在匆忙為這趟行程做準備時，李齋、項梁和泰麒一起聊到天亮。李齋和泰麒都已經瞭解了文州當時的情況。最後，酆都急忙為火盆生了火，煮了開水，去廚房找來了茶具。

「——所以白雉鳴末聲的消息是假的？」

酆都在泡茶時問，李齋點了點頭。

「當時在下前往承州，負責照顧白雉的二聲氏逃到在下的營地。二聲氏目擊了阿選揑造白雉末聲的瞬間。」

「這也是偽王——阿選的計謀嗎？」酆都嘆著氣，「阿選到底是怎樣一個人？我記得以前曾經聽說，他是一個很有才幹的將軍，在驕王駕崩後，甚至有人說他可能是下一任的王。在事蹟敗露之前，都沒有懷疑他嗎？」

李齋和項梁，還有泰麒交換了眼神。

「應該沒有人懷疑他。」項梁回答：「至少我們在接獲李齋大人的消息之前，完全沒有懷疑他。」

「在下也一樣。」李齋說：「在見到二聲氏之前，也完全沒有起疑心。去承州之前，在下朋友曾經質疑阿選，在下也不相信。阿選原本是和驍宗主上不分軒輊的將軍，不光有軍事能力，還具備了政治能力，通情達理，深得部下信賴。驍宗主上也對他另眼相看，我們這些部下也一樣。」

項梁也點了點頭。

「阿選在我們之間也很有威望，完全看不出他會做出這種大逆不道的事。說句心裡話，至今仍然難以相信他謀反這件事。」

「他和文州之間有什麼關係嗎？」去思問。

項梁回答說：「不知道，至少表面上沒有什麼關係，所以沒有人把文州和阿選連在一起。更何況文州爆發土匪之亂時，阿選根本不在戴國，當時他和台輔一起出國了。」

泰麒點了點頭。

「我去漣國找廉王，當時阿選一同前往。」

李齋點頭同意。

「在決定派兵文州時，他才終於回國。正因為這樣，在決定征伐文州時，完全沒有考慮派遣阿選軍。因為主上希望藉由派遣禁軍，讓文州百姓瞭解到，王把文州的安寧視為首要問題，同時因為阿選剛回國不久，所以主上並不打算派他前往文州討伐。而且大家都覺得，雖然阿選出國時，士兵都留在國內，但阿選長途旅行回國不久，根本來不及做上戰場的準備，如果硬催他上戰場，未免太殘酷了。」

「在此之前，也不曾聽說過主上和阿選不和的傳聞。」項梁說：「相反地，他們表面上看起來相處很融洽，所以在接到李齋大人的消息之前，沒有任何人懷疑阿選。但既然得知阿選謀反，攻擊主上的凶手顯然就是和主上一起消失的那些阿選麾下的護衛。他們一定用什麼方法誘引了主上，然後襲擊了主上。但是，主上並沒有駕崩。既然這樣，應該是被帶走了，之前曾經和英章將軍討論過，真的會有這種可能嗎？」

驍宗失蹤後，軍隊停止了行軍，接著展開大規模的搜索。因為當初認為可能是土匪襲擊，所以徹底搜索了可疑人物和可疑物品，就連軍隊內部也不例外。因為土匪很可能混在為了處理壓平路面、搬行李這些雜務臨時雇用的當地工人中，於是徹底搜索了是否有人有驍宗曾經佩戴在身上的物品，或是帶著有可能行凶武器的人。

「雖然進行了徹底搜索，但完全沒有找到這種東西。」

最後完全不知道發生什麼事。項梁說。

「照理說，應該進行細密的調查，瞭解到底發生了什麼……」

但是，被派至文州的軍隊之後陷入了一片混亂。在搜索驍宗的同時，霜元帶著親信，飛空回鴻基報告前線狀況。同時，失去指揮的阿選軍在師帥品堅的率領下回到鴻基，臥信軍又從鴻基出發，前往討伐土匪。臥信軍投入之後，五月時，終於暫時平定了文州之亂。但隨即又收到消息，承州邊境發生動亂，於是派遣了熟悉承州地區的李齋軍前往。之後，霜元又接獲已經掌握朝廷的阿選指示，率領一半的兵力從文州前往承州。半個月後，在李齋進入承州時——也是霜元從文州出發之際，臥信軍接到了掃蕩土匪戰已經告一段落，立刻回朝的命令，但要留一半兵力在文州，維持文州安定。

「真複雜啊……」

酆都有點不知所措地喃喃說道，項梁苦笑著說：

「是啊，但實際情況更複雜，一下子討伐，一下子報告，接著又有支援，要立刻分配軍力左奔右跑，每次都有冠冕堂皇的理由，似乎可以接受，但總覺得有哪裡不太對勁，只是還不到表達不滿的程度。」

雖然當時有人批評，凡事都很被動，但並沒有人提出質疑。直到六月，接獲了李齋送來的青鳥帶來的消息。

「那時候才發現，主上的麾下只有巖趙將軍還留在鴻基，而且其中有兩師被派往他州，只有三個師還留在鴻基。」

在青鳥抵達之後，立刻收到了來自鴻基的消息，「李齋謀反」，而且命令前往承州的霜元前往討伐李齋。同時留在文州的英章也接到了討伐李齋的命令，但他們已經知道阿選才是幕後黑手，當時，臥信接到回朝命令，剛從文州離開不久。

「如果不參加討伐李齋，就變成逆賊。」

阿選應該希望項粱等人產生反彈成為逆賊，當時「夏官長協助李齋」的傳聞甚囂塵上。夏官長芭墨對李齋謀反提出了異議，於是流言說，這是為了袒護李齋——甚至說什麼可能是主上的老臣芭墨唆使新加入的李齋。驍宗的部下當然不相信「芭墨是幕後黑手」這種傳聞，所以必然會反彈。事實上，阿選以首都防禦不足為由，在九州內除了瑞州以外，調動了其他州的一部分州師前往鴻基，顯然準備在鴻基等候驍宗的部下反抗。

「最後，我們英章軍和霜元將軍、臥信將軍留下的部下都在文州解散，丟掉了徽章，離開了文州……」

霜元也和率領的士兵一起在承州消失了。被召回首都加強防禦的臥信軍也在抵達鴻基的一、兩天內都消失無蹤了。

「不知道大家是否平安。」

項梁無法回答泰麒的這個問題。

「到目前為止，都沒有聽說任何人遭到處死的消息，所以應該潛伏在某個地方，只不過應該不可能所有人都平安。」

事實上，聽說在承州解散的李齋軍，有很多人都遭到殺害。

「項梁，你也不知道英章目前人在哪裡嗎？」

「很遺憾，我不知道。」

項梁和其他人在文州解散後就離開了，但並不是毫無秩序地離散，當初留下了和英章的聯絡方式，也和以前的部下——可以稱為項梁部下的旅帥建立了聯絡網。但是，和成為師帥和英章聯絡關鍵的俐珪失去了聯絡。俐珪在出生地有牢固的地盤，當初認為他最能夠安全潛伏，只有俐珪知道英章和其他師帥的下落，但俐珪之後似乎發生了不測，只是不知道他到底發生了什麼事。

「但到目前為止，並沒有聽說英章將軍遭到逮捕或是被處死的傳聞，所以應該並沒有發生俐珪手上的情報被阿選掌握的狀況。」

項梁也不知道這到底該說是幸運還是不幸。

「原本是我部下的三名旅帥死了。雖然當初我指示他們分別潛入地下，但他們三人似乎忍無可忍，想要反抗阿選，結果遭到了誅殺。在這種危險的情況下，無法接觸原本建立的聯絡網，剩下的另外兩名旅帥應該也有同樣的想法。」

「其他人呢？巖趙之後的情況怎麼樣？」

驍宗還是將軍時，曾經重用四名部下，分別是巖趙、霜元、臥信和項梁之前追隨的英章，這四個人原本都在驍宗軍擔任師帥，後來成為王師的將軍。驍宗軍還有另一個名叫杉登的師帥，但嚴格說起來，他並不是驍宗的部下，而是巖趙的部下，在驍宗登基後，他擔任巖趙軍的師帥。

「沒有聽到他被處死的消息，但也沒有聽到有人曾經見到巖趙將軍的傳聞。巖趙軍似乎仍然留在鴻基，將軍好像已經換人了，所以巖趙將軍應該遭到了更迭。」

巖趙的部下包括杉登在內，基本上都被編入了阿選軍。雖然有很多人因為不接受而遭處死，或是從軍隊逃亡，但聽說大多數人都被編入阿選軍，負責首都的防衛工作。

「這樣啊……」泰麒喃喃嘀咕。

「王師六軍中，除了阿選軍和禁軍左軍以外，四軍都已經離散，之後完全沒有聽到任何相關消息，至少沒有任何一名將軍遭到逮捕，只不過——」酆都說到這裡，稍微笑了笑，看著李齋說：「但有傳聞說，李齋將軍可能遭到暗殺，看到將軍平安無事，真是太好了。」

李齋聽了似乎也只能苦笑。

「項梁他們馬上決定逃走是英明的決定，驍宗主上的麾下對阿選來說絕對是眼中釘，不僅如此，他擔心如果把主上的麾下留在鴻基，自己可能會背後受到襲擊。即使留在地方，也會成為反抗勢力的核心，可能對他造成威脅。即使表現出服從的態度，像巖趙一樣遭到更迭算是比較好的待遇，但更可能像在下一樣，被羅織莫須有的罪名遭到處決。」

「應該是。」泰麒說：「那六官長呢？你們知道六官長目前的情況嗎？」

項梁開了口。

「聽說冢宰去世了，天官長下落不明。很遺憾，目前並不知道他們之後的情況。芭墨大人雖然逃離了王宮，但聽說在委州被處死了。冬官長琅燦大人應該還留在王宮內，但冬官長的職務遭到解除，和巖趙將軍一樣，沒有人看過她。巖趙將軍和琅燦大人就像是主上的家人，也許他們被當成人質關在某個地方。」

「是嗎？」泰麒小聲地應了一聲。泰麒和巖趙、琅燦都很親近，所以他一定很難過。

「目前也不知道其他人的消息，但至少目前並不在王朝內，只知道春官長張運還在王宮內，目前是冢宰。」

泰麒驚訝地抬起了頭，皺起了眉頭。

「張運大人之前不是驍宗主上的部下……」

「不是。」李齋回答：「他是先代的王——驕王時代的官，雖然沒有受到重用，但做事很踏實，驍宗主上欣賞他這一點，所以拔擢他擔任春官長。」

「所以他倒向阿選也不意外……」項梁自言自語地說。
「也可能只是徒有虛名的冢宰，因為目前對王宮的狀況一無所知。」
項梁點了點頭說：
「還有——正賴大人。我記得他在鴻基。」
泰麒正視著項梁。
「他平安無事嗎？」
正賴是瑞州令尹，也同時是泰麒的傅相，是和泰麒最親近的臣子。
「……不知道能不能說是平安。據說正賴大人在阿選坐上王位之前，就趁亂隱匿了國庫內的財產，因此被阿選逮捕，接受了嚴格的審議。」
也許已經被處死了——項梁把這句話吞了下去。因為看到泰麒的臉，根本無法把這句話說出口。
「這樣啊……」
泰麒並沒有露出鬆了一口氣的表情，他可能察覺了項梁沒有說出來的話。
「——真是太悲慘了。」
酆都說。驍宗麾下的將軍和官員幾乎都消失無蹤了，阿選徹底擊潰了驍宗的王朝。
——但是，既然阿選已經做得這麼明顯，百姓也瞭解阿選才是篡位者。當初阿選以驍宗不在，暫時接替王位而登基時曾經受到支持，也騙取了信任，但質疑逐漸擴大。瑞雲觀首先提出了質疑，當瑞雲觀遭到消滅後，阿選篡位一事也變得明朗，當然出現了譴責的聲音，也出現了反彈勢力，但都沒有成功。

去思想起了當時的情景，他至今仍然無法忘記那天晚上的恐懼和憤怒。更令人憤怒的是，阿選為了竊取王位不惜濫殺無辜，但在取得王位之後，完全沒有任何作為。

「阿選為什麼棄百姓不顧？」

去思忍不住說。

「他費盡心思竊取了王位，為什麼不好好執政？」

李齋和項梁困惑地互看了一眼。

阿選當初登基時，看似想要建設國家。驍宗雖然登基，但戴國因為驕王的專橫和之後約十年王位無王，導致國家陷入貧窮。戴國原本氣候條件就不理想，尤其是北方，冬天必須靠夏季的存糧過日子。一旦缺乏國家支援，百姓只能挨餓。驍宗積極拯救地方，努力重整國家。阿選當初似乎也繼續這些政策，但國家發揮正常功能運作只維持了不到一年的時間。雖然沒有大肆欺壓百姓——但也沒有任何拯救措施，各地都由府第自行決定如何治理，國家完全沒有進行任何指揮，完全放任不管。

「有傳聞說，丈將軍……是否已經不在王位上了。」

酆都說，但大家聽了都露出了困惑的表情。

「我也聽過這個傳聞。」項梁說：「說是阿選已經遭到討伐，目前已經不在王位上。」

「會有這種事嗎？」

酆都問，李齋搖了搖頭。

「如果沒有人掌朝，朝廷不可能發揮功能。」

「正因為朝廷沒有發揮功能，所以才沒有實施任何管理，不是嗎？」

「在下認為如果沒有人掌朝，目前的朝廷也無法維持。因為一旦群龍無首，官員就會展開勢力鬥爭，想要擴張權勢的人就會發動激烈的抗爭，朝廷會瓦解，會陷入更嚴重的無秩序狀態。」

李齋沉思著回答，然後又搖了搖頭說：「不……目前的狀態並不像是朝廷已經瓦解，因為至少維持了政務的秩序，既維持了最低限度的保安，租稅也照樣徵收，不允許任何反抗。這代表有力量在努力維持國家的形式。但是——」

並沒有救濟民生。

窗外傳來輕微的蟲鳴聲，夜晚一天比一天寒冷，這些蟲鳴聲應該很快就聽不到了。霜降、下雪——寒冷的冬天正式來臨，對戴國的百姓來說，將會是決定生死的一個冬天。

去思想起東架的人。東架每年冬天都會死人。即使在冬天之前努力存糧，但每年的存糧都不充裕，無法預料是否能夠撐到春天。今年去思離開了東架，但又增加了園糸和栗這對母子，希望東架沒有人會挨餓受凍，熬過這個冬天。

隔天早晨，為他們打雜的女人送他們離開了那個好像隱居里的小里。

酆都在挑選路徑時格外小心謹慎，盡可能不引人注意。一行人走在無人的路上，在當天傍晚時分，抵達了一個冷清的城鎮。在進入城鎮之前，泰麒停下腳步，回頭看向身後的天空。

李齋問泰麒：「怎麼了嗎？」

「城門會在傍晚關閉吧？」

「對，一旦關閉，基本上在天亮之前就不會再打開。」

「傍晚有固定的時間嗎？還是只是指日落的時間？」

「是指日落的時間，根據曆法所寫的日出和日落的時間。」

「這樣啊。」

泰麒點了點頭，將視線從李齋身上再度移向向晚的天空。秋天晴朗的天空染成了一片深紅色，一派秋天的景象。

「怎麼了嗎？」

「所以每天可以行走的距離也會一天比一天縮短……」

秋風帶走了泰麒小聲嘀咕的聲音。他們來到的這個冷清的地方名為北容，如同酆都之前的預告，已經有馬匹在那裡等候。

第四章

1

一行人離開了住宿一晚的北容，靜悄悄地繼續踏上旅程。兩天之後，為項梁張羅到名為狡的騎獸。狡的外形看起來像巨大的狗，但全身有像豹紋般的花紋，還有像牛一樣彎曲的短角。當他們抵達客棧，項梁一看到狡，忍不住大驚失色。

「竟然能夠張羅到這麼出色的騎獸……」

這也是空行師常用的騎獸，屬於武人實用型的類型，不是有錢人炫富時騎的那種，而且這頭狡受過良好的調教。雖然暫時需要相互適應一陣子，但之後應該可以成為理想的坐騎。這麼出色的騎獸，不知道要花多少錢才能張羅到。

「比起感謝，更感到很不好意思。」

李齋和項梁一起表達了感謝。

「你們太客氣了。」

雖然酆都這麼說，但項梁也知道，已經沒有任何商品進入戴國，從黃海運送騎獸的人也不例外。隨著戴國的國運逐漸走下坡，在妖魔肆虐的同時，也出現了很多妖獸，有人獵捕妖獸後，調教成為騎獸，但數量少之又少。許多騎商因為騎獸供貨不足而倒閉，要張羅像狡這麼出色的騎獸，必定需要花費很大的心力。

「你們太厲害了，竟然能夠在短時間內張羅到這麼好的騎獸。」李齋佩服地說。

「因為我們和朱旌有深厚的交情。」酆都回答說：「朱旌和騎商統稱為黃朱，算是同族，神農和朱旌都在各國漂泊，所以關係很好。我們和冬官府、道觀寺院有密切的關係，在社會扎根，算是『檯面上』的人，不屬於國家的朱旌算是『檯面下』的人，但我們都會周遊列國，所以會彼此交換情報，相互幫助。」

「即使這樣，在這年頭還……再加上昨天的視養。」

昨天在抵達的地方收到了視養。視養是餵食騎獸——也就是妖獸的飼料。騎獸基本上屬於雜食性，可以食用飼葉和雜穀，有些妖獸甚至可以吃石頭，但如果缺乏生鮮的肉，就會對騎獸的身體造成影響，只不過在行軍期間，很難張羅到生鮮的肉，所以就用視養代替。視養是用複雜的手法將特殊的妖肉乾燥而成，分量很輕，而且體積很小，所以很方便，但冬官府核准製造視養的地方有限，在市場上買不到。雖然並不是完全沒有，只是很難張羅。因為泰麒的騎獸無法吃生肉，所以昨天特地請人送來了視養。

「視養是向騎商買的，雖然基本上只能向冬官府購買，但其實騎商為了飼養自己的騎獸，也會製造視養。聽說冬官府的技術也是來自黃朱，騎商雖然不能販賣視養，但因為我們很熟，所以就比較好商量。」

因為泰麒不喜歡血腥味，所以特地為了他的騎獸騶虞「白虎」張羅了視養。

「神農太厲害了。」李齋說。

「有嗎？」酆都若無其事地笑了起來。項梁在旅途中，也對神農的機動力和豐富的情報量感到驚訝。

——之前完全沒想到神農這麼厲害。

項梁從小就對神農很熟悉，但項梁所知道的神農是在換季時來到里內賣藥的商人。小孩子可以從神農手上拿到一些小玩具、聽到一些珍奇故事，對大人來說，神農是換季的指標，同時也是可以諮詢健康問題的對象。

「我之前對神農的認識太膚淺了。」

項梁在客棧吃飯時說，李齋點了點頭。

「在下也是。」

他們在李齋和泰麒的房間內吃飯。酆都安排的住宿都是支援瑞雲觀的百姓住家或是客棧，客棧幾乎都是中下到下上等級的小客棧。因為神農事先安排妥當，所以可以不必在意他人眼光好好休息，飲食和身邊大小事都有人張羅，也有人照顧騎獸。

「——同時也有一種恍然大悟的感覺。」

「恍然大悟？」項梁問。

「驍宗主上很重用朱旌，應該是因為朱旌和神農很像的關係。」

「喔——原來是這樣。妳這麼一說，我想起臥信也一樣，臥信和朱旌、神農的關係都很好。」

「是這樣嗎？難怪臥信將軍很擅長蒐集情報。」

「他經常掌握了很詳細的情報，然後採取大膽的計謀。」

李齋說完笑了起來，酆都也跟著笑了。

「只要和朱旌、神農交朋友，可以蒐集到很多傳聞。」

「在下也是這麼想。」李齋說：「對了，那有沒有從朱旌那裡聽說關於驍宗主上下落的傳聞？」

「很遺憾，」酆都愁容滿面地說：「主上抵達文州之後，就完全沒有任何消息，神農和朱旌都說，像這樣徹底沒有任何消息也很奇怪。」

「有沒有主上麾下的消息？」

「有幾次聽說有人在哪裡見到似乎遭到追捕的武將，但不知道是哪一位武將，甚至不知道這些消息是真是假，我想應該是因為大家都躲藏得很巧妙。」

「不知道是躲藏還是被窩藏。」

酆都聽了李齋的話，不解地偏著頭。李齋說：

「無論是英章還是霜元，能夠徹底躲藏，完全沒有傳出任何風聲，應該不光是靠自己的力量。除非是像項梁一樣隻身流浪，否則如果以某個地方為據點隱居，就需要周圍的協助，一定是有心人巧妙地藏匿他們，就像東架的情況一樣。」

「話雖如此，」項梁插嘴說：「如果人數增加，必定會走漏風聲，所以應該都分散躲藏……」

酆都似乎難以釋懷。

「但不是有四個軍嗎？這麼多人數進入市井，即使分散躲藏，有辦法不被發現嗎？那些將軍應該打算遲早討伐阿選吧？如果是這樣，就必須維持某種程度的組織……」

「的確是這樣。」

「既然這樣，就必須有相當的資金才能維持，這些資金從哪裡來？」

李齋陷入了思考。

「領地應該有相當的資產……但在下的資產被國家扣押了。」

「李齋將軍，妳被視為謀反，」項梁說：「因為是罪犯，所以很快就扣押了妳的資產，我的領地也因為逃兵罪被沒收了。但在此之前，我已經處理了自己的資產。」

「所以對逃離部隊有心理準備的士兵有時間處理自己資產……」

「因為時間很緊迫，而且沒辦法處理所有的資產。除此以外，應該還有國帑——聽說臥信和正賴合作，偷偷把國帑帶走了。」

泰麒聽了項梁的話，忍不住納悶地偏著頭問：

「國帑——不是指國庫內的國有財產嗎？臥信一個人有辦法偷偷帶走嗎？」

「喔喔，當然有可能。因為國帑有一大半是穀物，還有礦物和特產物，幾乎都是物資，但這些物資並沒有放在國庫內，有一部分儲備在地方的倉庫內，大部分都在市場的業者手上。把物資寄放在業者那裡，發行證書，當國家需要時，業者就用物資或是金錢的方式交還給國家。也就是說，對國家來說，國帑就是記錄了出入紀錄的帳簿和證書。」

「喔，所以……」

「如果沒有證書，國家就無法要求業者歸還。即使發動強權威脅對方，如果沒有關鍵的帳簿，根本不知道在哪裡有多少財產。如果把這些國帑偷偷帶走，然後躲起來，阿選的財政只能靠借款，或是強制徵收——搶奪來的物資，或是靠新的稅收來維持。」

鄷都點了點頭。

「所以阿選只能大量舉債，從驕王的時代就已經債臺高築，財政真的很窮困。而且還處死和流放了和主上關係密切的官員，幾乎沒有人填補這些空缺的職位。實施重稅之後，如果有地方不配合徵收，就斷絕國家的援助。」

在戴國，百姓在冬天期間幾乎只能靠國家的援助過日子，所以地方很快就陷入了窮困。

「也許是因為這個原因，藍州、馬州和凱州的州侯很快就投靠了阿選陣營，委州和承州的州侯被處死，阿選派了麾下的人擔任新的州侯。」

「聽說垂州的州侯病了。」

「我也聽說了，文州、江州的州侯也病了。戴國九州——沒有人反抗阿選。」

「果然是這樣嗎？」李齋喃喃地說，項梁也暗自嘆著氣。沒有任何可靠的勢力——雖然早就知道了這件事，但再次確認這個事實，還是令人感到沮喪。

「各州的官吏，只要表現出不合作態度，不是處死就是更迭，有不少人因此心生畏懼，放棄官位逃走，躲入民間。」

即使如此，有志的官吏並沒有全部逃走，也沒有遭到逮捕。到處都有雖然投靠阿選，但千方百計想要拯救百姓的人。戴國的百姓只能靠他們的慈悲過日子。

「但戴國的處境每況愈下，天運已傾，妖魔也層出不窮，恬縣去年冬天也死了不少人……」

大家聽了酆都的話，陷入了沉痛的沉默。

2

去思回到臥室之後，仍然無法擺脫憂鬱的心情。去思和夥伴都努力支持戴國，這個國家應該還有許多像他們一樣的人。但是，身處市井的去思和其他人能做的事很有限，如果不改變國政，就無法真正拯救百姓。

臥室內的空氣很寒冷，很希望能夠生火取暖。今年也只能這樣碌碌無為地迎接冬天嗎？有多少百姓能夠熬過這個冬天？

「……阿選很強大嗎？」

去思看著窗外的黑暗，自言自語地問。這個問題沒有答案，回頭一看，發現酆都偏著頭，項梁不發一語。

「強大到拿他完全沒辦法嗎？」
去思再度問道，項梁悵然地點了點頭。
「因為阿選目前支配了九個州，成為實質的王，王的權力極大。」
「既有權力，也有兵力……」
酆都嘆著氣說。
「是啊。」
「兵力也很強大嗎？即使王師的很多兵已經離開，仍然很強大？」
「當然。」項梁回答：「通常留在鴻基的王師有六個軍，而且都是黑備。」
「黑備？」
去思偏著頭納悶。
「這是軍隊的最高軍備，黑備的一軍五師總共有一萬兩千五百名士兵，禁軍三軍和瑞州師三軍基本上都是黑備，但只有平時才能有這麼充足的兵力，即使阿選也無法集中這麼多兵力，實質有多少兵力就不得而知了……」
項梁說到這裡，酆都插嘴說：
「我聽說兩軍是黑備，四軍是黃備。」
「喔，」項梁發出佩服的聲音，「不愧是神農，什麼都知道。」
「不敢當，」酆都慌忙搖著頭，「這是對外公開的數字，實質就不知道了。」
「這樣啊，」去思表示佩服後問：「黃備是？」

「通常是指三師七千五百人的軍備，雖然指揮官不同時，構成也會改變，但七千五百人的總數不變。通常認為這是非戰時維持國家治安需要的人數，也就是在沒有戰爭，也沒有災害的和平時代，一軍只需要七千五百人就夠了，所以借用麒麟的黃色命名為黃備。」

雖然不同時期和場合的實際情況有所不同，但基本上都遵照這樣的規範。

「兩軍是一萬兩千五百，四軍是七千五百……」

去思心算之後，發現總兵力是五萬五千。

「人數真多啊。」

「是多是少很難評價，原本應該有七萬五千名兵力，所以也可以說，五萬五千人很少，但軍隊並不是說每個人有武器就可以成為兵力，形成軍隊。士兵以打仗為職業，以前有六軍，但六軍中有四軍已經解散了，也就是有五萬名士兵不見了，即使找了三萬名百姓補充，發武器給他們，他們也不是士兵，更稱不上是軍隊，這麼一想，就覺得能夠有四軍的黃備也很厲害。從這個角度來說，就可以說人數真的很多。」

是這樣啊。去思心想。

「沒有解散的阿選一軍，和巖趙的一軍都在鴻基保存實力，雖然在之後的討伐戰中，人數減少了，但之後應該補充了減少的人數，兩軍的黑備應該就是指這兩軍。很遺憾的是，我們四軍解散之後，應該有人去投靠阿選，黃備四軍中應該也有相當的比例是這些人。」

項梁說到這裡，皺起了眉頭。

「但光靠這些人，人數絕對不足，不知道從哪裡——」

「可能從他州調來，」酆都再度插了嘴，「主上的出生地委州，以及和李齋將軍淵源很深的承州這兩個州都和以前一樣，維持三軍的軍備，其他州實質上都只有兩軍的兵力，聽說其他兵力都被阿選編入了王師。」

「原來是這樣。」

戴國共有九個州，其中瑞州屬於宰輔的領地，瑞州師也屬於王師，所以阿選在剩下的八個州中，除了委州和承州以外，從六個州各調了一軍的兵力。

「所以增加了六軍嗎？但聽說阿選軍只新增加了四軍。」

項梁聽了去思的話，點了點頭。

「那六軍就是阿選的四軍，調來的六軍中，應該有些師旅不願服從阿選而逃走，也有兵力在之後的討伐和災變中減少，尤其南方的妖魔嚴重肆虐。更何況戴國在驕王治世末期就陷入窮困，王師雖然六軍都是黑備，但其他州根本無法維持最大規模的軍備。在非戰時和財政困難時，州師的基本雖然是三軍黃備，而且聽說很多州的兵力人數都不足。」

「原來是這樣。」去思點了點頭，然後陷入了思考。沒錯——南方有很多妖魔出沒，聽說有好幾個地方都因為妖魔肆虐而消失了。既然這樣，南方的垂州和凱州不是更需要三軍嗎？即使減少到兩軍，鴻基的兵力，以及委州、承州的兵力都無法減少——這就是偽王這個邪惡的存在必須背負的命運，也是被偽王支配國家的黎民百姓必須承受的苦難。

有五萬五千名兵力守衛鴻基。

「所以……至少需要有五萬五千名兵力才能推翻阿選嗎？」

恬縣的百姓只保護了一百多名道士，即使加上倖存的百姓，應該也不到兩千人。雖然知道這樣的人數很少，但如果要拯救戴國，這樣的人數實在太微不足道。

項梁驚訝地——同時覺得很有趣地看著去思。

「推翻阿選？」

去思也驚訝地看著項梁問：「不推翻他嗎？」

項梁露出苦笑，去思莫名其妙地感到羞愧，自己似乎說了輕率的話。

「對不起，我……」

「不，」項梁搖了搖頭，「我並不是嘲笑你，只是因為你說得太正確了，我是笑自己聽了之後，竟然感到驚訝。」

項梁說完後，露出了嚴肅的表情沉思片刻，然後語氣沉重地再度開了口。

「當然必須推翻阿選。」

去思輕輕點頭。

「但這並不是一件容易的事，也不是一朝一夕能夠完成。首先，有五萬五千兵力守衛鴻基，而且鴻基有牢固的城牆，還有凌雲山這麼堅固的後盾，攻城通常需要有相當於對方三倍的兵力。」

去思忍不住開了口。

「——三倍！」

「所以就需要十六萬五千兵力，剛才也說了，並不是拿了武器的人就可以稱為兵力。如果要成為其中的一名兵力，就必須接受成為士兵的訓練。」

「……我知道。」

為了守護東架，去思這些年都拿著棍棒作戰，但他很清楚自己並不具備可以稱為士兵的本領。事實上，東架的人在面對李齋和項梁時，根本不是對手。

「即使並不是十六萬人都需要訓練，也需要等待所有人都有相當的本領。也就是說，在從訓練到戰鬥結束期間，必須供應這些人吃喝。光是準備武器，張羅糧食就需要龐大的資金。」

去思覺得項梁的意見很有理，再度為自己輕率的想法感到羞愧。正當他打算說自己剛才說的話太膚淺時，項梁又繼續說：

「——但是，這並非完全不可能的事。」

「並非不可能——所以有可能嗎？有辦法籌措到這麼多人力和資金嗎？」

「只要主上在就有可能。」

去思倒吸了一口氣。

「只要主上現身，譴責阿選是偽王。我們有台輔相助，誰都一眼可以看清楚，到底誰是正當的王，所以人力和財力都不是問題，十六萬五千名兵力絕對不是不可能的數字。」

「……是。」

「但是，阿選會坐以待斃嗎？」

「啊啊。」在去思旁的酆都發出呻吟。項梁點了點頭。

「我剛才說的主上現身，就是指查明主上的下落，然後公開宣布，所以，在主上現身的瞬間，阿選就會展開攻擊，不讓我們有時間籌措兵力。也就是說，我們在主上現身的同時，就必須做好迎擊阿選的準備。」

「需要做好多大規模的準備？」

「必須視狀況而定。在鴻基，至少要有兩個軍保護鴻基和王宮，王師有許多有高度機動力的空行師，士兵都經驗豐富，而且士氣也很高，即使這樣，也絕對需要兩軍的黑備。一旦主上現身，阿選一定會派兵攻擊主上所在的地方，但鴻基不能唱空城計，絕對需要留下兩軍黑備，所以只能派四軍黃備攻擊主上，如果我們只有相同的兵力，恐怕不足以戰勝他們，最好希望有對方一倍的兵力。」

「六萬……」

「但是，如果是城邑，需要的人數就可以減少。如果對方有四軍黃備，我方有牢固的城堡，只要有一萬兵力，就可以擊退阿選。州侯城最理想，或是一定規模以上的郡城或鄉城也可以。但是——阿選會眼看著主上攻下城邑，募集一萬兵力而不出手嗎？」

「啊！」去思叫了一聲，項梁露出沉痛的表情點了點頭。

「其實現在就可以募集物資和兵力——因為台輔在這裡。只要台輔在東架公開表達自己的立場，譴責阿選，命令營救主上，就可以募集兵力和物質。但是，只要台輔一公開，阿選就會撲過來，而且就像之前一樣，不光是東架，連恬縣也會慘遭那個豺狼的毒手，所以絕對不能讓阿選發現有反對勢力。在占領城邑，做好迎擊阿選準備之前，絕對不能讓阿選發現，只不過你認為靠不會被阿選發現的這種程度的勢力，能夠攻下城邑嗎？」

「不可能……」

去思的聲音顫抖。即使只是恬縣程度的規模，也整天戰戰兢兢，不知道哪一天會被阿選發現。道士的人數只有區區一百多人，其他都是原本就住在那裡的百姓，即使這種程度的規模，也必須隨時提高警惕，不能掉以輕心。

「恬縣也稱不上安全，而且以恬縣那種程度的勢力，應該無法攻打下任何一個城邑。」

項梁點了點頭。

「所以不可能嗎？」

去思問。如果人數眾多，就會遭到阿選討伐，但如果是能夠不被阿選發現的勢力，根本無法對抗阿選。所以這是否代表無法推翻阿選？戴國的苦難永無止境嗎？

「你們應該也聽說過以寡敵眾、以一當十的情況，只靠一萬兵力，攻下了集結了五萬兵力的城邑。雖然大部分都是創作，但也有以歷史事實為基礎，但正因為是極其稀罕的情況，才能夠成為故事，在實務上幾乎不可能。」

「要攻下城邑，需要三倍的兵力嗎？」

「沒錯。如果裝備精良，或許有正面幫助，但無法逆轉形勢。戰場很實在，在平地時，騎兵的兵力是步兵的幾倍，空行師是步兵的幾倍；背後有城邑的話，師旅的兵力可以視為實際人數的幾倍，都有詳細的計算式。最後，由兵力強的一方獲勝。」

去思低下了頭。

「雖然也有不符合計算式的情況，通常都是在估算雙方兵力時出了差錯，或是對變數的判斷不夠充分。」

「變數？」

「比方說，氣象、第三者的存在、士兵的心情……有許許多多因素，但這些因素都無法徹底改變雙方兵力的差異。兵力多就能獲勝，兵力相同時，就由武器強的一方獲勝。」

「真的是這樣。」酆都嘆著氣說：「但不是經常說，靠氣魄戰勝對方嗎？」

「不可能。」項梁笑了起來，「兩軍交戰時，和氣魄沒有太大的關係。如果是一對一打仗，或許可以靠氣魄嚇退對方，只要對方逃走，就可以不戰而勝。但說什麼只要有十足的信心，奮不顧身，就可以扭轉不利狀況根本是天方夜譚。即使不顧一切揮拳踢腳，只要有一支箭從遠方射過來就小命不保了。如果只射一箭，或許可以被揮舞的手或腳擋住而保住一命，但如果射兩箭、三箭，一定可以射中，而且敵人至少會射兩箭。」

「所以精神論沒有意義嗎？」

「沉著冷靜、不為所動當然比較有利，因為可以充分認清對方和狀況。而且武器有所謂的適當距離，當和對方武器距離拉開時，需要有膽識才能縮短距離，從這個角度來說，需要有堅強的精神。」

項梁冷靜地補充說：

「基本上，就是要避免對方的攻擊。」

「那當然。」

「無論再怎麼有信心，一旦遭到攻擊，就會落敗。當被對方的棍子打到時，疼痛會導致注意力渙散——」

「我想也是。」

「……其實問題並不是這麼單純。首先，一旦被打中，一定會反擊，姿勢會改變，站立的位置也會改變。當專心打仗時，通常不會感覺到疼痛，但如果手臂受了傷，揮動手臂的速度和威力都會受到影響，有時候會因為手麻，導致武器掉落。而且當手臂受了傷，全身都會應對所受的傷，也就是說，會影響到全身。有時候雖然是手臂受傷，但手臂不覺得痛，腳卻被絆住了。」項梁苦笑著說：「之前曾經有一次，我覺得兩腿無力，檢查之後，才發現肩膀上插了一支箭。」

「這樣啊？」酆都目瞪口呆，「原來是真實的事。」

「當時只覺得明明距離和平時一樣，但刀鋒刺不到對方，完全沒想到是自己受了傷。」

「中箭時沒有感覺嗎？」

「因為身體感覺到被往前推的力道，我知道有什麼東西打到了身上。只不過那時候在混戰，所以我以為被拳頭打到了，結果竟然中箭了。」

「簡直是災難啊。」

項梁聽了，忍不住苦笑說：「絕對是災難，然後拔下箭一看，竟然是友軍的箭。」

「這太過分了。」

酆都和項梁都笑了起來，去思無力地站在那裡看著他們。手腳很沉重，但腦袋在思考別的事——戰場是很實在的力學。

如果人數是絕對，去思他們根本沒有勝算。

這代表戴國沒救了嗎？

「既然個別對戰時，有氣魄的人更有利，當兩軍交戰時，有氣魄的一方不是會比較有利嗎？」酆都問。

「這稱為士氣。士氣高的軍隊當然比士氣低的軍隊有利，兩者當然有差異，但不至於能夠翻轉兵力的差異。」

項梁又繼續說：

「寡絕對無法敵眾，雖然戲劇中經常有一名劍客大戰十幾個人的場面，但在實際戰鬥中，不會發生這種狀況。」

「但是，」去思忍不住開了口，「我們——東架的人……」

「因為你們等在那裡，」項梁笑了笑說：「那的確也是寡不敵眾的狀況，因為東架的人不擅長打仗。當兩個人打成一團時，會擔心波及自己，或是自己揮棒時會打到同伴，所以不敢靠近。」

「啊……原來是這樣。」

「在人數上凌駕對方，這是絕對基本。和戲劇不同，在和眼前的敵人對戰時，周圍的敵人不會袖手旁觀等在那裡，和其中一個敵人對打時，其他敵人一定會從旁邊、從後方撲過來。如果武藝高強，也許能夠勉強應付，但人數多占優勢的法則仍然不變。」

「只要多練，就有辦法解決嗎？」酆都問。

「要靠經驗，打仗的經驗豐富，眼力的確會比較好。既可以掌握距離，也更容易預測對方的下一步。正因為這樣，才會有靠打仗吃飯的士兵這個職業。包括訓練在內，士兵的經驗和老百姓不一樣。」

去思點著頭。所以說，必須要有士兵。想要推翻阿選，就必須有相應人數和本領的士兵。但是，王師已經解散，只有驍宗或是泰麒現身，公開表明立場，才能聚集兵力，但這個方法絕對不可行。有沒有其他聚集兵力的方法——

去思想到這裡，突然靈機一動。

「如果有州侯的協助……」

項梁點了點頭，「這是很好的方法。只要能夠獲得州侯的協助，就可以自動得到城邑和士兵。既然台輔在，照理說這並非不可能，只要台輔請求協助，有心的州侯應該會答應。通常自立偽王，其他州表示順從，也很少發生所有州侯都贊同偽王的狀況，會有義憤，也會有反彈，也會有違背本意，表示服從偽王的勢力。在這種情況下，台輔的存在就可以說服這些勢力，只不過——這個國家有一種怪病。」

「無法期待生病的州侯會協助台輔，」酆都說：「而且即使州侯中有人願意協助台輔，那個州侯也可能生病……」

「所以就無計可施了嗎？」去思大聲問：「難道就沒有拯救戴國的方法了嗎？」

項梁沒有點頭，只回答說：「……很遙遠。」

去思握住了穿著道服的膝蓋。因為太遙遠，甚至無法看到通往那裡的路。這和完全沒有希望到底有什麼不同？眼看著冬天即將到來。

「雖然確實很遙遠，但我並沒有放棄。」

項梁語氣堅定地說，去思看著他的臉。

「台輔和李齋將軍也沒有放棄——要尋找主上的下落，我相信這有助於拯救戴國。」

「無論再遙遠，」酆都用開朗的聲音對去思說：「只要往前走一步，就接近一步。台輔和李齋將軍也都積極向前看，可能內心有什麼期待。」

酆都的語氣太樂觀，去思吐出一口氣。沒錯，帶著絕望去做這件事，沒有任何正面幫助，所以首先必須懷抱希望。去思點了點頭，這麼告訴自己。

3

項梁有了騎獸之後，李齋、泰麒和項梁三個人留下酆都和去思先行上路。他們遠遠看著街道，在山野中飛行，然後停在目的地之前的一個里附近，等待騎馬追趕的酆都和去思。

停下來時，總覺得在浪費時間。項梁不由得感到焦躁。沒想到最著急的竟然是看起來從容不迫的泰麒。

「不能讓酆都和去思也騎騎獸嗎？」

項梁忍不住苦笑。自從項梁有了騎獸之後，泰麒幾乎每天都問相同的問題，之前都很委婉，今天問得很直接。

「酆都和去思都不會騎騎獸。」

「白虎和飛燕應該會讓他們騎。」

「這會造成騎獸的負擔。」
「那可以走走停停，總比等馬快。」
「雖然是這樣……」
「這樣就可以離開街道，一口氣飛很長的距離。」
項梁聽了，委婉地搖了搖頭。
「很抱歉，不能離開街道。因為一旦遠離街道，就無法找到地方住宿。」
「那可不可以走捷徑？一口氣從天上飛越過山，不是比在山裡繞來繞去更快嗎？」
項梁很想說，這簡直太離譜了，但他無法直接說出來。李齋察覺了項梁的困惑，對泰麒說：
「您不要說這麼離譜的話，項梁很傷腦筋。」
「很離譜嗎？」
「郎君，您說要一口氣從天上飛越過山，但要怎麼知道該往哪個方向飛呢？」
「用地圖呢？」
李齋苦笑起來。
「您出生的蓬萊似乎有正確而精密的地圖，但這裡並沒有這樣的地圖。」
民間流傳的地圖無論位置關係和距離都很粗略，只能大致瞭解沿著街道有哪些地方，要花幾天的時間才能到那裡，除此以外，沒有其他用處。府第管理地籍的地圖雖然在精密測量的基礎上完成，但只標示了農地和居住地，而且由各府第自行製作、管理，地圖上幾乎不會出現無人居住的山野。軍隊在作戰時會製作畫出地形的精密地圖，但範圍很小，而且如果沒有必要也不會更新。

「即使有正確的地圖，也沒有方法知道自己在地圖的哪一個位置。」在市井時，至少知道身處那個地方，一旦遠離市井，就沒有方法知道自己在哪裡。無論有再正確的地圖，如果不知道自己所在的位置，根本無法使用。

「那──可不可以用眼睛確認？從天空看下去，不是可以看得很遠嗎？」

「如果是平地，可以看得很遠，但如果有山和森林，就會被擋住。」

雖然也可以靠太陽和星星進行測量，軍隊也會使用這種方法，但這必須以有精密的地圖，或是在前進的同時製作地圖為前提。

「要去目的地，只能計算經過的市井數，沿著街道前往。即使不實際走街道，如果街道不在肉眼可見的範圍就會迷路。」

李齋看到泰麒陷入了沉默，對他笑了笑。

「以為走捷徑比較快是很容易犯的錯，即使明知道直線往北前進，但因為土地有起伏，再加上有樹木等障礙，所以無法直線前進。一旦身處的位置偏離了和目的地之間的直線，即使往北前進再久，也永遠無法抵達目的地。」

維持方向感很困難，如果有指南針當然另當別論，否則人很容易迷失方向。即使知道方位，如果遇到樹木，就必須避開；遇到懸崖就必須繞道而行；如果有河流，就要找可以過河的地方。即使只是單純爬坡，也會找容易走的路，所以無法直線前進。

在不斷蛇行時，就很容易迷失方向。

「以為騎著騎獸在天上飛，就可以一目了然也是很容易犯的錯。雖然不會發生被樹木或高低落差擋住去路的狀況，但會遇到山。無法看到山的另一側，如果是高山，就必須繞過去。如遇到地形複雜的山，在繞行幾次後，很容易迷失自己的位置。一旦不知道自己正確的位置，即使知道方位，也無法抵達目的地。」

但如果飛上可以俯視高山的高空，就無法看清楚地面有什麼，周圍有森林的里，就會融入森林中消失不見。

「在雲海上，可以看指南針前進，我們也是用這種方法從慶國回到戴國，但這是因為騎獸能夠嗅出陸地，所以才有辦法做到。只要指示方位，騎獸就會尋找陸地。凌雲山是雲海上唯一的陸地，所以能夠根據飛行的距離、方位，以及隔著雲海看到的地形，推測是哪一座山。」

「那我們可以從某座凌雲山去雲海，然後一口氣飛到文州……」

李齋搖了搖頭。

「文州東部雖然有名叫瑤山的凌雲山，但瑤山並沒有通往地面的路。而且雲海上陸地很少，所以沒有市井。如果帶著去思和酆都一起飛上雲海，必須不時讓騎獸停下來休息，但雲海上根本沒有休息的地方。飛燕沒有能力載著他們兩個人，一口氣飛到文州。」

李齋說完，語帶安慰地說：

「台輔，您的本性是麒麟，所以身輕如燕，遇到緊急狀況時，您可以和在下一起騎飛燕，應該並非完全不可能。白虎很聰明，應該會讓酆都和去思騎在牠身上，但那是非常狀況時的手段，我們不只是去文州而已，還必須蒐集沿途的情報。」

「好。」泰麒慚愧地低下了頭。

泰麒終於放棄了趕路，但在等待去思和酆都時，想要走去里看看。這一天，項梁他們把野獸藏在山野，走去了里，雖然里閭打開了，但他們無法進入。

「可見這裡的生活很困苦……」泰麒難過地說。

「不能光看表面，」李齋安慰他，「即使還有餘糧，如果周圍的里都關起里閭，他們當然也就無法讓外人進入，否則流離失所的百姓都會擠去那裡。」

泰麒點了點頭，但似乎覺得百姓這樣也很可憐。

「我們已經離開恬縣了，這一帶的百姓並不像東架周圍的里那麼窮困，但現在已經進入了早晚都很冷的季節，所有的里都為了過冬而變得保守了。」

泰麒聽了之後，再度點著頭，仍然回頭看著剛才被趕出來的里閭。門雖然開著，但里內的人守在門口，不讓他們進入。被一道看不見的牆擋住的里閭內側，有兩個瘦弱的小孩坐在地上，正用白墨在石板上畫畫。有一個比兩個小孩更瘦的老人蹲在旁邊，拉著背子的領子，看著他們畫畫。不知道老人是否生病了，他的眼睛泛黃混濁，面如土色。

泰麒看了一會兒，回頭對李齋說：

「但他們顯然有困難，不能買一些藥，或是有營養的食物給他們嗎？」

李齋搖了搖頭說：

「不行。雖然我知道您於心不忍，但要小心謹慎，因為一旦施捨，他們就會記住。」

「但是……」

「雖然他們應該不至於察覺我們的身分，但一旦施捨，他們不僅會覺得我們很有錢，也會覺得我們心很軟，甚至有人會覺得我們很好對付。」

泰麒困惑地陷入了沉默。

「在下是說，有錢的旅人不會在小里找地方住，小里因為太窮困，有時候會襲擊旅人。」

泰麒默默看著李齋。

「雖然在下這麼說，您聽了之後會更痛苦……如果我們不讓別人有機會，人再怎麼窮困，也不會想到要犯罪。為了避免他們心生歹念，也必須要忍耐一下。」

「……好。」

泰麒沮喪地回答時，項梁插嘴。

「我們盡可能不要引人注目，如果讓他們對我們留下印象，發生萬一的狀況時，他們可能因為對我們有印象而有生命危險。」

「我瞭解了。」泰麒終於點了點頭。李齋看到泰麒點頭後，也回頭看向後方。那兩個專心畫畫的小孩身形單薄，足以令人心生同情，觀察蹲在旁邊那個老人的臉色，以及守在里閭旁的人，就知道這個里缺糧。

——在目前秋收的季節已經這麼窮困，他們有辦法熬過這個冬天嗎？

想到那兩個孩子的將來，就不由得感到難過。身為麒麟的泰麒當然會感到心痛。泰麒心情憂鬱地陷入了沉默，把他帶回坐騎旁後，等待酆都和去思追上來。酆都不一會兒就到了，似乎很快就察覺到現場的氣氛。

「讓你們久等了。發生什麼事了嗎？」

李齋向他說明了情況，他苦笑著說：「雖然最好不要引人注意，但不需要這麼謹慎，更何況只要看你們的衣著，一眼就可以看出你們是有錢人。」

然後他又說：「如果你們願意等我一下，我去跑一趟，用推銷丹藥的名義，留一些藥給他們。」

「這樣沒問題嗎？」項梁問：「神農不是都有各自的地盤嗎？」

「雖然這種行為不值得鼓勵，但如果只是補充不足的藥，應該沒有問題，短章大人會向負責這一帶的神農打招呼。」

酆都爽朗地說完，一個人騎著馬離開，很快就趕回來了。

「……沒事嗎？」

泰麒搶先問道，也許是因為李齋和項梁剛才危言聳聽，他很擔心酆都的安危。酆都開朗地笑了笑說：「當然沒問題，那兩個孩子已經回家了，那個大爺還坐在那裡，他真的生了病，我拿藥給他，他說他沒錢。我說不用付錢，然後把藥留給他了，然後把其他不足的藥交給了守門人，他們都很高興。」

「太好了。」泰麒小聲嘀咕。

「聽他們說，今年因為夏天一直下雨，所以種的糧食在收成之前就爛掉了。幸好治理這一帶的鄉長宅心仁厚，答應他們在冬天之前，會送來最低限度的糧食。」

「聽你這麼說，終於放心了。酆都，謝謝你。」

「別這麼說，」酆都笑了起來，「我就是為了這個目的，才帶上這些行李。」

酆都指著身上的笈筐開朗地說著，率先走在街道上。

「但你把藥送人了，不是沒辦法做生意了嗎？」

「也可以有不做生意的日子，我也需要休息。」

酆都滿不在乎地說道，泰麒輕輕笑了笑。

「神農都像你一樣嗎？」

「這就難說了，畢竟一種米養百種人嘛。」

酆都笑著說完，再度露出了溫和的笑容。

隔天，一行人抵達城鎮後，無法去客棧住。因為他們已經離開了東架的人有辦法搞定的範圍。

「如果要去騎獸也能休息的客棧，不知道會被誰看到。之後可能要麻煩去思張羅，我們去道觀休息比較好。」

去思聽從了酆都的意見，拜訪了當地的道觀。雖然淵澄寫的信發揮了作用，道觀迎接了李齋一行人，但道士的態度很冷淡，似乎在暗中責備既然有錢買騎獸，為什麼不去住客棧？

「……很抱歉。」

雖然去思心生愧疚，但這並不是去思的過錯，也不是道觀的錯。這是附近一帶最大的道觀，但也明顯很窮。由於無法獲得國家的補助，支持道觀的百姓也無力援助這些道士。

酆都用開朗的聲音鼓勵大家說：

「我們明天要去碩杖。」

碩杖是這一帶最大的市井，剛好位在從江州到文州的大街道，和從江州往瑞州的大街道交叉點上。

「到了碩杖之後，就會一路向上，盡頭就是文州了。」酆都說完後笑了笑，「所以我們確實在向前邁進。」

4

抵達碩杖後，他們住進了郊外的大型道觀。碩杖可能並沒有很窮困，道觀仍然維持著很有威嚴的外觀，方丈也懇切好客。

一行人接受了充分的款待，放心地睡了一晚。隔天早晨，李齋在臥室梳洗，發現自己能夠用和以前相同的速度梳洗，不禁莞爾。在慶國的時候，無論做任何事都很花時間。但現在已經習慣了。

因為有項梁陪同練習，所以用劍也越來越順手。因為原本就已經掌握了劍術，只要學會左手用劍的感覺，進步就很神速。

——我也在向前邁進。

李齋產生了小小的滿足感，敲了敲對面臥室的門。

「早安。」

她打了聲招呼，但沒有聽到回答。她猜想可能因為旅途太勞累了，所以打開了門，暗自打算如果泰麒真的很累，今天就讓他好好休息。

但是，當她打開門時，發現床上空無一人。被子折得很整齊，床的周圍也整理得很乾淨。所以泰麒已經起床了嗎？她慌忙回到堂屋，來到走廊上。剛好看到一個身穿藍衣的年輕道士經過，於是向他打聽有沒有看到自己的同伴。

那個身材微胖，看起來很和善的道士語氣開朗地回答：
「妳的同伴在天亮的時候就出發了。」
「什麼？」李齋驚叫起來，她聽不懂道士說的話。
「出發？這是什麼意思？」
道士錯愕地瞪大了眼睛。
「呃，就是啟程出發了。因為妳的同伴說要在黎明開門的同時離開，所以就帶了路，讓他離開了。」
「怎麼會有這種荒唐的事？」
道士看到李齋說不出話的樣子，似乎感到有點尷尬。
「因為妳的同伴在天亮之前來叫我們，說要先出發，於是我們就把騎獸牽了出來，然後送妳的同伴上了路……」
「不可能！」
李齋大聲說道，道士緊張地縮著身體。
——泰麒不可能單獨行動。如果他真的離開了道觀，不可能是泰麒自己的意志。
李齋不由得握住了劍。
「我的同伴去了哪裡？」
「就是……」
道士露出害怕的表情，當李齋向前一步時，聽到有人叫「李齋大人」。回頭一看，去思臉色大變地沿著走廊跑了過來。

「李齋大人，且慢。」

去思擋在年輕道士和李齋之間，用後背擋住李齋後看著道士說：

「不好意思，我們的溝通出了問題，不關你的事，請你不要介意。」

「去思！」

去思用眼神制止了李齋，再度向道士道歉，請道士趕快離開。目送道士逃也似地匆匆離開，把李齋推回了房間。

「這是怎麼回事？」

去思反手關上了堂屋的門。

「台輔出發了。」

「我在問你這是怎麼回事！」

「台輔在天亮之前叫醒了我，說他要單獨行動。」

「簡直是胡鬧。」

必須趕快去找泰麒的下落。李齋正想站起來，去思制止了她。

「台輔吩咐，妳不可以去追他。」

「為什麼！」

泰麒為什麼會做出這麼離譜的舉動？李齋感到驚訝，也陷入了混亂。目前正一天一天接近目的地，接下來要開始找驍宗，泰麒為什麼突然不告而別？

「太危險了——我要去找他。」

去思聽了李齋的話，用後背擋住門，搖了搖頭。

「台輔說，李齋大人一定會堅持要去找他，所以要我無論如何都要阻止妳。」

「去思！」

「他說，不可以浪費時間去找他，希望妳直奔文州，去找驍宗主上。」

泰麒在天亮之前——而且離天亮還很早的時候把去思搖醒。去思醒過來時，發現泰麒衣著整齊地站在他床頭。

泰麒對他說，不好意思，我打算天一亮就離開，希望你去和道觀的人說一聲，請他們把門打開。

去思也大吃一驚，當然不可能讓泰麒做這麼危險的事，而且李齋也不會同意泰麒冒險。去思阻止他，但看到泰麒始終不願點頭，就請他至少和李齋商量一下，但泰麒斬釘截鐵地拒絕了。

「請你不要通知李齋，因為她絕對會阻止我。」

「那當然啊。」

泰麒笑了笑說：「在李齋眼中，我永遠都是十歲的小孩。」

「我不是這個意思——不，即使是這樣，我也不能眼睜睜地看著您一個人離開。」

「你不必擔心，我很清楚自己的立場。我深刻體會到東架的人看到我有多麼高興，所以我絕對不會輕易被人抓住或是遭到殺害，因為我非常瞭解對百姓來說，這是多麼悲慘的事。」

「但是……」去思開了口，但不知道接下來該說什麼。

「去思，拜託你，我必須去做一件事。雖然我沒有武功可以保護自己，但幸好我有騎獸，萬一遇到意外，白虎一定會帶我逃走。」

泰麒說完，又微笑著補充說：「白虎很聰明。」

「但是，台輔……」去思結巴起來，「可不可以請您至少告訴我，您打算去哪裡？」

「現在還沒辦法說。不，正確地說，連我都不太清楚該去哪裡、該做什麼。」

「怎麼會？」

「也許這樣說，你比較能夠理解——我是奉天命。」

去思倒吸了一口氣。

「上天命令我要去，所以我必須去。」

這到底是怎麼回事？真的就是字面上的意思嗎？去思有很多疑問，但是，當眼前這個是麒麟的人提到了上天，去思就無法再問任何問題。

「好吧。」去思點了點頭，「但您不可以一個人上路，至少讓我——」

去思說到一半，改變了主意。

「不，至少讓項梁和您同行。項梁應該可以保護您，如果您願意接受，我就不通知李齋大人，安排您離開道觀。」

泰麒偏著頭想了一下，很快就點了點頭。去思立刻走出臥室，飛奔去隔壁臥室，還沒有伸手去搖項梁，他已經醒了。去思很快向他說明了情況，項梁也大吃一驚，慌忙跳起來想要說服泰麒，但聽到泰麒提到上天，就無法再說什麼。

「那就由我一起前往，請稍候我片刻。」

項梁語氣堅定地說完，立刻收拾好行裝。去思利用這段時間指示道觀的人牽來騎獸，打開了大門。

——李齋聽完去思的說明，無力地癱坐在椅子上。

「……項梁也一起去了嗎？」

「對，他說如果有什麼狀況，會透過道觀或是神農和我們聯絡。即使沒有發生任何狀況，也會找機會聯絡，請李齋大人不必擔心。」

「不必擔心嗎？」李齋嘀咕著苦笑起來，「真是強人所難。」

去思默默點了點頭，當然不可能不擔心。

「但有項梁在一起的確放心多了，幸虧你夠機靈。」

「不，照理說，我應該阻止台輔……」

李齋輕聲笑了起來。

「……既然台輔已經下定了決心，沒有人能夠阻止他。他說得對，他已經不是十歲的小孩子了……」

李齋說完，苦笑著看著去思。

「我第一次看到台輔時，他才十歲。之後被阿選追殺，漂流到蓬萊，好不容易才回來這裡。雖然我很清楚台輔已經不是小孩子了。」

在慶國時，泰麒也用相同的方式說服李齋，讓李齋把他帶回了戴國。就連李齋都無法阻止泰麒，去思當然不可能阻止他。

「不好意思，我剛才失態了。」

「不。」去思終於鬆了一口氣，說了聲「我去做出發的準備」，就走出了房間。在李齋沉思時，他做了各種準備工作，當他再度回來時，和已經瞭解狀況的酆都一起帶來了三人份的早餐。

「不好意思，讓你受驚了。」

李齋對酆都說。

「既然有項梁同行，應該就沒問題了。那我們就按照台輔的指示，抓緊時間前往文州。」

「好。」李齋用平靜的語氣回答。

5

李齋一行人離開碩杖後，按原定計畫沿著街道一路北上。

雖然不需要再為泰麒的安全擔心，但李齋帶著騎獸會引人注目，而且她被視為弒君的凶手，必須注意周圍的視線，無法堂而皇之地走在街道上。所以在離開住宿的地方之後，就和去思、酆都分道揚鑣，從山野飛向目的地。

雖然單獨趕路並不會感到不安，但她一天比一天憂鬱。和去思、酆都在一起時，會討論下一個目的地，所以不會胡思亂想，但獨自在目的地附近的山野等待天色變暗，看到街道上來往的行人增加時，就忍不住鬱鬱寡歡。

她最在意的當然是泰麒到底去了哪裡。不知道他目前在哪裡、做什麼？不知道旅途是否平安？而且泰麒把離開慶國時，景王給他的旌券留了下來，更令她感到不安。泰麒沒有把放在李齋手上保管的旌券帶走，這是遇到緊急狀況時，可以保護自己的東西——泰麒沒有帶在身上，真的沒問題嗎？

有項梁在，一定沒問題。

項梁和李齋一樣，也是身經百戰的勇士，同時是暗器高手，而且目前也有刀劍在身。即使遇到草寇、災害和妖魔的襲擊，只要有項梁，就不會演變成重大危機。

即使李齋這麼告訴自己，仍然無法消除內心的不安。因為泰麒缺乏地理知識，幾乎可以說，他對戴國一無所知。以胎果出生的泰麒也不瞭解這個世界的常識，不知道是否會因此遇到麻煩。李齋很瞭解泰麒的這種狀況，陪在他身旁時可以隨時相助，項梁能夠想到這些事嗎？

李齋覺得自己連這種事都操心很無聊。

我知道——這是為操心而操心，關鍵在於害怕泰麒無條件地離開自己的視線。一直以來，都覺得無法讓泰麒離開自己的視線，就好像無法把珍貴的寶藏放在路旁。如果不緊緊抓在手上就會感到不安，為了把這種不安正當化，就拚命尋找一旦放手，可能會發生的不利情況。

正因為這樣，所以泰麒無法在採取行動之前和李齋討論。

雖然李齋很清楚這一點，但仍然覺得泰麒應該告訴自己。

泰麒不能這樣不告而別，應該告訴自己基於怎樣的理由，有什麼目的分頭行動。但是李齋很清楚，即使泰麒這麼告訴自己，自己也不會同意。無論泰麒怎麼說服，她都不會讓泰麒離開，所以泰麒才決定不告而別。

必須相信泰麒，學習放手，必須相信泰麒和項梁在一起，絕對不會有問題。

李齋已經無法得知泰麒的下落，也根本沒辦法去追他，所以再怎麼操心都是白費力氣，而且還有很多重要的問題要思考。

雖然李齋這麼想，但還是無法不思考泰麒的事。

——奉天命是什麼意思？

泰麒是麒麟，和上天有直接的關係，李齋當然不可能瞭解其中的內情，但也深刻瞭解到麒麟的確通天。

泰麒至少應該向自己說明這件事。

李齋有一種遭到背叛的感覺。並不是泰麒背叛了自己，如果硬要說的話，就是被自己的期待背叛。

尋找驍宗的線索——雖然很微弱，但握在自己手上。當她掌握了線索，掌握了回到這個世界的泰麒時，產生了隱約的希望。她覺得這種希望遭到了背叛。原本以為可以拯救戴國，但現實並沒有這麼簡單。即使各國的王鼎力相助，也很難拯救戴國。雖然知道並非易事，但還是回到了戴國，然後遇見了東架的人，一切好不容易動了起來，但在實際動起來之後，有一種受挫的感覺。

也許是因為大部分道觀都沒有積極協助李齋一行人的關係。離開恬縣之後，都一直住在各地的道觀，然而，幾乎所有的道觀都不太歡迎他們。雖然並不至於冷冰冰，但既沒有溫暖的安慰，也沒有鼓勵和支援，也從來沒有遇過想要積極提供協助的人。這當然是因為道觀並不瞭解李齋一行人的身分和目的，只憑著淵澄的一紙文書，也不知道該如何幫忙，更何況每個道觀都只能勉強維持生活，李齋等人只是會增加他們負擔，卻無法拒絕的客人而已。

——雖然我知道。

每走完一天的行程，就感到極度疲勞。經過的市井荒廢的景象映入眼簾，滿臉疲憊的難民、關上里閭的里、倒塌後無法整修的廬，以及空地上一整排墳墓。隨著早晚越來越冷，日照時間越來越短，心情就忍不住越來越沮喪。

李齋已經走完江州，來到了和文州的交界處。這裡是比較大的街市，只要越過眼前那座山就是文州。李齋一天比一天接近目的地，但完全不覺得自己離希望越來越近。

她內心產生了隱約的挫折感。最大的原因就是泰麒不在身邊。

泰麒到底在想什麼？又到底去了哪裡？

6

——消失的生命都去了哪裡？

黃昏中，他彎下身體，思考著這個問題。

眼前有一棵白銀的樹，樹枝微微伸展。這棵白銀的樹長在四周都被房子包圍的小院子中央，他跪在垂向地面的樹枝下方，他的腳下有一些好像什麼薄質的東西打破的碎片。

在今天中午之前，這些碎片中還有生命。那是白銀的樹——里木上的新生命。一年前，不是別人，正是他同意一對年輕夫婦在這棵樹的樹枝上綁帶子。

他是這個里的閭胥。閭胥通常都由里內最年長的人擔任，他非但沒有年長，而且連三十歲都不到。他是孤兒，從小在里家長大，所以在前任閭胥去世後，由他接下閭胥的職務。

閭胥掌管里祠，管理供奉在里祠內的里木，同時也是里家的主人。雖然他還年輕，但在前任閭胥生前，他一直協助閭胥處理各種大小事，所以是里內最瞭解里祠和里家情況的人。他最初同意向里木祈求孩子的里人，就是兒時玩伴夫婦。

他住的里很貧窮，冷冷清清，好像被遺忘在峽谷中，而且近年來，凶猛的土匪都住在附近。那些土匪經常從居住的礦山下來，湧入附近的里，勒索物資、金錢和人力，一旦里人拒絕，就會遭到殘酷報復。以前的閭胥也遭到土匪殺害，雖然多次向府第請求援助，但完全沒有人向他們伸出援手。府第和土匪在背地裡勾結——這個傳聞似乎並非空穴來風。

年輕人對這裡感到失望，紛紛離里而去。他兒時玩伴的那對夫妻說，自己不會逃離這裡，要在這裡展開新生活。在他們熱心祈禱下，里木上終於結出了他們的孩子。白銀的樹枝上結出了金色的果實，新生命就在果實內。

——新生命到底來自何方？

他這麼想著，撿起了散落在白沙上的碎片。

好像用金子做的小巧果實越來越大，看起來像是金屬做成的外殼隨著果實逐漸長大，也變得越來越薄。裡面的生命是里的希望，薄薄的外殼內微微發亮，彷彿證實了這件事。

——他太太就是在那個時候被土匪殺害。

果實長到了需要用雙手捧住的大小，裡面的孩子還沒有出生，母親就死了。孩子的父親忍著悲痛，期盼著卵果逐漸長大。當果實長到需要雙手抱住的大小，變薄的外殼像脆弱的玻璃一樣時，孩子的父親也死在土匪手上。即將可以採收的卵果在父母雙亡之後掉落在白色的沙子上，破碎的外殼內只有淡紅色的水和萎縮的生物殘骸。

不久之前，還和光共存的生命。那是那對夫妻的夢想，是丈夫的精神支柱，也是整個里的希望。每個人都期待孩子誕生——沒想到。

——那些光到底去了哪裡？

「對不起，我無法保護你的父母……」

他撿起碎片時忍不住道歉，然後把裡面的遺體埋葬在孩子父親的墳墓中。等一下要清理碎片和染成鐵鏽色的沙子。

「真的很對不起……」

他的淚水滴落在撿起的金色碎片上。

小小的篝火在黑暗中燃燒。柴火都已經燒光，火很快就要熄滅了。

「戰城南，死郭北……」

篝火旁有一個人影。男人把下巴放在雙手抱著的膝蓋上，看著即將熄滅的篝火，好像在呢喃般小聲唱著歌。

「野死不葬烏可食……」

——為我謂烏，且為客豪！

野死諒不葬，

腐肉安能去子逃？

「……這首歌還真粗野。」

男人旁邊響起說話聲。他回頭一看，手上抱著柴火的年輕男人很受不了地站在那裡。

「這是流行歌嗎？經常聽你在唱這首，歌詞有點讓人發毛。」

「那是一首老歌，」他回答說：「是喝酒時唱的打油詩。」

「是喔。」年輕男人把柴木丟進火裡。冷清的道路旁，只有頭頂上那棵枝葉茂盛的高大杉樹可以擋住夜晚的露水。

「天氣越來越冷了，最近所有的里都沒辦法讓我們借住，接下來的日子令人擔憂。」

「那你要不要停止運貨？」

他笑著說，在他旁邊坐下來的年輕人說：

「那怎麼行？不能這麼做。」

「宰領不同意嗎？」

他在說話時，用眼神看向跑去解手的宰領消失的方向。

「不是這個問題。」年輕人語帶憤慨地說：「因為有人需要這些東西。」

說完，他輕輕拍著放在一旁的笈筐。

「雖然需要你的東西，卻不願意讓我們住。」

「這也無可奈何，因為一旦收留我們，就很難拒絕其他人，所以我也不好意思堅持，因為各地的日子都不好過。」

「你真善良。」

「其實他們心裡都很清楚，像這樣旅行越來越不方便，送貨的人也不再上門。即使心裡很清楚，仍然不得不這麼做，這代表他們日子真的很苦。」

他用力抱著雙膝。

「戴國各地都很悲慘……文州應該更慘。」

「應該會有比這裡更慘的地方——即使一直抱怨也沒用。」

一陣寒風吹來。

「差不多快降霜了。」

「是啊。」

降霜之後，很快就會下雪，開始積雪，覆蓋整個北方大地。不知道今年的冬天會造成多少百姓死亡，又會造成多少里沉淪。

仰望的天空中沒有月亮，也不見星光。可能被雲遮住了。

他拉了拉披在肩上的縕袍。

「朝行出攻，暮不夜歸……」

第五章

1

——李齋會接受嗎？

項梁牽著騎獸走在街道上，抬頭看著向晚的西方天空。泰麒不告而別，離開碩杖已經三天，這一天，灑在街道上的夕陽映照出一片深秋黃昏，滿眼淒涼景象。

李齋應該對泰麒突如其來的行動感到驚愕。雖然去思答應會說服李齋，但李齋不可能輕易接受，即使她堅持要找泰麒也不意外。

如果自己身處李齋的立場，也會不顧一切尋找泰麒——項梁在內心自言自語，瞥了一眼身旁同樣仰望天空的人影。他牽著騎獸，仰望著暮色蒼茫的天空。城門關閉時間已近，周圍擠滿了準備進城的人潮。

項梁和泰麒離開碩杖後，從岔路一路向東。他們避人耳目，沿著街道在山野中前進，在日落之前找街市休息。這一天也混在人群中進了城，但走進門闕時，忍不住背脊發涼，覺得「真是太離譜了」。離開碩杖之後，每次進城都有這種感覺。街道的終點是鴻基，可怕的是，項梁和泰麒沿著街道，越來越接近鴻基。

泰麒決定了旅程的方向。離開碩杖時，他問了項梁往瑞州要走哪條路，項梁指了這條路。之後，泰麒就一直沒有離開街道。

衛士站在門闕旁。會不會遭到盤問？項梁始終無法擺脫這種擔心。如果不進城，就必須露宿，只不過山野有野獸，也有妖魔出沒。雖然這裡是中央地區，應該不至於有妖魔，但仍然必須考慮到萬一的可能。而且，如果露宿在城外時，項梁必須進城張羅水、食物和其他必要的東西，這種時候，也絕對無法把泰麒獨自留在城外，因為不知道會遭遇什麼危險——而且項梁更擔心一旦離開泰麒身旁，他就會消失不見。

所以只能進城。不知道該說是幸運還是不幸，泰麒年幼時就離開了戴國，沒有人知道他長大之後的長相。泰麒一頭銀黑色的髮色是他的特徵，但大部分人聽到麒麟，就會想到金色頭髮。即使知道泰麒是黑麒，也很難擺脫麒麟的頭髮是金色這個成見，更何況麒麟這兩個字就讓人聯想到金色和黃色。當初是因為泰麒在李齋身旁，項梁才意識到他是泰麒，否則應該不會發現。

既然帶著騎獸，就只能在客棧投宿。如果不住客棧，反而會引起懷疑。幸好隨著漸漸接近中央，人潮增加，帶著騎獸的旅人也越來越多。

項梁和之前一樣，找到客棧後安排了房間，把騎獸交給廄房，帶泰麒進房間後，才終於出門張羅食物。離開客棧前，他特地去廄房交代，絕對不能讓同伴帶走騎獸。

項梁走在城門關閉前的人群中，終於鬆了一口氣。他在小吃攤前張望，物色泰麒也能吃的食物——麒麟不吃有腥味的食物。這種短暫的獨處時間總是讓他放鬆，但這天的心情無法輕鬆。這幾天沿著街道一路來到這裡，卻不知道到底要去哪裡。如今不需要停下來等待馬匹，所以隨著騎獸的腳步，沿著街道快速前進。

接下來要去哪裡——項梁好幾次都想問，但始終問不出口。想到他是泰麒，就不敢隨便開口。離開碩杖時，曾經問泰麒：「請問我們要去哪裡？」當泰麒簡短回答「往東」之後，他就無法繼續追問。但是，今天晚上無論如何都要問清楚接下來要去哪裡。繼續沿著街道前進，明天就會到鴻基。

項梁帶著沉重的心情回到了客棧，走進房間，看到泰麒靜靜地在堂屋窗前低頭看著馬路。因為帶著騎獸，項梁挑選了上等的客棧，房間內的擺設也頗高級，但房間本身很狹小。堂屋的兩側是只放了床，連窗戶都沒有的小臥室。項梁故意挑選這麼小的房間，這麼一來，只要項梁在堂屋內，沒有人能夠接近臥室內的泰麒，泰麒也沒辦法溜出臥室。

——簡直就像對待敵人。

項梁在內心苦笑著，覺得自己好像在護送重要的俘虜。他覺得自己竟然用這種方法對待麒麟感到很諷刺。

他們沒有交談，項梁緊張地等待機會。吃完飯休息時，項梁覺得無法再拖延了。

「恕我冒昧請教，」項梁終於問道：「我們要去哪裡？可以請您告訴我目的地嗎？」

再度站在窗前看著馬路的泰麒轉過頭，注視著項梁沉思著，過了一會兒回答說：「繼續前進。」如果是之前，項梁就不會追問，但今天晚上無法不問。

「繼續前進，就會到鴻基。您該不會要去鴻基？」

泰麒聽了項梁的問題轉過臉，再度低頭看著牆外擁擠的人潮。

「至少請您告訴我要去哪裡，要去做什麼。」

泰麒仍然沒有回答，他低頭看著人潮說：

「……穿厚衣的人越來越多了。」

項梁深深地嘆了一口氣，沮喪地走到窗邊，低頭看著人潮。他不需要確認，就知道旅人漸漸穿上了厚衣。因為立冬將近，這也是理所當然的事。他不知所措地看著路人，身旁靜靜響起了低沉的聲音。

「要去白圭宮。」

項梁驚愕地轉頭看著泰麒。

「不會吧——這怎麼行？」

但是，泰麒極其冷靜，他鎮定自若地關上了窗戶，靜靜地注視著項梁。

「我知道你會阻止我，所以之前一直沒說。」

「我當然會阻止您——太危險了，我不可能不阻止。」

「如果你覺得危險，可以往回走，去和李齋會合。」

「不行！」

項梁加強語氣說道，泰麒為難地露出微笑。

「那怎麼辦？你要綁住我嗎？」

「我會不顧一切把您帶回李齋將軍身旁。」

「用繩子把我綁住嗎？如果不用繩子綁住，我就會逃走。如果我真的想逃，你的騎獸根本追不上白虎。」

項梁無言以對。沒錯——泰麒說得對。狡根本追不上騶虞，既然這樣，就只能用繩子把泰麒綁住，但自己有辦法這麼做嗎？

「我要去白圭宮。」泰麒再度說道：「你要跟我一起去？還是回去找李齋？」

項梁用力吸了一口氣，然後問：

「請恕我請教一件事。您離開碩杖之前說是奉天命，確有其事嗎？」

泰麒沒有回答這個問題。

「……還是說，那只是為了說服我和去思的說詞？」

泰麒猶豫了一下，然後默默點了點頭。

「這——太離譜了！」

「是啊。」泰麒苦笑著嘀咕：「真的很離譜。」

泰麒在說話時回到桌子旁，在椅子上坐了下來，拿起一顆放在桌子上的核桃，撫摸著外殼說：

「項梁，我是在蓬萊出生的。」

「我知道。」

「我在蓬萊出生，十歲那一年上了蓬山。在那裡遴選出驍宗主上為王，來到了戴國。然後在隔年春天，又再度回到了蓬萊……」

「我當然也知道。」

泰麒聽到項梁帶著怒氣的回答，忍不住笑了起來。
「我在戴國的時間只有半年左右，所以我從來沒有經歷過戴國的冬天。」
泰麒說到這裡，小聲嘀咕說：
「太驚訝了。戴國和蓬萊的氣候完全不同。戴國的冬天太寒冷了，我太驚訝了。驍宗主上曾經帶我從禁門看鴻基，到處都是一片白雪皚皚，美得讓人害怕——我至今仍然無法忘記當時看到的景象。」
泰麒說著，低頭看著手上的核桃。
「純潔而美麗，但同時又可怕又冷酷無情——驍宗主上當時這麼說。主上所說的可怕冬季即將來臨。」
項梁倒吸了一口氣。
「風越來越冷，旅人都穿上了厚衣，很快就會下雪了。不久之後，就會一片冰天雪地，到時候，這樣一顆核果就可以決定百姓的生死。」
泰麒說著，出示了手上的核桃。
「阿選棄百姓不顧，里府沒有發揮正常功能，幾乎沒有提供任何支援。東架的百姓能夠順利撐過今年冬天嗎？我們沿途經過的那些里的百姓呢？他們有充足的糧食嗎？如果糧食吃完了，那些百姓會怎麼樣？」
「台輔……」
「項梁，必須在山野徹底被大雪封閉之前，做好最低限度的準備拯救百姓。」

項梁終於理解了泰麒之前看起來好像在趕時間的焦慮心情。

「您的意思是，去白圭宮是為了做這種準備嗎？」

「王不在王位上，阿選不想拯救百姓，既然這樣，至少必須由我來做這件事。這不就是我存在的意義嗎？」

「我能瞭解您的心情。」項梁握著拳頭，「我非常瞭解——」

「不僅如此，」泰麒打斷了項梁，「應該有人被關在王宮內，像是正賴、巖趙、琅燦——」

「是。」項梁表示同意。

「不能棄他們不顧，必須有人去白圭宮確認他們的安全，如果可以，必須營救他們。」

「雖然您的意見完全正確，但要怎麼做到？您一旦去白圭宮，他們就會不由分說地把您抓起來，這次真的會對您下毒手。」

「也許吧。但是，我有一個主意。」

項梁驚訝地眨了眨眼睛。不必付出生命的代價就可以去白圭宮——有這種方法嗎？

「什麼主意？」

泰麒搖了搖頭。

「因為我無法確保成功，所以現在不能說。如果沒有效果，就必須當場想別的方法。雖然我很希望有充足的時間和你討論，但我相信應該很難。既然這樣，你還是不必知道比較好。因為一旦事先知道，當我臨時改變方針時，你會驚慌失措。」

「這怎麼行？」

「我知道你會擔心，但是，我覺得並沒有你想像的那麼不可靠，這是我回到這裡之後一直絞盡腦汁想出來的主意。」

泰麒語氣溫和地說完這番話，又接著說：

「我應該不會遭到毒手，你可以相信這一點，但如果你到時候在場，一定會大吃一驚，恐怕也覺得難以接受。所以如果你和我同行，希望把一切都交給我處理，你只要靜觀事態的發展。」

「這也太強人所難……」

「即使我對你說，這對你我最安全也不行嗎？」

當泰麒這樣正面發問時，項梁無法再提出異議。

「……您絕對不會有危險嗎？」

「我絕對不會做會讓迄今還忍受著苦難的百姓絕望的事。」

項梁雖然無法理解，但還是點了點頭——他無法不點頭。

隔天，項梁和泰麒直奔鴻基。現在進入鴻基，應該需要調查身分，但東架的里宰同仁之前給了他們寫上假名字的旌券，所以並沒有問題。真正的問題在之後。項梁低空飛在山野時，抬頭看著漸漸逼近的淡墨色鴻基山，問泰麒：

「要怎麼進白圭宮？」

「從正面進去。」

太陽開始下山時，項梁和泰麒抵達了鴻基。

看起來就像是好幾層石柱豎立的巨大凌雲山，投下了白色堅硬的陰影，聳立在微陰的天空下。白圭宮位在山頂，山頂上飄著淡淡的雲，所以看不太清楚。

——但還是很美。

樹木的深綠色點綴斷崖，和白色岩石表面形成的對比很漂亮。山麓下白色的城市呈現複雜的起伏，許多瓦屋頂都是藍紫色釉藥瓦，隨處可見的紅色裝飾格外鮮豔。

這是項梁睽違六年第一次踏進鴻基。自從征伐文州離開鴻基之後就不曾回來過。一旦當上師帥，他軍的士兵也會知道他的長相，如果被人發現，就會以逃兵罪將他逮捕。他覺得沒必要冒險，所以即使來到附近，也不會靠近鴻基。從街道近距離看到的鴻基，似乎和六年前沒有任何不同。

項梁克制著好像在打鼓般的劇烈心跳，維持原來的步伐走向朝南的巨大門闕。朝南的門闕稱為午門，共有五道門，只有王和宰輔才能走中間那道門。項梁以為泰麒會出示在東架拿到的旌券，從左右的其中一道門進入鴻基，沒想到泰麒毫不猶豫地走向中央那道門。

項梁慌忙小聲叫了一聲，泰麒只是輕輕點了點頭，並沒有回答，然後筆直走到守在門口的門衛前。門衛詫異地舉起了長槍，擋住了他的去路。
「你是誰？進入鴻基要走旁門。」
泰麒不理會門衛狐疑的盤問回答說：
「把門打開，我在六年前因為意外離開了鴻基，現在才終於回來。」
門衛仍然一臉詫異。
「我是泰麒，我要見阿選將軍。」
項梁驚愕不已，但拚命忍住了聲音，努力面不改色，但泰麒接下來說的話，更讓他驚訝得說不出話。
「我奉天命前來見戴國的新王。」

2

阿選是戴國新王——並不是只有項梁感到驚訝，連門衛和接到門衛通知後火速趕到的下官都驚慌失措。項梁很擔心自己和泰麒會被抓起來，但對方殷勤確認身分和來意後，把他們帶去午門門闕旁的夾室。
——這就是台輔所說的「主意」嗎？
項梁很想問，但夾室的門內外都站著衛士，他當然不可能在有旁人的地方問這個問題。

——這也未免太離譜了。

項梁在等待時雖然故作鎮定，但背上還是流著冷汗。這個謊言不可能行得通。驍宗還活著，在王還活著時，不可能改變天命，任何人都會輕易發現泰麒說「新王阿選」是在說謊。

之前逃過魔爪的麒麟自己送上了門，阿選應該做夢都沒有想到會這麼幸運。只要殺了麒麟，就等於自動排除了王。阿選之前在函養山弒君失敗，這次可以連同麒麟一起鏟除。

——士兵隨時會拿著刀衝進來。

想到那個瞬間，項梁的手忍不住發抖。

如風暴般襲來的預感讓項梁忍不住屏住呼吸，這時聽到了好幾個腳步聲走來。項梁繃緊神經，做好了準備，發現剛才那名下官走了進來。他一走進夾室，立刻跪下膝行前進，恭敬地磕頭說：「讓您久等了。」雖然他帶了幾名士兵，但那些士兵也都跪地磕頭，並沒有危害泰麒。

「我為您帶路。請跟我來。」

他們似乎並沒有敵意，所以沒有檢查隨身物品，也沒有沒收項梁的行李和劍，甚至把騎獸還給他們。

——至少順利通過了第一關嗎？

項梁終於在內心偷偷鬆了一口氣。走在最前面的下官沿著貫穿市街的大經走出門闕，示意泰麒和項梁騎上騎獸，然後走在泰麒身旁。士兵雖然圍在周圍，但看起來在保護重要人士。

原來如此——項梁冷靜之後思考著。只有麒麟說的話能夠證明天啟。天啟是上天賜給麒麟的奇蹟，旁人根本沒有任何方法可以判斷真偽，只能充滿敬畏地接受。驍宗是王的天啟，也是因為麒麟這麼說，所以項梁一直認為就是這樣，從來沒有想過要懷疑。所有人應該都這樣，果真如此的話，泰麒的計謀並不壞。

既然阿選是新王，阿選就沒必要危害泰麒，相反地，必須最優先保護能夠保障他一國之王身分的泰麒，也就是說，等於泰麒的生命安全有了保障。泰麒能夠以宰輔，或是瑞州侯的身分救濟百姓。這麼一想，就覺得泰麒的計謀雖是奇計，卻也有效——項梁不由得這麼認為。

問題在於這個謊言能夠騙多久。

這個謊言沒有任何佐證。白雉未鳴一聲，也不可能有任何稀奇的祥瑞。至少阿選知道驍宗未死，既然這樣，他很清楚沒有理由立新王。即使一開始受騙上當，也會在某個時間點產生疑問。一旦懷疑為什麼白雉仍未落，也未鳴一聲，計謀就會徹底瓦解。這種騙局應該很快就會被拆穿。

項梁的內心在少許的安心和數倍的不安之間搖擺，沿著大經向北。在眾目睽睽之下，不能和泰麒交談，只能眺望著鴻基的風景。

進入城牆內，街景似乎也沒有任何改變。道路和以前一樣熱鬧漂亮，縱橫的道路上小店林立，人來人往，也不見在恬縣隨處可見的窮人身影。項梁經過街上時，覺得這裡和他去文州之前沒什麼兩樣。

曾經走過的道路、熟悉的店家——以及白圭宮。

宮城的入口皐門也完全沒有任何變化。進入皐門，穿越國府，從庫門前往雉門，經過一道又一道門，一路上坡前往宮城。過了應門後，來到雲海的正下方。官府和官邸都在這裡，基本上士卒都不住在王宮內，只有王師六軍的將軍，和各軍的五名師帥例外。將軍都住在雲海之上，師帥可以在治朝這裡擁有宅第。項梁本身怕麻煩，所以並沒有住在治朝，但獲賜一棟小房子。只是他很少住那裡，卻多次造訪其他師帥的家，所以治朝的景色讓他感到很懷念。

——不知道他們現在人在哪裡，在做什麼。

項梁並不奢望所有人都平安，在這六年期間，應該有人罹難。一想到這件事，就不由得感到難過。

治朝北側有一道穿越斷崖的巨大路門，他們在那裡跳下騎獸，來到門殿內部，跟著那名下官來到後方的一個房間。下官打開門，請他們入內，走進去之後，前面有一個不大的門廳。「請你們在裡面等一下。」項梁看著準備離去的下官，走在前面打開了門，一看到內部，忍不住倒吸了一口氣。

「這是怎麼回事？」

門內的房間沒有窗戶，只有一張桌子和兩張椅子，簡直就像是牢獄的地窖。

下官轉過頭，但已經即將走出門廳。

「簡直把我們當成俘虜！」

項梁大聲質問，下官露出害怕的眼神看著他，然後逃也似地走了出去，關上了門。雖然沒有聽到鎖門的聲音，但聽動靜可以知道，有好幾名士兵守在門外。無論怎麼想，都可以認為這是拘禁。

「這到底……？」

泰麒轉過頭，也露出了詫異的表情。

項梁覺得自己的胃縮了起來——果然遭到懷疑了嗎？

對阿選和為阿選抬轎的那些人來說，「新王阿選」應該是天大的喜訊。照理說，應該不會這樣對待帶來這個喜訊的泰麒，而是要歡天喜地請他入燕朝盛情款待，不可能把他當成俘虜。由此可見——泰麒的謊言沒有奏效。

既然已經帶來路門，應該不可能突然斬首。但是，士兵很可能隨時衝進來嚴厲審問。必須設法至少讓泰麒逃出去，只不過在這個連窗戶都沒有的地窖，根本沒有任何活路。

——士兵衝進來時是唯一的機會。

只有趁開門的時候推開士兵逃出去。只不過這個地窖入口有門廳，有兩道門。如果關上門廳的門，士兵守在門廳，就根本無法衝出地窖。即使設法衝了出去，逃到門殿，之後該怎麼辦？剛才在門殿跳下了騎獸，如今騎獸應該在他們手上。項梁感到很絕望。

「台輔，請您一定要站在我背後。」

項梁小聲地說，但泰麒為難地笑了笑。

「你先別急，未必會危害我們。」

「但是……」

「他們當然會產生警戒——突然有一個毛頭小子出現，自稱是泰麒，怎麼可能馬上就相信？」

「怎麼……」項梁說到一半住了嘴。聽泰麒這麼說，覺得的確有理。自己之所以認為「怎麼可能有這種事？」是因為覺得既然麒麟親口這麼說了，當然不容質疑。只要看一眼就知道是不是麒麟——因為麒麟都是一頭金髮。

這是曾經經歷過驕王時代的項梁具備的常識，金髮來自麒麟的鬃毛，是麒麟特有的印記。要隱瞞麒麟的身分不是一件容易的事，想要證明卻輕而易舉。應該說，根本不需要證明。

但是，泰麒是黑麒。泰麒的一頭短髮是黑色，雖然不是純正的黑色，但明顯不是麒麟常見的金色。所以即使自稱是泰麒，別人也難以馬上相信。

「他們當然會調查我的身分，既然我自稱是泰麒，他們不能怠慢，所以把我帶到王宮的深處。只要見到認識我的人，很快就會真相大白，你不用著急。」

泰麒說完，心平氣和地在椅子上坐了下來。他可能真的沒有感受到危險，所以看起來並沒有慌亂的樣子。

「台輔，您預料到會有這種狀況嗎？」

「這種狀況？」

「就是像這樣被關起來。」

泰麒微微偏著頭說：

「我猜想可能會被限制自由，因為對阿選來說，我暫時還是敵人。而且我原本猜想會把你我拆散，所以打算堅決抵抗。」

泰麒說到這裡，輕輕笑了笑。

「但其實我還沒有想好要怎麼抵抗，所以幸好他們並沒有要把我們拆散。」

「喔。」項梁只能點頭。

「他們既沒有用繩子綁住我們，也沒有收走你的武器，我們又可以在一起，所以我認為應該並不打算危害我們。」

項梁覺得泰麒言之有理，點了點頭，終於放鬆了內心的緊張。的確是這樣——沒錯，用常識思考，即使阿選認定泰麒的「新王阿選說」是說謊，也不會就憑這一點當場處置泰麒。應該會先調查，而且看到隨從只有項梁而已，認為不需要大動干戈，只要關在某個地方就解決了——就像現在一樣。

3

雖然項梁暫時放鬆了心情，但隨著時間一刻、兩刻過去，越來越感到困惑。為什麼要等待這麼長的時間？

「……到底怎麼了？」

項梁百思不解，忍不住喃喃說道。從門縫中透進來的陽光已經消失了，泰麒似乎也感到不解，露出了訝異的表情。

項梁忍無可忍，走向門口，準備去問門外的士兵時，門突然打開了。

「喔喔。」

一個有點年紀的官吏看到項梁，大吃一驚地後退，然後慌忙站直了身體。

「……恕我失禮，我嚇了一跳。」

「很抱歉，因為等了很久都沒有人出現，所以我正打算去問一下……」

有點年紀的小個子男人深深行了一禮說：「讓兩位久等，深感抱歉。我叫平仲，是天官寺人。」

寺人專門服侍王和宰輔，協助處理私事。禁軍也同樣伺候王，所以之前屬於禁軍的項梁也曾經和寺人打過交道，但從來沒有見過這個叫平仲的人。但仔細想一下就覺得並不足為奇。因為現在寺人服侍的不是驍宗，而是阿選，阿選身邊的官吏當然會換人。

「為了安排您的住所耗費了時間，敬請原諒。」

平仲向泰麒磕頭後說完，示意項梁他們跟著他。門外有五名士兵，但都只穿了軍服，並沒有穿盔甲，每個人臉上也都沒有緊張或是好鬥的表情。

「兩位的騎獸都已經帶去廄房了，我已經吩咐他們要好好照顧，敬請放心。」

說完，平仲指著通道。士兵舉著燈火走在前方，穿越在巨大岩石中挖鑿的粗糙通道，是一條面向凌雲山斷崖的長柱廊。柱廊的一側是沿著岩石表面鑿出的白色岩壁，另一側有一排石柱，清冷的月光照在柱子和柱子之間腰壁外的天空，頭頂上就是雲海，遙遠的下方是一片黑色的山野。

「我相信您應該有問題想問，但現在應該很疲累了，敬請先好好休息。」

平仲說著，打開了在岩壁上鑿出的門，沿著山壁走在柱廊上時上時下，終於來到柱廊的盡頭、空間比較寬敞，好像一個露臺的地方。用黑色合金裝飾的牢固木門內是門廳，在放了少許家具的門廳後方，有一道氣勢雄偉的雕刻門，門內是比門廳更寬敞的廳堂，後方是鑲了玻璃的折疊門，燈火通明的室內擺放著豪華家具。走在前面的平仲跪在門內，請泰麒坐在貴妃椅上。

「我馬上送膳過來。因為事出突然，只能準備這個房間，您只是暫住於此而已，敬請原諒。」

說完，他深深鞠了一躬，然後走到門外。士兵迫不及待地關上了門，接著聽到喀答的鎖門聲。

「平仲——」

項梁慌忙叫他，但門外沒有任何聲音。

——太可疑了。

項梁環視屋內。屋內井然有序，家具擺設也很豪華。項梁大步穿越房間，除了通往門廳那道門以外，有四道門面向廳堂，其中三道門通往放了床的豪華臥室，另一間看起來像書房，有很大的書桌和架子，擺設也很豪華。打開正前方的折疊門，就是一片挖鑿岩壁打造出和正廳同寬的露臺。雖然可以眺望下方的山野，但開放的空間裝了一排雕花鐵窗。

——高級牢房。

項梁感到怒不可遏，同時發現了剛才為什麼覺得不對勁。平仲雖然自我介紹，但並沒有再度請教泰麒的名字，既沒有叫他「台輔」，也沒有問泰麒身旁的項梁叫什麼名字。而且這裡是雲海下方，越過雲海的天上才是王宮的最深處。也就是說，對泰麒來說的「王宮」是指雲海之上的燕朝，所以泰麒並沒有真正被迎入王宮。

該怎麼解釋這種情況——項梁在苦思的同時，關上了冷風不斷吹入的門。泰麒一臉了然於心的表情看著項梁。

「似乎還不信任我。」

泰麒說完，露出淡淡的苦笑。

「是啊——台輔，沒問題嗎？」

泰麒聽了項梁的問題，微微偏著頭。

「你是指？」

「就是——」

項梁說到一半，把話吞了下去。他想問，別人會相信這種謊言嗎？雖然隔了一道門，但應該有士兵守在門廳，而且也可能從哪裡偷看內部的情況。

泰麒似乎察覺了他的想法，點了點頭說：「即使著急也無濟於事，就且走且看吧。」

「是。」項梁表示同意。

——的確，既然已經採取了行動，就只能按照泰麒所說，且走且看了。

之後，平仲親自送來餐點，並沒有逗留。只是彬彬有禮地說一些禮貌性的話，既沒有主動攀談，也不願積極回答項梁的問題。當項梁問他，要在這裡住幾天時，他只回答說，他也不清楚。目前只知道暫時由平仲照顧泰麒和項梁的生活，他知道項梁是泰麒的隨從，暫時應該不會把他們分開，除此以外，什麼都不知道。不要說阿選，甚至沒有任何高官現身，但士兵也沒有衝進來訊問。雖然沒有恭迎泰麒，但也感受不到危險，只是把他們丟在那裡。

項梁難以理解眼前的狀況。如果懷疑泰麒，審訊他們或許還說得通，為什麼置之不理？隔天的情況也沒有改變。雖然問了平仲，但平仲也不知道答案，至於門外的士兵，即使對他們說話，他們也都不回答。

「這到底是怎麼回事？」

等了一整天之後，項梁終於大聲質問。平仲瞥了他一眼，默默收拾著晚餐的晚盤。

「怎麼可以這麼對待堂堂的台輔？」

平仲只是微微欠身，把收拾好的碗盤交給門外的士兵，然後接過茶盤放在桌子上。搞不懂他是什麼意思。

「你們就這樣對待台輔嗎？簡直太無禮放肆了！」

平仲似乎被項梁的氣勢嚇到了，後退了一步，匆匆想要離開正廳，項梁擋住了他的去路。

「你有義務要向我們說明到底是怎麼回事？」

「敬請見諒。」平仲小聲地說完，避開項梁，想要走向緊閉的門。

「喂！」

項梁準備伸手抓住平仲時，響起一個靜靜的聲音。

「項梁，你責備平仲也沒有用，不要動粗。」

平仲鬆了一口氣，項梁瞥了他一眼之後，回頭看著泰麒。

「但這種對待也太過分了，這根本是在拘禁！」

「這也無可奈何。」泰麒苦笑著，「因為我和你基本上都是阿選的敵人。」

「但是……」

「雖然我很在意把我們丟在這裡的原因，但平仲可能也不知道原因，即使知道，可能也奉命不能告訴我們。如果輕易和我們聊天，可能會被認為通敵。平仲也有他的立場。」

泰麒說完，微微向平仲欠身。

「對不起，項梁擔心我，請你原諒他。」

「是。」平仲行了一禮。

「謝謝你，你退下吧。」

平仲又行了一禮，轉身走向門口，走到門前時，又轉過頭。

「那個……恕我冒昧，」說完，他轉身面對泰麒，「您真的是台輔嗎？」

「對。」泰麒回答。平仲一臉困惑地愣在那裡。

項梁說：「如果他不是台輔，那又是誰？」

「我只接到通知，說有一個自稱是台輔的人。」

原來是這樣——項梁終於恍然大悟。

「他就是如假包換的台輔——雖然我的保證也無法成為任何證明。」

「項梁大人是台輔的護衛嗎？」

「我以前是禁軍的師帥，因為因緣巧合護衛台輔，但之前在各種典禮時經常隨侍台輔，所以原本就認識。」

「但既然是台輔，為什麼被關在這裡？」

項梁驚訝地說：「我還想問你這個問題，為什麼要這麼對待台輔？」

平仲搖了搖頭，似乎表示不知道。既然說泰麒是「自稱是台輔的人」，代表懷疑這件事的真實性，問題是既然這樣，為什麼不派人來訊問？

「懷疑我的身分也情有可原，」泰麒插嘴說：「但只要阿選將軍來見我，一眼就可以辨出真偽。請你這樣轉告派你來這裡的人。」

「喔。」平仲不置可否地點了點頭，倒退著離開了。泰麒看著門關上後，輕輕嘆了一口氣。項梁正打算開口，泰麒搖了搖頭，用眼神制止了他。士兵似乎隨時守在門廳左右兩側的小房間內，泰麒也對附近的耳目很警覺。

為什麼會受到這種對待？這種狀態對泰麒來說究竟是好預兆還是壞預兆？這樣有辦法完成泰麒說的救濟百姓的大任嗎？項梁有很多話想問，但還是把這些問題吞了下去。

泰麒輕輕點了點頭，然後看向露臺外。冰冷的月亮掛在夜空，月光下的山野，樹葉已經染上了顏色。

4

隔天，項梁感受到輕微的動靜和冷空氣的流動醒來。他立刻跳了起來，把劍拿在手上。他坐在正廳的貴妃椅上看向入口的門，確認門關著後，微微吐了一口氣。他環視正廳時，發現泰麒正準備走去露臺。他似乎嚇了一跳，看著項梁停下了腳步。

「早安。還是把你吵醒了嗎？」

泰麒一臉歉意地說，反而讓項梁羞愧不已。因為他發現自己竟然沒有聽到泰麒從臥室走出來的動靜。

「您要去外面嗎？不是很冷嗎？」

「沒關係，你繼續休息。」

泰麒說完，走去露臺。項梁放下劍，輕輕嘆了一口氣。

不知道什麼時候會發生什麼狀況。雖然正廳的門從外側鎖住了，但無法從內側鎖住。門是往外開，所以也無法從內側關起來。如果有人想要闖入，隨時都可以闖進來。正因為這樣，項梁才睡在正廳，沒想到竟然沒聽到泰麒的動靜醒來。

——這樣怎麼行？

他覺得自己的感覺變遲鈍了。這六年來碌碌無為地四處流浪，剛逃離文州時整天提心吊膽，但在各地流浪之後，緊張的程度越來越輕。和泰麒之間的距離這麼短，如果是以前，只要泰麒起床，項梁就可以聽到動靜醒來。現在的狀況和在戰場上提高警惕，防止敵人夜襲的情況差不多，但剛才在泰麒打開露臺的門之前，竟然完全沒有醒來。項梁為這件事感到羞愧。

即使泰麒擔心吵醒項梁，所以躡手躡腳，身為軍人，在泰麒起床的同時就應該醒來。維持這種程度的緊張狀態，同時恢復體力最理想，姑且不論實際做到是否有困難，但必須努力——這是軍隊中的常識，項梁以前這麼要求自己，也這麼要求部下。

——沒想到現在竟然變成這樣。

「怎麼了？」

要提高警覺。項梁告訴自己。目前只有自己保護泰麒，甚至可以說在保護戴國。他這麼想著，跟著泰麒走出露臺。泰麒發現了他，無力地轉過頭。

泰麒撫摸著鐵窗，黑色合金的表面有一層白色。是霜。

時序正慢慢邁向冬季。

項梁輕輕推著泰麒的後背，示意他回去廳堂。

「原來已經降霜了……今年似乎冷得比較晚。」

「比較晚嗎？」

「之前都沒有看到霜，可見比往年晚。今年應該比往年暖和些。」

「是嗎？」泰麒嘀咕著，他身上的衣服很單薄，吹進露臺的風很冷。

回到廳堂，那裡也沒有生火。項梁很希望至少讓泰麒喝杯熱開水，但只能等平仲來了之後再說。即使想為他披一件暖和的袍子，手邊也沒有。泰麒和項梁都沒帶幾件換洗衣服，也沒帶冬天的衣服。

「蓬萊現在還很暖和嗎？」

「早晚應該會比較涼，但白天很溫暖。」

「差真多啊。蓬萊什麼時候會下雪？」

「十二月，但和這裡的曆法不同。我從蓬萊回到這裡之後，發現相差一個月。」

「是這樣啊。」項梁嘀咕道。他從來沒有想過竟然會有曆法不一樣的地方。

泰麒突然噗哧一聲笑了起來。

「以前——我在這裡的時候，看到才十月初就下雪了，覺得很驚訝。原來戴國這麼早就冬天了，其實是因為相差了一個月，所以相當於蓬萊的十一月，但我住的城市也不可能在十一月初就下第一場雪。」

泰麒露出微笑。

「雖然那時候我還是小孩子，但也覺得很多事好像很奇怪，因為以蓬萊的常識來說，周圍的一切都很奇怪或是很不可思議，後來告訴自己，應該就是這樣。」

「一切都很不可思議嗎？」

「最不可思議的就是說我是麒麟，說我其實是獸，所以隨時都可以變成獸形，我聽了真的目瞪口呆。」

「這……應該吧。」

項梁是人類，所以能夠想像那種困惑。除了麒麟以外，半獸的人也都會轉變成獸形，但他也常常納悶，那到底是怎樣的感覺。

「台輔，該不會……」項梁突然想到一個問題，隨口問道：「該不會對您來說，這裡是一個很可怕的世界？」

「不會。」泰麒露出開朗的眼神，語氣堅定地說：「剛好相反，很多事都很不可思議，我覺得樂趣無窮。」

說完，他柔和地笑了起來。

「尤其是蓬山，真的很漂亮，也很舒服。我很想念蓬山的一切……」

蓬山是麒麟生長的聖地。

「這樣啊。」項梁回答時，門外傳來叫聲，應該是平仲來送早餐了。

項梁應了一聲後，門打開了，果然是平仲，但還有一名女官跟在他身後。他們兩個人在門口跪拜後走進廳堂。

「今天我帶了女官來照顧您的生活。」

平仲說完後回頭看著女官。女官大約四十歲左右，圓圓的臉，看起來很溫厚。她深深地磕頭後說：「我叫浹和。」

「……浹和。」泰麒微微偏著頭，喃喃叫著這個名字。

「是。」女人回答後抬起頭，目不轉睛地看著泰麒。過了一會兒，眼中泛起了淚光。

「台輔──您平安無事。」

泰麒聽到她這句話，立刻站了起來。浹和跑向泰麒，在他面前跪了下來。

「妳是浹和嗎？典婦功的浹和？」

典婦功是專門在顯貴的人身邊打雜的女官。

「太懷念了，您長這麼大了……」

浹和說完，用袖子捂住臉嗚嗚哭了起來。泰麒把手放在她的肩上。

「原來妳平安，真是太好了……」

「我才很擔心您，不知道您是否平安，有沒有好好吃飯、好好睡覺，有沒有生病──」

浹和說到這裡，看著泰麒。

「您長這麼高了，真是太高興了，只是還有一點遺憾。真希望是我照顧您長大……」

浹和說完，再度用袖子捂住了臉。平仲看著他們，鬆了一口氣，原本跪著的他鬆懈地坐在地上。

「原來真的是……台輔……」

「當然啊。」浹和語氣堅定地說：「竟然讓台輔住在這種好像牢獄的地方，而且也沒有近侍。」

「啊，啊啊……」

淶和用短衫的袖子拭著淚，然後猛然起身跑向身後的士兵，接過士兵拿在手上的餐點。

「今天很冷，早餐都涼了。」

說完，她俐落地把早餐放在桌上。

「這裡也沒打掃，台輔身上的衣服也這麼單薄——平仲，你要好好張羅。」

「啊啊……望乞恕罪。」

項梁聽說泰麒以前的生活都由女官照顧。一方面是因為泰麒年幼，再加上他離開蓬山不久，鑑於他之前都在仙女環繞的環境下生活，所以驍宗指示盡可能為他打造相同的環境。

但是，淶和說，當時照顧泰麒生活的女官幾乎都不在王宮了。

六年前，王宮發生了蝕，導致這裡和那裡——被稱為蓬萊的夢幻國度產生了交集，泰麒被夢幻國度吞噬，這裡受害嚴重。項梁當時在文州，但聽說許多官吏傷亡，建築物都嚴重受損。女官都在六寢附近的堂屋——泰麒當時住的地方——所以所有人都平安，但之後阿選自立偽王之後，女官都紛紛離散了。

「當時阿選說，主上駕崩，台輔也被蝕帶走，不會再回來了。」

淶和在服侍他們吃早餐時，說明了當時的情況。

阿選說，蝕突然出現，吞噬了泰麒，但很快就傳聞四散，那次的蝕其實是鳴蝕，當麒麟身陷危急狀況時，才會發生鳴蝕。既然這樣，唯一的可能就是阿選攻擊泰麒，於是，之前照顧泰麒的女官都對阿選反彈。有人因此遭到嚴刑處罰，也有人被剝奪官位，趕出了王宮，也有人自行離開了王宮。浹和雖然繼續留在宮中，但也承受很大的壓力，而且她完全不想迎合阿選，於是被貶為和奄奚無異的雜役。蝕發生時，許多沒有加入仙籍的奄奚都遇難，許多之前服侍泰麒和驍宗的下官都被調去補充不足的人力。

浹和以前屬於瑞州天官旗下，負責照顧泰麒生活起居的典婦功，如今則是膳夫手下的奚，整天負責清洗宮中使用的碗盤。

「妳辛苦了。」

「還能夠見到台輔，這一切都值得了。」

浹和拿著茶器，露出了酒渦。

「還能夠再伺候台輔，簡直是無上的幸福。」

5

浹和不停地忙來忙去，好像要彌補之前的空白。她指示平仲重新整理了臥室，把廳堂改成舒服的起居室，最後抱著用完的餐具說：

「平仲，這裡的打掃就交給你了。這麼多灰塵，會影響台輔的健康。我把這些送還給膳夫後，要去為台輔找衣服。」
然後，她又說：
「不知道台輔的衣服放在哪裡——不，即使找到了，以前的衣服也太小了。我去張羅一些——還有你的衣服。」
她在說話時看著項梁。
「我還會順便問一下，能不能改善住宿的地方。」
說完，她跑出了廳堂。平仲拿著浹和塞給他的布，目瞪口呆地目送她離去，聽到輕輕的關門聲後，用力吐了一口氣。
「——啊呀啊呀……」
他搖著花白頭髮腦袋的樣子很滑稽。
「辛苦你了。」
項梁笑著對他說。
「不，之前都沒能好好照顧台輔，浹和說得沒錯。」
說完，他又向泰麒鞠了一躬。
「再度望乞恕罪。」
「你會有那樣的態度很正常。」
泰麒說。
「感恩不盡。」

項梁也說：

「聽到別人說，有人自稱是台輔，當然會心生懷疑。」

「謝謝你的安慰。雖然這麼說聽起來像是辯解，但我以前從來沒有見過台輔。」

「你是最近才被任用嗎？」

「不，以前——其實也沒多久以前，我只是司聲。」

司聲就是管理國官相關事務的事務官。

「然後突然要我以寺人身分，照顧台輔的生活起居。」

「目前的天官長是？」

「是立昌大人。以前是春官長的府吏，也許你也認識。」

「聽說皆白大人下落不明。」

以前——項梁出發前往文州之前的天官長是皆白。

「在那次發生蝕的時候失蹤了，然後一直沒有找到他的下落。」

「是喔。」項梁嘀咕著，泰麒更加沮喪。

「所以說，死傷很嚴重……」

「是……那當然，畢竟……畢竟那是蝕。」

平仲低聲說道。一問之下才知道，原本驍宗身邊的高官中，只有春官長張運還留在朝廷中。冢宰詠仲在蝕發生時受了傷，之後也因為這個原因死亡。皆白下落不明，地官長宣角被阿選處死。秋官長花影、夏官長芭墨都逃離了王宮，之後就杳無音訊。

原來的冬官長琅燦也被解除了冬官長的職務。

「琅燦平安無事嗎？」

「應該是，只是我也不是很清楚，至少沒有聽說她遭處死的消息，也沒聽說她逃走的傳聞。」

「傳聞？」項梁問。

「對——是啊，其實現在搞不清楚王宮內部的狀況，只知道自己周遭的事，其他只能靠道聽塗說。」

「是因為在某個地方隔絕了消息嗎？」

平仲偏著頭說：「感覺並不像是有人刻意隔絕消息，硬要說的話，就像是各自為政。」

「各自為政？」

平仲聽了項梁的反問，再度偏著頭思考要怎麼說明，但還是不知道怎麼說。平仲很難用言語表達內心的感受。

平仲在驕王治世末期被任用為國官，最先擔任高官的府吏，一步一步累積經歷。當時有國家這個主體，雖然有人擔心因為驕王治世無方，導致出現了各種弊病，朝廷岌岌可危，但即使在那種狀態下，平仲仍然可以感受到自己屬於國家，明確感受到自己是整體的一部分。當平仲的工作耽誤，就會增加同僚的負擔，長官也會傷腦筋，同時也會增加其他部門的困擾——當時可以明確看到這樣的因果關係，知道自己目前進行的工作是為了什麼目的，即使不知道，也有人可以問，可以瞭解到自己在國家這個整體中扮演的角色。

無論在驕王治世末期，還是王位無王的空位時代，這種情況都沒有改變。即使有各種弊病，國家依然還在，也清楚瞭解，或者說有辦法瞭解自己在這個國家的位置、自己的工作和國政有怎樣的關係，知道做相同工作的同輩、呈報工作成果的上司，也瞭解機構內由下而上的路徑，可以看到參與的人。即使不曾面對面，或是曾經實際看到過對方，也可以靠自己的見聞和傳聞掌握那個位子上是什麼人、在做什麼，結果會怎麼樣。總而言之，就是可以真實感受到那裡有「人」。

阿選的王朝最初也是這樣。雖然朝廷極其混亂，但隱約瞭解到哪裡有不協調，哪裡有停滯，什麼不順利，如何難以克服。然而，之後就越來越不瞭解了。

嗚蝕導致許多高官遇難應該是原因，之後，阿選在掌握朝廷過程中，更迭、處死了許多高官也是原因。許多官吏消失，換上了別的官吏，因為太頻繁，根本來不及記住那些官吏長相、姓名和為人。於是就讓國家這個組織變得費解。在驕王治世末期曾經發生過這種狀況，王位無王的空位時代也曾經發生過，甚至在驍宗登基時也一樣。但從來不曾發生過即使高官離開後，也不知道由誰接替；即使知道是誰接替，也不知道那個人是何許人；不知道到底有沒有人接替，不知道那個人到底在做什麼——完全不曾有過這種狀況。

姑且不論阿選到底是偽王還是假王，但看不到主持朝廷的阿選。雖然知道六官長的名字，卻並不認識所有的人。雖然知道官位上有官，但不知道他們在幹什麼，也完全不瞭解他們的意圖，如何推動這個國家的政務。看不清楚、搞不太懂，搞不懂、完全看不到，狀況越來越糟，很像是起霧時，漸漸吞噬周圍一切的感覺。

雖然知道阿選坐上了王位，也知道這位以前的禁軍將軍在發生鳴蝕，朝廷陷入混亂時盡力收拾殘局。也知道他積極試圖掌握失去王的朝廷的過程，更知道他極力排除驍宗麾下的官吏，安插對自己有利的人馬，排除對立勢力。但是，在這個過程中有什麼開始改變。以平仲所屬的天官為例，在驍宗的時代，由皆白擔任天官長太宰，鳴蝕發生時，皆白下落不明，於是副太宰接替了他的職位。副太宰按照阿選的體制重新整編王宮的秩序，但這個人不知道什麼時候消失了。下達指示的間隔越來越長，然後聽不到他的消息，人也不見了——就這樣消失了。

之後，立昌上任成為新的太宰。他原本是春官長的府吏，一舉被拔擢為太宰。府吏是官吏中最低階的官吏，以常識來說，根本不可能擔任六官長之一。沒有人知道他的經歷，也沒有人知道他有什麼功績或是為人如何，至少在平仲周圍完全沒有人知道，甚至不知道「春官長」到底是指驍宗時代的春官長張運，還是指目前的春官長，也不知道立昌平時在做什麼。之前推動的天官重新整編這件事也沒有了下文，高官遭到更迭後，有些官位上沒有官吏。平仲的上司也有好幾個空缺，但會突然接到上面分配下來的工作，完全不知道是哪裡下達的指示，也搞不懂工作的意義。即使要求說明，被問到的人也摸不著頭腦。即使覺得既然是命令，就按照指示去做，結果又突然接到了相反的指示，而且還是不知道是誰、基於什麼意圖下達的指示。面對兩個相反的指示，不知道該以哪一個為優先。即使詢問確認，下達不同指示的雙方也互不讓步。在一次又一次反覆確認的過程中，其中一方莫名其妙消失了。但並沒有撤回原本的指示，只是沒有反應。最後，平仲和其他低階的官吏就只好遵從持續下達「就這麼辦」指示的那一方。雖然推測應該是高層之間發生了權力鬥爭，沉默的一方最後落敗，但並不知道事實究竟如何。然後當初要求「就這麼辦」那一方的指示間隔越來越長，最後無人過問，既沒有人催促，也沒有人來驗收結果。

「所有的事都是這樣……」平仲說：「所以我完全搞不清楚到底發生了什麼事。」

這次的事也一樣。平仲原本是司聲，負責調整管理官吏的法律和制度，但突然接到命令，要他擔任寺人。既沒有說明理由，也不知道是誰做出的決定。掌管王和宰輔生活的內小臣突然把他找去，說任命他為寺人，命令他去照顧自稱是台輔的人。對原本是司聲的平仲來說，等於是官位降級，但他不知道自己是否犯了什麼錯，所以無法繼續擔任司聲，也不知道為什麼要自己擔任寺人。內小臣沒有說明是誰的指示，也沒有說明要怎麼做，只叫他去接這個差事。他請示了算是直屬上司的侍御的指示，但侍御也不知道平仲被任命為寺人這件事，還問他是從哪裡冒出來的。之後上面似乎進行了調整，但最後侍御只指示他「看著辦」。

有一個人自稱是台輔，目前等在路門，由你負責照顧，你就看著辦——這就是平仲接到的指示。

因為要安排住處，於是平仲請示是否安排回到仁重殿，侍御要他等待進一步指示。過了一會兒，收到了「現在安排入住六寢為時尚早」的回答。那要安排住在哪裡？要準備哪一個等級的地方？預計會逗留多久？待遇如何？即使請示這些問題，也得不到像樣的回答。雖然指定了場所，但當他去向管理的官吏拿鑰匙時，那個官吏說根本不知道這件事。餐點的準備、衾裯的準備都是如此，平仲必須去負責的每一個官吏那裡，出示印綬，自我介紹，然後向他們說明情況。

「目前一直都這樣，所以如果上面有指示，我們就會按照指示去做，除此以外，只能根據自己的判斷做妥善處理——也只好這麼做。我相信上面的情況也差不多，也許所有國官目前都處於這種狀態。」

整個王宮就好像籠罩在濃霧中。平仲又重複了這句話。雖然可以看到自己周圍的情況，但距離越遠就越模糊，最後完全看不到。

項梁聽了平仲的話，忍不住納悶，在這種狀況下，國家有辦法正常運轉嗎？然後突然茅塞頓開。國家已經失去了應有的樣子，難怪無法接濟百姓。

「阿選在幹麼？」

項梁自言自語道，平仲似乎以為在問他，所以回答。

「聽說阿選將軍最近整天都躲在王宮深處，幾乎都不出來。」

「不出來？」

「對，國政幾乎都掌握在張運大人和他的派系手中，阿選將軍把一切都交給張運大人，自己完全都不露面——或者是，」平仲說到這裡，壓低了聲音，「有人說，張運大人趁阿選將軍躲在王宮深處，自作主張地掌管一切。我在接任寺人一職之後也很好奇這件事，所以四處打聽了一下，有人說，也許阿選將軍還不知道台輔駕到這件事……」

「張運隱而不報嗎？」

「也許。也可能不是張運大人——而是其他人，這我就不知道了，但是，」平仲說：「我之前就覺得現在的朝廷很可怕，雖然有很多官吏，但感覺像是身處無人的廢墟。」

平仲在聽到阿選是新王的消息後很高興，覺得戴國將恢復秩序。被視為偽朝的王朝一旦成為正當的王朝，屬於朝廷一分子的平仲當然很高興。但是，王宮內完全沒有喜悅的氣氛。

「王宮內靜悄悄，好像什麼事都沒有發生……然後有一種緊張的氣氛，大家好像都屏住呼吸，觀察事態的發展……」

平仲說到這裡，突然倒吸了一口氣，捂住了嘴。

「恕我多嘴，我說太多話了……我好像說了踰越分際的話，請忘了我說的話。」

「不必擔心，我什麼都沒聽到。」

平仲聽了項梁的話，鬆了一口氣，鞠了一躬。項梁看著慌忙拿著布開始擦拭家具的平仲，然後看向泰麒。泰麒雖然沒有說話，但心領神會地點了點頭。

泰麒出現這件事並沒有傳入阿選的耳中——也許事實就是如此。也就是說，阿選並不知道泰麒指名他為新王。是張運隱而不報嗎？這代表張運並不歡迎「新王阿選」嗎？

在項梁陷入沉思時，泓和前往王宮的深處。她抱著找到的衣物，一路小跑，前往天上燕朝的深處。她穿越連結外殿的樓閣，在廊屋轉彎後向東，瞥了一眼朝堂後，走進門後，直奔六官長府。

她在通往天官長府那片建築的門闕前叫住了門衛。

「我叫泓和，我要求見立昌大人。」

立昌的下官立刻出現，帶泓和來到正殿。等在正殿的男人年約五十，看起來很冷酷。就是他把泓和從奚升為女御。

泓和見到立昌之後，立刻向他跪拜。

「沒錯，就是台輔。」

「千真萬確嗎？」

「對。」泓和點了點頭。那是她以前服侍過的主人。雖然沒有直接照顧，但經常在他身邊出入。曾經對他說過話，他也對泓和說過話。雖然現在長大了，但絕對不會認錯。那就是泰麒。

立昌深深點了點頭。

「幹得好，妳繼續服侍台輔。」
「台輔的日常生活有很多不足。」
「這件事就交給妳去處理，無論是物品還是人手，都可以交代下去。」
「是。」浹和磕頭回答。
「要好好照顧。另外——」
浹和點了點頭說：
「我會把所見所聞向您報告。」
男人露出了滿意的笑容。

6

事實上，泰麒來到白圭宮，稱阿選為新王——這個消息很快就傳遍了王宮。
「真的是台輔嗎？」
「沒錯。」有人回答。
「但是台輔之前在白圭宮時不是年紀還很小嗎？沒有人知道他長大之後的長相。」
「不管知不知道，沒有人能夠冒充麒麟。」
照理說，根本不用質疑這個問題。只要有一頭金髮，一眼就可以看出來了——但是，戴國的麒麟是黑麒。

當有人指出這件事時，所有人都陷入了沉默。既然無法靠髮色判斷，到底要怎麼確認自稱是泰麒的人就是泰麒？

「雖然現在長大了，但應該有小時候的影子。」

雖然可能會有小時候的影子，但也可能有很大的改變。無論如何，只能讓以前認識泰麒的人去確認。只有天上的人看過泰麒。消息從淩雲山的山麓傳上山，經過路門，傳到了天上。

「天官呢？或是瑞州六官？」

「不行不行，」以前擔任天官的男人回答：「根本不可能有機會仔細打量台輔的尊容。既沒那個膽量，更何況盯著台輔也是失禮之舉。」

基本上，他們在泰麒面前都一直磕頭。

「要我分辨王宮的地板，遠比指認長大後的泰麒容易多了。」

「雖然我對台輔的長相有印象，但只知道看起來很幼小。」

「是不是只有驍宗主上能夠認出台輔長大後的樣子？」

但是，驍宗已經不在了。

「或者是瑞州令尹，還有瑞州師的李齋將軍——」

「以前的六官長呢？」

從王宮各個角落的慌亂傳到了王宮深處。

「不是死了，就是下落不明，目前只剩下——」

下官在冢宰府內深深磕頭。

「冬官長琅燦大人，和春官長的冢宰。」

目前的冢宰——以前擔任春官長大宗伯的張運低吟了一聲。

「我也沒把握能不能分辨——」

張運之前雖然是春官長，但並不是驍宗的麾下，所以和泰麒之間也不是可以輕鬆見面的關係。基本上都是在朝議時看到泰麒，每次都是抬頭看著高臺上的泰麒。近距離交談的次數屈指可數，即使交談時，大部分時間都在磕頭，所以不太記得泰麒的長相。

「但如果是琅燦，或是以前的禁軍將軍巖趙……」

這兩個人以前都是驍宗的麾下，和泰麒應該很熟。但問題並不在此。

「有一件事比討論台輔的身分更重要，他真的說阿選將軍是新王嗎？」

「對，的確這麼說——」

「怎麼可能有這種事？」

張運親信的官吏都聚集在冢宰府，但沒有人能夠回答張運的這個問題。

「還是說……」張運突然想到一件事，「驍宗已經死了？」

「怎麼可能？」其他人說道。

張運問：「白雉呢？」

如果驍宗死了，白雉應該已落。至今為止，完全沒有接到白雉已落的消息，但其實根本沒有人每天去確認白雉的狀況，也許已經鳴了末聲，只是沒有人發現。

「立刻派人去確認。」

下官說完，衝出了冢宰府，立刻派人去西宮確認。二聲氏接到大卜府的請託後，立刻跑去二聲宮。以前白鳥逗留的白銀樹枝上空空蕩蕩，但樹下有一個小土堆，上面插了一根竹子。

二聲氏彎下身體，把耳朵貼在竹子上傾聽。竹子通往深深埋在地底的大罈，只要把耳朵貼在竹子上，就可以聽到罈內的動靜，那是被關在罈內的鳥發出的窸窸窣窣聲。

白雉未落。張運等人接到這個報告後，更加陷入了混亂。

「——既然這樣，天命不可能改變。」

「你的意思是，台輔說謊嗎？」

「台輔為什麼要說謊？」

「既然是台輔，就不可能耍什麼陰謀。」

「有可能並非台輔的本意，而是遭人利用呢？」

「你是說背後有人操控嗎？」

張運聽著這些意見，不由得感到納悶。有人在背後操控泰麒嗎？還是出於泰麒自己的意思？如果是這樣，他有什麼目的？為什麼冒著危險採取這樣的行動？

「不是應該先確認自稱是台輔的人是真是假嗎？」
「如果是阿選將軍，或者──」
「那可不行，」張運斬釘截鐵地說：「如果沒搞清楚狀況就讓他們見面，萬一阿選將軍有什麼意外由誰負責？萬一有什麼三長兩短，天下就大亂了。如果只是確認身分，應該還有其他人。天官呢？」
張運看著天官長立昌。
「我剛接任這個職位不久，所以不太清楚──但是，我相信應該有以前曾經服侍過台輔的人。照理說，瑞州天官應該和台輔最熟悉，但台輔經常和驍宗在一起，所以照顧驍宗生活起居的天官……」
那就趕快把這樣的人找出來。立昌接到張運的這個命令後，終於找到了浹和。
──今天，浹和確認是泰麒無誤。
「既然是台輔，會做對王不利的事嗎？」有人問了這個問題。「如果天意還在驍宗身上，台輔不可能說否定這件事的話。」
「話雖如此──」
「既然這樣，那就意味著即使驍宗未死，也因為某種原因，導致天命已變嗎？」
「只能這麼認為了……」
張運陷入了沉思。
「──問題在於要不要向阿選將軍報告這件事。」

張運並沒有向阿選報告這件事。在場的官員都沒有把這個消息傳入阿選耳中，他也向下官下了封口令。雖然這個消息很震撼，風聲很快就傳開了，但不知道是幸運還是不幸，目前阿選周圍的下官都只奉命行事，即使聽到了風聲，也不會告訴阿選。

「台輔可能有什麼企圖。台輔——或者說是想要利用台輔對阿選將軍不利的人，如果沒有搞清楚狀況，就讓台輔和阿選將軍見面，等於中了那個人的計，我們也可能成為幫凶。在瞭解台輔的真意之前，不能讓他出現在阿選將軍身邊。」

地官長說。阿選如果聽到這個消息，一定會想和泰麒見面，但在此之前，需要進一步調查。

「首先必須確認追隨驍宗的那些人有沒有奇怪的舉動，在這個基礎上，要徹底調查包括他國情況在內的歷史資料，看有沒有相同的情況。在確定台輔真正的意圖之前，絕對不能傳入阿選將軍的耳中。」

在場的所有人都點著頭。

7

半空中有一片岩石形成的寬敞平臺，鴻基的街頭就在令人看了膽顫心驚的斷崖下方。秋意一天比一天更濃，吹來的風中和遼闊的天空中都可以感受到冬天的氣息。

一片巨大平坦的岩石打造的露臺上，三方都聳立著凌雲山的斷崖。沿著斷崖鑿了一圈步牆，步牆上設置了許多可以佇足逗留的歇息處，在靠近絕壁的最高處有一個嬌小的身影。影子的手上有一隻鳥，站在突出尖端的人影看著下界片刻，完全沒有害怕的樣子，然後才終於把鳥放向天空。

藍色的鳥飛向淡藍色的天空，一路飛向北方。

放鳥的人目送著鳥離去。那是一名少女。少女穿著私服，而不是官服，顯示她是因為個人的權限留在王宮內。她穿著短袍和長褲，雖然在形式上屬於輕裝，卻是可以和朝袍匹敵的高級質料，左右兩側的腰上掛著雙刀。照理說應該很重，但少女身上的雙刀很輕，而且她的舉手投足就像獸一般。此刻她也站在絕壁邊緣一動也不動，她站在步牆邊緣的女兒牆上，腳尖已經完全露在外面。雖然吹著風，但她的身體絲毫沒有搖晃。

少女凝望著青鳥飛去的方向片刻，然後轉身輕盈地跳到步牆上，離開了比較寬敞的歇息處，沿著懸崖上的步廊邁開了步伐。她走下階梯，經過剛才走過的那道門，繼續沿著步牆往下走。經過幾次迂迴，持續往下，終於回到了露臺。

露臺上有一道巨大的門。門關著，那就是禁門。露臺上和周圍的步牆上都沒有人影，門旁有一個穿越斷崖的廳堂，從面向露臺鑿出的那條一字形細長的洞向廳堂內張望，看到一名官吏一臉木然地站在那裡，空洞的眼神看著少女，但臉上的表情完全沒有改變。並不是對少女視而不見，這個傀儡對自己的職務很忠實，當有人靠近禁門時就必須盤查，但這名官吏知道少女是誰，所以不需要盤問。

少女瞥了一眼後繼續向前走，前方是鑿開岩石建造的房子。那裡是廄房。王的坐騎、從禁門進入的訪客坐騎，和守衛禁門的士兵的坐騎都會放在這裡。廄房旁是守衛禁門的士兵聚集的堂屋，裡面有五個神情木然的士兵，像雕像一樣排成一行站在那裡。站在門旁的閽人也一樣，雖然看到了少女，但一動也不動。因為所有人都知道，少女可以在禁門周圍自由出入，所以才會好像靈魂出竅般站在那裡，否則就會不由分說地採取行動，像機械一樣殲滅入侵者。

——很像這座王宮的風格。

少女這麼想著，向廄房內張望。一整排騎房有一半都滿了，有一個人影蹲坐在最深處的騎房前。他彎著巨大的身軀，坐在倒扣的水桶上。當少女走進房子時，人影轉過頭，用缺乏霸氣的雙眼看著少女，臉上露出了複雜的表情。至少他不是傀儡。

「你的表情還是這麼鬱悶。」

少女說。男人沒有回答，將視線轉向前方。男人看著的騎房內有一匹外形很像白色老虎、勇猛而美麗的騎獸，白色身上有黑色的條紋，尾巴和身體一樣長，雙眼露出複雜的光芒。

「計都，你還好嗎？」

少女問騎獸。雖然她很想走到騎獸身旁，但不能這麼做。除了騎房前的這個男人以外，任何人都無法靠近這匹騶虞。騎房前有一道鐵門，因為牠會攻擊不慎靠近的人。騎獸只是想排除靠近牠的人，但只要被牠的前腿揮到，就會有致命的危險，所以少女只是站在男人身旁，向騎房內張望。

「聽說台輔回來了。」

她看著騶虞說道，可以感受到身旁的人倒吸了一口氣。

「台輔——」他發出茫然的聲音後，像巨大岩石般的身體站了起來，「耶利，這個消息屬實嗎？」

耶利抬頭看著男人說：「應該屬實。」

「被抓到的嗎？」

「台輔自己回到王宮，從大門大搖大擺走進來，並不是被抓回來的，也沒有必要抓他。因為聽說阿選是新王。」

男人猛然彎下身體想要抓她的肩膀，耶利感受到風壓，身體搖晃了一下，然後閃開了。男人的手只抓到空氣，愕然地看著耶利。

「阿選——是王？」

「台輔說的。」

「不可能！」

男人咆哮著。

「那個凶狠的竊賊是小偷，竊取王位，屠殺百姓，不可能有資格當王！」

耶利偏著頭說：「驍宗不是也殺過百姓嗎？因為他們都是軍人。」

「兩者的意義不一樣！」

「不一樣嗎？不管是阿選還是驍宗，他們不是都曾經殺過戴國的百姓嗎？而且我覺得你也一樣，巖趙。」

巖趙聽了，怒不可遏地說：「我們有正當理由，從來不會對無辜的百姓下手。」

「如果要這麼說，或許也可以說阿選有正當的理由。」

「篡位者的理由正當嗎？」

「既然已經有了新的天命，他就不是篡位者。」

「太荒唐了。」巖趙咬牙切齒地說：「更何況根本不可能立新王，戴國的王——」

巖趙說到這裡，停了下來，臉上露出了害怕的表情。

「該不會？」

「你是不是想問，白雉是否已落？答案是並沒有。聽說白雉還未落，所以朝議時爭論不休，認為既然這樣，就沒有理由立新王。」

巖趙仰頭用力吐了一口氣，再度看著耶利。

「妳的主子怎麼說？」

「他說不可能。」

巖趙好像被內心的憤懣壓垮似地用力坐在水桶上。

「既然這樣，阿選就不是新王，八成是阿選抓到了台輔，讓他這麼說。」

「我不是說了嗎？沒這回事，台輔是自己回來的。」

「……這是怎麼回事？」
「不知道。」耶利把視線移回騶虞身上，騎獸好奇地看著耶利和巖趙。
「暴風雨來了……」
耶利嘀咕著，巖趙訝異地抬頭看著耶利。
「——主公這麼說。暴風雨來了，時代在邁進，無論是好是壞。」
巖趙看著耶利片刻，然後心灰意冷地把手肘放回膝蓋。
「……我完全聽不懂妳主子在說什麼。」
「我們這種人當然不可能理解主公。」
巖趙深深嘆了一口氣，不知道代表什麼意思，然後問：
「……人還好嗎？」
「你是問台輔嗎？我沒見到他，所以不知道。」
「這樣啊。」巖趙喃喃說道：「……他應該長大了。」

戴國的麒麟回到了宮城——午月從同樣是小臣的駹淑口中得知了這個消息。
「——真的嗎？」
他不由得感到興奮，接著又感到悶悶不樂。
「好像是真的。」年輕的同袍一邊磨著劍回答，他的聲音和表情都很開朗，「好像已經有人確認過了，證實是台輔，而且台輔還親口說，阿選將軍是新王。」

「怎麼可能？」

午月脫口說道。

「怎麼可能？為什麼？」

駹淑停下手看著午月，帶著稚氣的臉上露出了不可思議的表情。「沒事。」午月不置可否地說，微微偏著頭的駹淑立刻露出了笑容，繼續低頭磨劍。

「阿選將軍果然是王，戴國光明的時代終於要來臨了。」

駹淑歡快地說道，不難察覺到他信心十足地認為，揮劍的時刻終於到來了。

「是啊。」午月應了一聲，在坐著的椅子上抱起了單側的膝蓋，情不自禁咬著指甲。

這是內殿內小臣執勤的堂屋。午月在五年前成為小臣，駹淑是去年才剛被任用的小臣。在王身邊負責警備工作的小臣都從士兵中挑選，因為責任重大，所以通常都要卒長以上才有資格。卒長是帶領一百名士兵的一卒之長，在軍中有一定的地位，也需要有和地位相符的戰績。年輕的駹淑剛當上卒長不久，就立刻被拔擢為小臣，興高采烈的樣子讓午月也覺得很耀眼。

新王……

午月的心情很複雜。這六年來，戴國都沒有麒麟，阿選雖然以王的身分掌管了朝廷，但國家必須有王和麒麟相輔相成，只要少了其中一人，就是國家的不幸。所以對戴國來說，宰輔回到宮城是天大的喜訊，但其實原本就不應該發生宰輔不在宮城這種事。

阿選是造成這種狀況的元凶。阿選犯了大逆。

午月之前是阿選的麾下，目前在禁軍左軍將軍成行手下擔任旅帥，午月本身和成行都完全沒有參與阿選的大逆行為，但在戴國失去了王，宰輔從宮城消失這件事上不能說是完全無罪。至少午月不認為自己沒有罪。自己從來沒有發出指責的聲音，也沒有追究阿選的行為，在得知大逆之後，也沒有離開阿選。也就是說，自己接受了這種狀況。

午月站在把宰輔趕出宮城的那一邊，所以他不認為自己有資格為泰麒回來宮城感到高興。同時，他也覺得犯下大逆的罪人也不該成為一國之王。

——駹淑應該無法瞭解這種心情。

駹淑來自戴國南部凱州，在凱州師將軍津梁被編入王師時，他也一起來到這裡。駹淑從各種意義上來說，都沒有參與大逆，也完全不需要對戴國目前的狀況負責。駹淑應該單純只是為宰輔回來感到高興，同時也期待王朝的體制可以改變，自己能夠發揮應盡的職責。午月深刻瞭解他的這種心情，小臣負責王在私人空間的警備保護工作，是保護王安全的中樞，但午月和其他同袍長時間都在執勤的堂屋內等待，根本沒有發揮任何作用。

——簡直就像在坐吃等死。

值班的時候就去內殿，小臣值勤所等待，但一直等在那裡，沒有做任何事就值完了班，回到自己家裡，每天都這樣碌碌無為。因為阿選不找小臣保護他的安全，當阿選離開內殿時，有時候會派小臣保護建築物的安全，但這種情況也很少，有時候甚至連這種時候都不找小臣。午月不知道到底由誰、以怎樣的方式負責阿選的維安。

——為什麼不讓人靠近？

午月是阿選的麾下，即使內心有懸念，如果能夠得到阿選的認同，就會無條件感到高興，所以覺得能夠在阿選身邊護衛他的安全很光榮。沒想到整天無所事事，而且五年的歲月就這樣過去了。

他已經懶得再問理由，也懶得要求有機會工作。和其他小臣一樣，已經看開了，覺得這就是自己的任務。但是，駹淑不一樣。

「不知道會在什麼時候登基。」駹淑開心地問。

「不知道。」午月只是這麼回答。

歸泉很難過。阿選漸漸遠離了麾下。

——為什麼會這樣？他忍不住想。

阿選是歸泉引以為傲的主公。阿選德高望重，聰明能幹，而且英勇善戰，在戰場上百戰百勝，是驕王的首要重臣，深得士兵的尊崇，也受到周圍高度的評價。雖然經常有人拿他和驍宗相比，但歸泉認為阿選絕對更優秀。歸泉認為驍宗不懂得配合周圍的步調，很容易獨斷獨行，唯我獨尊，但阿選不一樣，他經常和部下聊天，也不厭其煩地溝通，和部下真心相待，細心關懷，值得信賴，所以泰麒雖然害怕驍宗，卻和阿選很親近。阿選有能夠接受他人的肚量，也具備了讓別人感到安心的包容力，驍宗並不具備這些優點，總是排斥他人，他的周圍總是充滿緊張的氣氛。

為什麼不是阿選，而是驍宗？歸泉至今仍然無法接受。

——阿選將軍才是王，他比驍宗更優秀。

因為他一直這麼認為，所以得知阿選反叛時覺得情有可原。這是上天出了差錯，阿選要撥亂反正，這才是正義。

要證明阿選才是真正的王——歸泉下定了決心。只要是為了主公，他可以做任何事，即使粉身碎骨也在所不辭。他認為正確的王將親手糾正因為錯誤的選擇導致扭曲的時代。

但是，阿選漸漸不再露面，也不再和歸泉和其他麾下見面。既很少看到他的人，也很少聽到他的聲音，而且也不再下達指示。阿選甚至不再向歸泉他們下達任何指示。

「阿選將軍怎麼了？」

歸泉曾經忍不住問長官品堅。品堅自嘲地笑了笑說：

「可能因為我們無法滿足阿選將軍的要求，我們無法徹底完成任務。」

「但是，我們也從來沒有……」

失敗過。歸泉原本想這麼說，但最後住了嘴。只要阿選下令，他們的確都努力執行，但當阿選下達「動手」的命令時，自己和其他麾下並沒有完成「動手」的命令應該達成的目標。當有叛民時，接到鎮壓的命令，就會前往鎮壓，也的確完成了鎮壓的工作，但阿選追求的是沒有叛民的國家，自己和其他麾下完全沒有達成這個目標。從這個角度來說，歸泉他們的確沒有完成阿選的要求。

「但是——這並不是只有我們而已。」歸泉說。

品堅嘆著氣說：「應該是我們做得最不徹底。想當初，我們在文州時也沒有充分完成任務。」

歸泉倒吸了一口氣。驍宗失蹤時，歸泉他們和驍宗一起前往文州。品堅率領的二師和驍宗同行，當時，歸泉和其他人事先沒有聽說阿選的計畫，所以完全不知情，於是以為要按照命令，跟著驍宗一起去保衛轍圍，也這麼行動。因此，可能做了違反阿選心意的事，事實上，聽說驍宗只是失蹤，並沒有死。或許是襲擊者失敗了，也可能歸泉和其他人在不知情的情況下破壞了襲擊計畫，妨礙了之後的行動。

「阿選將軍可能對我們感到失望……」

品堅說話的語氣很落寞。歸泉低下了頭。

——我們的確做得不夠好。

朝廷亂成一團，國家也治理不當。歸泉和其他人無法充分完成任務，沒有任何驚人的表現。而且品堅並非一開始就是阿選的麾下，在驕王時代，曾經跟隨其他將軍。在歸泉加入軍隊時，品堅已經是阿選的部下，但也許血統不夠純正，也會影響到待遇。

但是——

阿選曾經說，歸泉很笨拙。忘了是什麼時候，記得是歸泉犯下大錯時，阿選對歸泉這麼說。

「你這個人不夠機靈。」阿選露出溫和的笑容，「對你來說，做事機靈精明似乎是一件很困難的事。」

「對不起。」歸泉誠惶誠恐地說，阿選拍了拍他的背說：

「但正因為這樣，才值得信賴，所以你不需要感到自卑。」

阿選告訴他，那不是犯錯。奉命行事的歸泉沒有錯，即使有錯，也是下達命令的阿選犯下的錯，所以不必懊惱，也不必感到自卑。

之後，品堅也對歸泉說：

「阿選將軍說你愚直笨拙，但愚直笨拙不是努力能夠做到的事，只要用對地方，是難得的資質，所以要珍惜。」

歸泉聽了品堅的話很高興。歸泉知道自己不如人，只能全力以赴，但無論怎麼努力，戰績都不如人。當他得知阿選肯定這樣的自己，高興得不得了。

沒想到，阿選最後還是放棄了自己。也許阿選太失望了，覺得自己太愚昧無能——

歸泉忍不住說出了內心的想法，品堅難過地笑了笑說：「阿選將軍說，我和你很像。既然這樣，那代表阿選將軍也放棄了我。」

「不，你不一樣，你向來深思熟慮，穩健踏實，也建立了很多戰績，和我完全不一樣。」

品堅微笑著拍了拍歸泉的肩膀，這次真的是愉快的笑容。

「我認為你是不可多得的部下。」

「喔。」歸泉回答，他不太確定這是不是稱讚。

「我可是在稱讚你。」品堅笑著說：「我很高興你一直沒有改變。即使是我們這種人，也會有能夠發揮作用的一天，我們就相信這一點，好好精進自己。」

「好。」歸泉點了點頭。

總有一天，會接到衝鋒的命令，自己必須做好充分的準備，才能夠充分完成任務。他下定了決心，等待這一天。這一天終於到來了。

——泰麒回來了，而且說阿選是新王。

接下來的日子，王朝將會發生巨大的改變。雖然宮城內瀰漫著淤滯的空氣，但接下來一定會動起來。歸泉覺得創造真正新時代的時刻到來了，就像受了傷的阿選也不會再繼續沉默，一定會向以前的麾下下達「好好做事」的指示。

——這一天很快就會到來。

第六章

十二國記

1

陰鬱的夜晚。沒有月亮，烏雲籠罩夜空，也看不到星星。昆蟲也用細得快聽不見的聲音為秋天的尾聲鳴叫。

曆法上已經邁入了新的月分。文州東部的瑤山，擁有四座凌雲山的巍峨山上在這天夜晚下了第一場雪。在遠望高山的市井，家家戶戶籠罩在不見光亮的夜晚之中，人們等待著暫時的夢鄉造訪。

市井之外也同樣有等待夢鄉的人。沒錢住宿，也無法在市井找到棲身之處的人只能在空地上點起篝火，蹲在篝火周圍。明天該去哪裡？流浪到哪裡才能過安心的日子？

俯視篝火的山丘上，夜晚的露水溼了走到生命盡頭的旅人的墳墓。蟲子叫了一聲就不再發出聲音，彷彿在哀悼旅人內心的悔恨。

對生活在文州的所有人來說，文州的夜晚已經不再溫柔。

老人在墳墓不遠處的棚屋中裹著襤褸衣衫，這裡原本是放農具的棚屋，他除了這間棚屋以外一無所有，他失去了以前在廬內的房子，和住在那裡的家人，以及全家拚死拚活工作，好不容易存的一點積蓄。夜賊為了搶奪他們的積蓄，摧毀了他所有的一切，只剩下年邁的他。他已經不願繼續苟延殘喘，祈禱是他唯一能做的事。

——希望可以早日和家人團聚。

希望這個充滿絕望、只能如此祈禱的時代趕快結束。

自己已經別無所求，沒有任何期待，也沒有力氣期待了。但是，希望只有自己帶著這種心情迎接這樣的夜晚。

願天垂憐。老人小聲嘀咕，拉了拉襤褸衣衫的領子。

如今各處都有無數人祈禱自己是最後一個受苦受難的人，已經對自己擺脫這種苦難不抱希望，也不奢望有人會來拯救自己，但至少希望自己是最後一個受這種苦難的人。

有一個女人在窗前仰望著黑夜祈禱。她住的廬家內除了她以外沒有其他人影，以前她和丈夫、兩個孩子共同生活，心愛的家人浮現在黑暗中，隨即又消失了。

——今天晚上還好，因為沒有月光。

一旦有亮光，幻影就會更加清晰。丈夫平時坐的椅子、在丈夫腳下用碎木片當積木玩的兒子、好不容易學會抓著東西站起來的女兒經常抓的桌子。吃粗茶淡飯的樣子、睡覺的樣子、笑的樣子、哭的樣子。

但是，她再也不敢開燈，也不敢白天起床。有陽光的時候，都緊緊關上木板門。因為只要有亮光，就會看到妖魔留在泥土地、家具上的抓痕，和四濺的斑斑血跡，就會回想起家人倒在血泊中的悲慘樣子。

平時這個時候，她都會去菜園，今晚沒有月光，所以無法去菜園工作。無所事事的時間最痛苦。

——真希望這輩子趕快結束。

有一個官吏躺在床上痛苦地呼吸，想著同樣的事。這是山麓下的一個小里。這個荒村內只剩下這一戶人家，也只有他一個居民，他的呼吸也越來越弱。

他在文州的這個荒村內出生，在周圍人的歡喜聲中當上了州官，但當了十年之後就逃回了老家。州城已經變成了可怕的魔窟，雙眼無神、死氣沉沉的官員橫行，他每次想要撥亂反正，就失去自己的容身之處，為自己帶來危險。無奈之下，他辭職退回了仙籍，逃出州城，在各地逃亡躲藏，最後回到了這個里。當他回來時，不見任何里人的身影。州師猜想他會逃回老家，於是搶先一步趕到，殺光了所有的人，他親愛的父母和熟悉的鄰居都無一倖免。

那天之後，他整天無所事事，守著這堆廢墟。

但是，這種日子即將走到終點。他在夏天時生了病，病情一天比一天惡化。他已經不是仙人，所以疾病會奪走他的生命。這是不幸中的大幸，他已經不想看到這個世界的未來。

這三天來，他一直躺在床上，無法發出聲音，也無法起床。手腳都乾瘦如柴，無法動彈，昨天渾身都痛得難以忍受，今天整個人突然輕鬆起來。

大家都在冥界等待自己。

他費力地呼吸著，抬眼看著半空。

——在離這個小里不遠的小廬內，一名少女從看起來像棚屋的破房子內衝了出來。她手上拿著籃子和燈火，在深夜的路上奔跑。

戴國北部幾乎所有的廬都無人居住，雖然和其他地方一樣，里和廬都有房子和土地，但冬天期間，無人居住的房子都會被雪壓垮。因此，留在廬內的房子變成了夏天種地、放牧家畜時的臨時房子，如果冬天時被雪壓垮，就等冰雪融化時再重建。但是，少女一家人都住在這間房子內。因為他們原本住的街市被燒毀，只能流落街頭，幸好有人允許他們住在廬的房子。他們在狹小的房子內砌了爐灶，在原本只有一塊薄板的牆壁周圍堆了土，更換了原本只用樹皮蓋起的屋頂，一家人總算能夠勉強過日子。

少女的媽媽已經死了。之前聽說是意外身亡，但後來得知媽媽是慘遭殘暴的士兵毒手。爸爸為鄰近一個有錢有勢的富農工作，每天去富農家工作一天才回家——爸爸工作太辛苦，所以兄妹三人包辦了所有的家事。像今天這樣，爸爸遲遲沒有回家時，就必須連同父親的工作也一起包辦。代替父親守住炭窯的火，劈開山上撿回來的木柴，把剝下的樹皮撕開浸在水裡，只是光靠三個孩子，無法把浸好的樹皮做成籮筐、編成繩子。

晚上的時候，少女突然想起今天是新月。新月的夜晚，爸爸都會去附近的山上送供品。今天晚上父親不在家，必須由其中一個孩子代勞，但少女的哥哥要負責守炭窯的火。爸爸睡覺時會不時醒來，不讓火熄滅，但哥哥還沒辦法做到。炭很重要。雖然現在樹果可以代替炭使用，只是不能賣錢，必須燒炭才能有收入，所以必須有人陪在哥哥身旁，督促他不要睡覺。只有姊姊能做這件事。姊姊會在督促哥哥的同時剝樹皮，然後把樹皮撕開。少女才九歲，沒辦法熬夜，也不會剝樹皮，只能代替爸爸在漆黑的夜晚去送供品。

夜晚的路很可怕，但如果不去，爸爸一定會很失望。雖然爸爸不會發脾氣，但一定會很難過。然後隔天會拖著疲憊的身體回到家，獨自帶著供品出門，而且還比平時晚了一天。少女知道一定會這樣。因為對爸爸來說，每個月送一次供品是非常、非常重要的事。

所以她拖著籃子在夜晚的路上奔跑。出了廬之後，在漆黑一片的路上狂奔。只要沿著山路下山，很快就會到溪流的深潭，只要把供品放進去就好。少女一個勁地跑，一下子就來到深潭旁。

從小路旁往下走一小段路，有一片寬敞的岩石區，深潭就在前面。從上游流下來的溪水淤積在這裡打轉，周圍是斷崖的深潭後方有一個岩洞。斷崖好像被劈開般的龜裂下方，有一個黑暗的洞張著大口。水流向岩洞，岩洞深處好像是一個洞窟，只是入口很狹窄，只有小孩子能夠擠進去。但是，她的哥哥和姊姊都從來沒有進去過。因為那在深潭的對岸，必須游過深潭才能到對岸。即使是夏天，這裡的水仍然冰冷刺骨，而且雖然水面看似平靜，下面水流很急，大人都警告小孩，絕對不能進入這個深潭。即使大人不禁止，少女也不會想進入水中。深潭很深，而且漆黑的洞穴不停地吞噬溪水。只要一踏進水裡，感覺就會被吸進洞裡。即使白天的時候，她都會感到很害怕。這天晚上，她也用力吞著口水，然後膽顫心驚地走向岸邊。中途稍微抬眼看向上游。爸爸種田的農地就在沿著這條溪流一直往上走的地方。

少女曾經有一次問爸爸，為什麼要來送供品？爸爸總是把食物、零錢和衣物放進用樹皮和藤蔓編的籃子裡。家裡食物短缺，大家都很餓，竟然還要把食物放進溪流。她很納悶，為什麼大家不能把籃子裡的食物分來吃掉？

爸爸聽了她的問題後告訴她，在溪流的遠方，有一個很重要的人。深潭的水會流入這座山——函養山。以前曾經有一個很重要的人死在這裡。

這個人死在函養山，如今在這座山某處的冥界出沒，如果沒有食物和衣物就會很傷腦筋。家裡再窮，至少每天都有飯吃，但那個人每個月只能吃一次，所以必須忍耐。

少女想起爸爸也會把食物和衣物送去死去的媽媽墳墓前。因為是陌生人，所以少女覺得有點不可思議，但說到陌生，其實她對媽媽也不是很瞭解。媽媽在她年幼時就已經死了，她不記得媽媽的樣子和聲音，所以她覺得兩者可能差不多。

——但一個月只能吃一次真可憐。

她這麼想著，小心看著腳下，把小手抱著的籃子放在水面。蓋上蓋子的籃子沒有沉入水中，搖搖晃晃，消失在燈火可及的範圍之外。少女目送籃子遠去後，看向黑暗中洞窟所在的方向。

她忍不住想，如果自己死了，也要住在那麼可怕的地方嗎？
離那裡不遠的黑暗中，有一個人影蹲在那裡，可以聽到隱約的聲音。
「……戰城南，」
黑暗中，只有一盞微弱的燈火，而且好像隨時會熄滅。
「……死郭北……」
蹲在黑暗中的影子一動也不動，只有嘴裡發出好像唸經般的歌聲。
「野死不葬烏可食……」
低沉的歌聲缺乏生氣，有一種放下的豁然，但在黑暗中聽起來格外開朗。不知道哪裡傳來輕微的水聲，好像在為他的歌聲伴奏。
——**為我謂烏，且為客豪！**
野死諒不葬，
腐肉安能去子逃？
抱著單側膝蓋蹲在那裡的人影發出了壓抑的笑聲，埋在兩條手臂之間的腦袋也跟著搖晃起來。不知道是回想起以前放聲大笑唱這首歌的日子，還是在自嘲今天獨自在黑暗中唱這首歌。
昏暗的燈火搖晃，好像隨時會熄滅。人影動了一下，看向燈火，發現還不會這麼快熄滅，再度低下了頭。
——**朝行出攻，暮不夜歸**。

2

從東架出發半個月後，李齋等人終於抵達了琳宇。

琳宇是文州東南部最大的都市，當年討伐土匪時，王師曾經在此安營紮寨。王師以此地為起點圍剿土匪，然後在這裡離散，這裡也是驍宗麾下掃蕩戰的長期據點。李齋之前為了尋找驍宗的下落曾經來過文州，但因為是遭追捕之身，無法靠近琳宇，所以這是她第一次來到琳宇。

琳宇威嚴地佇立在一片開闊的高原正中央，從一片和緩的山麓原野，朝向半山腰築起了又高又厚的城牆，城牆內萬宇毗連。從李齋等人駐足的街道，也可以看到沿著斜坡擴展的市街。聳立在市街後方突出山丘上的那片建築可能是鄉城，周圍圍起了城牆。左右兩側綠意盎然的山腰上，有一片像寺廟的建築物，市街就在這片偌大殿堂下方的斜坡上，午門的樓閣聳立在地勢最低的南側。道路貫穿城牆周圍的空地，道路兩側有許多商店和攤販，街上人來人往。遙遠的後方是高聳入雲的巍峨高山，那是擁有四座凌雲山的瑤山，瑤山的南峰就是李齋等人準備前往的函養山。

「這裡有一家名叫浮丘院的道觀。」去思走進午門時說：「淵澄長老指示我要去那裡。事先已經派了青鳥通知，監院應該瞭解所有的情況。」

李齋點了點頭。雖然去思說是「青鳥」，但並不是指府第使用的青鳥。青鳥是指府第和軍中做為通信手段使用的妖鳥，屬於夏官的管轄範圍，可以從府第城的里木得到雛鳥。雖然會將多餘的青鳥賣給民間，但價格很昂貴，也很難買到，所以民間都使用鴿子、孟鳥等價格便宜的鳥和妖鳥，這些用於通信的鳥類都統稱為青鳥。

跟著酆都走進午門內，立刻看到了街頭的熱鬧景象。縱向和橫向道路兩側的商店都充滿朝氣，來往的人車也很多，也有許多像是武人的旅人和李齋他們一樣牽著騎獸，身上佩著刀劍。只不過仍然可以感受到頹廢的氣氛，街頭雜亂，到處都有看起來像是難民的人無所事事地聚集在一起，治安似乎也不太好。

「但這裡沒有戰亂和災害的痕跡……」

酆都聽了李齋的嘀咕說：「因為琳宇本身並沒有被捲入戰亂，雖然在空地上紮營，但主要戰場是琳宇以北或是以西的地方。」

「原來是這樣。」李齋點了點頭，但在王師離散後，這裡沒有被捲入掃蕩戰嗎？李齋想著這個問題，走在熙來攘往的街道。市街一直向背後的和緩山坡延伸，城郭聳立在向市街中央延伸的小山峰上。雖然只是鄉城，但規模和郡城不相上下，左右兩側的斜坡都是一片綠色，大大小小的建築物點綴其中。酆都筆直走向山上，從市街沿著石階而上，半山腰的那片房子就是浮丘院。

樸素莊嚴的山門緊閉。浮丘院是瑞雲觀派的道觀，但和普通的道觀不同，並不是信徒參拜的地方，而是道士修行的地方，傳承瑞雲觀的技術。李齋聽了去思的說明後恍然大悟，難怪山門緊閉。去思上前敲門，門打開後，踏進門內一看，發現裡面有無數窮人來來往往。

「我是得之院的去思。」

去思行了一禮，為他們開門的道士也恭敬地回了一禮。

「我已經聽監院說了，我叫喜溢，是本院的都講。」

都講是為修行的道士授課，相當於教師的道士。

「監院在等各位，請進。」

喜溢指向深處，李齋和其他人跟在他身後，沿著石板路走向山上。浮丘院的每一棟建築都具有歷史和風格，但為什麼這些建築的周圍聚集了無數百姓？祠堂周圍基座的牆上掛著帳篷，還有人在基座上煮東西。院子內也搭起了棚屋，小孩子和雞在周圍跑來跑去。李齋看到眼前的景象感到困惑不已，但去思似乎比李齋更加驚訝。

「都講大人，請問這些人是？」

去思對眼前完全不像是道院的景象感到困惑，忍不住問道。之前就知道戴國北部有很多人都出家修行，但這些人並沒有穿藍衣，而且看起來也不像是道士在這裡修行。

「請叫我喜溢就好。」喜溢平靜地開了口，「這些人是無家可歸的難民。」

「你們也收容百姓嗎？」

「也不是，他們都算是想要成為道士而入山的人。」

喜溢在說話時，看到他的人都紛紛向他點頭致意，喜溢也逐一向他們點頭打招呼後，繼續說道：

「但其實是沒有其他地方可去，道觀和寺院至少有屋簷，也有食物可吃。這一帶有很多人為了餬口而出家，這幾年有更多人因為窮困而入山，所以就變成了這樣。」

喜溢清瘦的臉上露出了淡淡的苦笑。

「只是人數這麼多，根本沒辦法讓他們修行，況且他們也只是想找一個落腳的地方，並不是真的想出家，等到日子好過一點就會還俗，我們這裡也沒有人手協助他們修行，所以就以等待入山的名義，讓他們留在這裡。」

喜溢說到這裡，小聲地補充說：

「……因為不能收容難民，如果因為他們生活困苦就讓很多人留在這裡，很快就會被懷疑企圖謀反，遭到州師的搜查。」

「文州這麼嚴格嗎？」去思問。

「只有里家可以收容難民，但這一帶的里家都已經無法發揮實質的功能，因為所有的里家都沒有餘力提供外人吃住，但又不能棄他們不顧……」

喜溢繼續說明：

「所以只能把門關起來，雖然我們盡力收容，但很遺憾，目前也已經超過了本院的能力極限，無法再養活更多難民了，所以最近只好把門關上。」

「原來是這樣……」

去思邊走邊環視周圍，越往裡面走，浮丘院就呈現異樣的景象。空地都變成了農地，家畜飼養在祭祀先人的廟內，走廊的欄杆上晾著衣服，有屋簷的地方都圍起了棚屋，有難民住在那裡，滿臉疲憊，眼神空洞地坐在陽光下。

「目前這裡處於這種狀態，所以可能會招待不周。」

喜溢滿臉歉意地說，來到講堂旁時，向去思一行人招手前往園林。

這裡的園林以前應該修整得很漂亮，如今也變成了菜園，疏密有致的樹林和水木清華的水池都有家畜和家禽出沒。即使如此，這裡的食物似乎仍然不充足，所有難民都很瘦，個個看起來有氣無力。

「就是這裡。」喜溢帶他們來到書院，擔任浮丘院監院的老人在這裡等他們。老人來到書院門口迎接他們，自我介紹說，他叫如翰。

「你們看到寺院內的狀況應該嚇了一跳吧，很抱歉，無法讓你們安靜休息。」

「時局動蕩之際，承蒙你們願意收留，我們才感到很抱歉，給你們添麻煩了。」

「太客氣了，太客氣了。」如翰把一行人帶入堂內，請他們坐在書桌周圍的椅子上。

「因為受淵澄長老之託，無論是這裡的百姓還是我們，都少不了瑞雲觀的丹藥。」

如翰說完，看了喜溢一眼。喜溢心領神會地關上了堂屋的門，也關上了窗戶。然後在昏暗的堂內點了燈，如翰確認之後開了口：

「聽淵澄長老說，發生了天大的幸運。」

「對，」去思點了點頭，「這位是之前的瑞州師將軍李齋將軍。李齋將軍為我們帶回了台輔。」

「……那台輔呢？」

「這……」李齋一臉歉意地回答：「因為某些因素，我們沒有一起行動。」

如翰訝異地皺起了兩道白眉。

「這樣啊……不，這樣比較好。雖然近年局勢稍微安定了些，但文州的風聲還是很緊，不瞞各位，我原本很擔心台輔的安全。」

「浮丘院也會遭到嚴格搜查嗎？」

「最近官吏上門的情況減少了，但畢竟這裡收容了這麼多百姓，不知道會從哪裡走漏風聲。」

「是嗎？」去思點了點頭，「這位是為我們帶路的神農酆都，我們會暫時打擾一陣子，很抱歉，增加了你們的負擔。」

「原來是神農。」如翰彬彬有禮地打了招呼，「……所以，你們要找主上？」

「對，應該可以在函養山找到線索。」

「函養山目前被土匪占領了，不知道能不能順利靠近……」

「連靠近都有困難嗎？」

如翰重重地點了點頭。

「但是——也許不該這麼說，在主上失去蹤影當時，王師舉軍尋找主上的下落，函養山也不例外，之後也多次搜索叛民，主上目前還會在這附近嗎？」

李齋面對如翰直截了當的質疑有點不知所措。

「不瞞你說，目前我們也不清楚。但既然要尋找主上的下落，就必須從某個地方開始。」

「那倒是……」

如翰雖然點頭，卻有一種難以形容的失望。李齋的直覺告訴她，也許如翰並不歡迎他們造訪。

如翰偏著頭想了一下說：「喜溢會負責招待各位，只要是我們力所能及的事，請儘管告訴喜溢。」

李齋向年邁的道士深深鞠了一躬。

3

一行人被帶到浮丘院某個角落的堂屋，位在浮丘院深處、沒有難民出入的堂屋，周圍是停放車子的車棚、廄房和製作丹藥的作業區。

「很抱歉，只能為各位安排這麼寒酸的地方。」

喜溢說完，打開了堂屋的門。

「這裡是修繕爐灶和整修房屋時，安排工匠住的地方。你們也看到了寺院目前的情況，所以有其他寺院的道士交流丹藥製造方法時，也會安排他們住在這裡，這次安排各位住在這裡，應該不會引起別人的注意。」

喜溢說完，帶他們走進乾淨的房間。

「吃飯的時候，我會從外面的廚房為你們送過來。招待不周，還請各位多包涵。」

李齋的騎獸很引人注目，所以浮丘院為她安排了廄房，非必要時就暫放在這裡，同時借了馬匹給她。

「你們安排得很周到，真是太感謝了。」

「不，」喜溢在回答時似乎感到有點羞愧，「……真的很多地方都不周到，也只能提供你們和我們相同的餐點。」

「這當然沒問題……」李齋說著，看著去思問，「我們有好幾個人，會造成院方的負擔，是否可以讓我們樂捐餐費。」

好主意。去思正想這麼說，喜溢慌忙搖著手說：

「這怎麼行？……不，我們不能收，因為一旦有風言風語說我們的生活和以前不一樣了，就會很傷腦筋。」

「但是，」去思正打算開口，酆都打斷了他。

「盛情難卻，卻之不恭。我們不請自來，只要有最低限度的食宿，就感恩不盡了，不必太費心。」

他話鋒一轉問道：

「我倒是想請教一下搜索的情況，目前仍然在追捕那一位的麾下嗎？」

「嗯，」喜溢欲言又止，「……應該沒有到追捕的程度，最近並沒有發現任何試圖找出那一位的麾下的行動，但當然也沒有放任不管，一旦聽到有可疑的動靜，師士就會立刻上門，如果看到有難民和遊民聚集，就會馬上驅趕。」

「你們這裡沒問題嗎？」

李齋問。

「如果是道觀寺院，只要別太明目張膽，目前也不會管我們。但府第掌握在投靠阿選的勢力手中，所以並不是睜一隻眼，閉一隻眼，而是懶得理會。」

李齋點了點頭。

支持阿選，就代表只考慮到自己的利益。阿選完全沒有任何治理地方的方針和思想，所以掌握府第的那些人只要表態支持阿選，就可以利用阿選的棄民政策為所欲為。

「因為這樣的關係，所以本院並沒有被盯上。」

但再怎麼樣，也不允許反阿選勢力存在。如翰也為了避免被貼上這樣的標籤而費盡了心思。

「我之前來這裡時，發現轍圍一帶寸草不生，現在呢？」

「還是一樣，琳宇西北方幾乎燒成一片原野，尤其是轍圍一帶，已經完全變成了原野。」

「居民呢？」

「有零星幾個小里勉強維持了里祠，但都關起了里閭，所以無法瞭解內部的情況。」

除此以外，往白琅方向的街道沿線，有幾個被燒毀的市街逐漸復興，維持了市街的面貌。

「有百姓試圖抵抗阿選嗎？」

「叛民都遭到了討伐，甚至沒有留下任何痕跡。之前嚴格掃蕩餘黨，所以這附近一帶應該都沒有主上的麾下。」

「掃蕩餘黨……」李齋嘀咕著，「琳宇的市街沒有看到戰禍的痕跡，所以沒有受到掃蕩戰的影響嗎？」

喜溢似乎有點難以啟齒。

「琳宇並沒有舉行大規模的掃蕩戰，因為在舉行掃蕩之前，鄉長就關上了城門……」

「關上城門？」

「對，王師在市街北方安營，鄉長在王師解散，預料將會遭到掃蕩後，立刻關上了城門，還把混入城內的士兵也趕了出去。」

「因為阿選不管是士兵還是百姓，都格殺勿論。」酆都說。

「那時候，大家應該還不知道阿選這麼心狠手辣，鄉長為了明哲保身，所以不想惹火燒身。結果造成王師無處可去，很多士兵都被抓、被殺了。有一陣子，空地上的屍體堆得很高，我們也不敢去收屍，只能任憑那些屍體腐爛，但後來就不見了，不知道是徹底腐爛後回歸了大地，還是有人搬走埋葬了。」

「是喔……」

其中不知道有多少是李齋認識的人。英章軍、霜元軍、臥信軍——腦海中浮現出好幾張臉，真希望那些屍體中沒有他們。

——野死不葬烏可食。

有一首古歌這麼唱。雖然戰死沙場、曝屍野外是士兵的宿命，但想到他們，還是難過不已。

李齋忍不住陷入了沉默，酆都說：

「我們必須尋找那一位的下落，如果我們在街上打聽，會不會為這裡帶來危險？」

「這——」喜溢驚慌失措，似乎不知道該說什麼，停頓了一下才說：「……我無法保證。如果你們到處打聽，不知道會在什麼時候被盯上，所以可能會有危險。更何況街上的人未必願意回答你們的問題，因為在土匪之亂後風聲很緊，百姓都不太願意提及那一位的話題，甚至都不敢提到他的尊名。」

「能夠向這裡的難民打聽嗎？」

「請千萬別這麼做。」

喜溢深深地鞠躬。

「請不要做任何會導致『有幾位客人在打聽那一位下落』的傳聞四起的事，一旦這個風聲傳出去，這裡就會遭到府第的搜索。目前院內是這種狀況，到時候後果不堪設想。目前府第並不在意我們，所以還能夠對我們睜一隻眼，閉一隻眼，一旦注意之後，就會質問為什麼會有這麼多難民。」

喜溢又接著說：

「雖然很不願意說這種話，但是對浮丘院來說，必須以收容的這些難民的生命安全為最優先。雖然深刻瞭解尋找主上的下落是為了國家，但能不能請你們避免會為流離失所的難民帶來災難的行為？」

「所以，」去思說：「你的意思是，要我們不要做任何會引起府第注意的事嗎？」

「應該是不希望我們把浮丘院捲入其中，」李齋插嘴說：「我們也不希望發生這種情況，所以我認為喜溢言之有理，必須以這些民眾的安全為最優先，我們會格外小心。」

喜溢鬆了一口氣，深深鞠了一躬，正準備離開堂屋時，在門口停下了腳步，然後遲疑了一下，回頭看著李齋和其他人。

「所以，那個……各位……」

喜溢說到一半住了嘴，在嘴裡嘀咕一聲「沒事」，再度行了一禮走了出去。

「他是不是想問我們要住多久？」

酆都看著喜溢離開的方向說道。

「應該是。」李齋苦笑著說：「……這也不能怪他，畢竟這裡有這麼多難民。聽他說了之後就知道，收容這麼多難民本身就是極其危險的事。雖然府第目前漠不關心，暫時相安無事，一旦引起注意，追究浮丘院到底是怎麼回事，就會立刻遭到制裁，所以他們無論如何都要極力避免這種情況。」

「對不起。」去思沮喪地道歉，「沒想到淵澄長老介紹的浮丘院竟然這樣……」

「這代表文州的局勢很嚴峻。」

李齋說。雖然無法獲得積極支援有點難過，但原本就不該抱有期待。反對阿選意味著付出莫大的犧牲。

「但是，如果要避免任何可能連累浮丘院的事，能夠做的事就極端受到限制。」酆都說。

「所以我們不能到處打聽主上的下落，而且也不能讓人察覺到我們在浮丘院借宿。」

「是啊……」酆都說：「浮丘院應該希望萬一發生問題時，可以推說什麼都不知道，只是因為受人之託，讓我們借宿幾天而已。」

「所以才不接受我們的樂捐嗎？」

去思問。

「應該是。因為一旦有金錢往來，就會被懷疑提供了協助，所以他們應該希望至少表面上和我們沒有關係。」

李齋吐了一口氣。雖然不如人意，但嘆氣也沒有用。

「我們也不希望連累浮丘院，還有好不容易能夠在這裡生活的難民，所以盡可能謹慎行事。除此以外——」

酆都心領神會地點了點頭，似乎知道李齋想說什麼。

「我們必須要設置據點。否則繼續留在這裡，如翰監院和喜溢都講都會坐立難安，我們也無法放手做該做的事，這樣就失去了來文州的意義。我來試試能不能租到房子。」

4

在酆都動員所有神農的關係張羅租房子時，李齋和去思巡視了琳宇和附近的地區。喜溢主動為他們帶路，但去思覺得他的主要目的不是帶路，而是在一旁監視，避免投宿在浮丘院的客人做出不謹慎的舉動。喜溢的這種態度，讓去思覺得很對不起李齋，但同時也覺得無可奈何。琳宇到處都是無家可歸的難民。

土匪之亂造成的混亂，之後追擊驍宗的麾下、掃蕩反阿選勢力，無辜被捲入的百姓沒有獲得任何照顧。浮丘院收容的難民至少有最低限度的住所，雖然貧窮，但至少還有飯可吃，但琳宇街頭到處可以看到靠一塊布遮風擋雨的難民。他們個個面黃肌瘦，眼神混濁。乾瘦的母親把幼兒抱在肋骨浮現的胸前，骨瘦如柴的小孩子在馬路上翻垃圾，像枯木般的老人裹著襤褸衣衫躺在路上一動也不動。

「府第完全沒有提供任何救助嗎？」

去思忍不住問，喜溢默默搖了搖頭。這些難民都不是琳宇的居民，府第的立場是，府第的權力只惠及屬於琳宇的居民。也就是說，根本不管這些來自外地，賴著不走的難民。

問題在於琳宇的居民也並沒有得到充分的救助。為發生災害時或是極寒時期儲備糧食和物資的義倉總是空無一物。雖然有收成，也有徵稅，但即使糧食、物資送進了義倉，也會在不知不覺中消失不見。雖然官吏聲稱發給了窮困的里廬，但從來沒有聽說誰收到過。

「這一帶的積雪很深，這樣有辦法撐過冬天嗎？」去思問。

喜溢說：「比起下雪，寒冷更令人擔心。文州北部和虛海沿岸不同，這一帶的雪並不會太大，雖然會積雪，積在屋頂上的雪也會把舊房子壓垮，但不至於被困在里內無法行動，只不過這裡經常冷得刺骨。」

每年都有露宿街頭的難民凍死，如果木炭用完，即使有屋可住也很危險。

「如果是在驕王時代，災情應該會更加嚴重，但是——」喜溢環視著周圍。去思他們已經來到琳宇郊外，流經近郊的河川岸邊。

文州東南部有許多高低起伏的連綿群山，只有琳宇周圍有一大片平坦的土地，北水流經這片土地的中央，這條大河一直通往遙遠的南方，來到王都鴻基後，再一路向北，匯入虛海。北水聚集了從四周環繞的高山流下的水，在去思他們所站的岸邊轉向西方。因為瑤山位在文州東部中央，瑤山是由好幾座凌雲山構成的巨大高山，將文州東部分隔成南北兩個部分，沒有越過瑤山往北的捷徑，想要去文州東北部時，必須繞瑤山而行。

望向北方，可以看到瑤山的峰巒，重巖疊嶂向秋日晴朗天空的遠方綿延，顏色越來越淡。後方應該就是像巨大柱子般的凌雲山，但凌雲山的雄姿融入大氣中無法看到。從瑤山連綿而下的群山緩緩向琳宇周圍的平原延伸，山下的原野是一片已經收割完的農耕地。空蕩蕩的原野上長滿了野草，枯草在冷風中搖晃，簡直就像是一片荒原。

北水從這片平地的中央流過，從去思他們所站的岸邊到對岸有很長一段距離。岸邊堤防的堤壩很高，所謂堤防——其實是挖掘大地，讓河流經過。一整片白色堤壩上，長滿了低矮的灌木，上面有許多白色的花。

「我們靠這個得以活下來。」

喜溢說話時，把手伸向灌木，摘下白色小花之間結出的黃色果實。他摘了一個、兩個之後，放進了掛在脖子的袋子裡。

這種灌木稱為荊柏，即使是貧瘠的土地也可以茁壯生長，從春天到晚秋會不斷開花，花落之後就會結出果實。果實差不多像小石頭般大，晒乾之後，可以代替木炭使用。在土匪之亂之前，並沒有這種植物。驍宗登基時，向上天祈願得到了種子。在驍宗失蹤之後，這些種子分到了全國各地，在驍宗不在位的六年，支撐了百姓的生活，所以百姓都稱之為鴻慈。

喜溢應該每次出門都會摘這種果實，所以掛著的袋子因為沾到了荊柏果實的油而變了顏色。去思和李齋見狀，也順手摘了旁邊的果實。堤防上到處可以看到同樣在採果實的百姓。

河岸上、農耕地的田埂上和山上的斜坡，到處都可以看到茂盛的荊柏，這代表百姓的生活少不了木炭。雖然荊柏的火力不如炭，但即使不買昂貴的木炭，也可以靠自己取得木炭的代用品——對戴國百姓來說，這是最大的恩惠。去思他們也經常摘荊柏的果實，尤其對年幼的孩子來說，摘這種果實幾乎成為他們的工作。

喜溢停下了採果實的手，雙手抱著布袋坐了下來。

「……不知道帶給我們這個恩惠的人目前在哪裡。」

去思無法回答，李齋也只能默默注視著手上的果實。

「真的還活著嗎？」

「這件事絕對錯不了。」

李齋斷言道，喜溢蹲在那裡，轉頭仰望著李齋。

「既然這樣，為什麼遲遲不現身呢？」

「我相信他也不願意這樣。雖然不知道他在哪裡，目前的情況怎麼樣，但如果還活著，看到戴國目前的狀況一定會很痛心。只要能夠自由行動，我相信他一定會為拯救戴國挺身而出。既然他沒有現身，就代表他目前身處的狀況很嚴峻，無法自由行動。正因為這樣，我們無論如何都要救他。」

李齋說完這番話，又補充說：

「至少我這麼認為。」

喜溢抱著手上的袋子點了點頭。

「……照理說，整個浮丘院都應該協助你們。」喜溢看著李齋。

「別這麼說。」

李齋說道：

「要營救那一位，就等於和阿選敵對，這實在太危險了。有需要保護的人時，就專心保護那些人，你要以保護浮丘院收容的那些百姓為最優先，這其實也是在拯救戴國。」

「是這樣嗎？」

「營救那一位的事，就交給我們這些無後顧之憂的人就好，只要有你們為戴國盡心盡力，在下也能夠專心做自己該做的事。」

喜溢深深地點頭。

隔天，酆都帶來一個男人。

「他叫建中，是琳宇的差配。」

酆都介紹之後，那個男人默默點頭。雖然他身強力壯，但動作幅度很小，也不說一句廢話，臉上也沒有笑容，只是抱著雙臂，站在酆都身旁。

「這是透過琳宇的神農介紹的，他的工作就是專門把坑夫派遣到各個礦山。來這裡找工作的坑夫在找到工作之後，都會先暫時在琳宇落腳，建中就負責照顧這些人衣食住的問題。」

「請多指教。」李齋向他打招呼時，他也只是默默點頭。去思覺得這個男人太沉默寡言了。而且他並不只是寡言而已，還有一種說不上來的威嚴。坑夫的脾氣都很暴躁，要管理這些坑夫，當然需要有相當的能耐和氣魄。雖然他是差配，但也許更像俠客。

酆都走到李齋身旁小聲地說：「雖然無法大聲宣揚，但坑夫中有不少難民和遊民，聽說來到琳宇的難民都會找他幫忙。」

「這樣啊……」

「他會為坑夫介紹住宿或是租屋處，所以手上有出租的房子，這次要把其中一間借給我們。」

「那真是太感謝了。」

李齋看著建中說，建中終於開了口。

「但我有條件。」

「什麼條件？我們會努力配合你。」

「聽神農說，妳在尋找主公的下落，真的是這樣嗎？」

李齋點了點頭。

「……這不是在做謀反的準備嗎？」

「當然不是。」酆都回答，但李齋說：

「正如你聽說的，我在尋找主公的下落。主公在土匪之亂和之後的混亂中，在文州失去了消息。我希望確認主公是否平安，如果平安無事，我也希望可以營救他，就只是這樣而已，這樣也算是在做謀反的準備嗎？」

「我問的是主公是不是叛民。」

「這要看你對叛民的定義。」

「大人！」去思慌忙小聲叫了一聲。

「什麼意思呢？」

建中露出銳利的眼神瞪著李齋，李齋毫不退縮。

「主公絕對不會有危害百姓的想法，但在下不知道他會不會順從目前的國家。看到這個國家目前的狀況，可能會無法認同。如果這也稱為叛意，可能就無法不稱為叛民。」

建中瞇起眼睛，好像在看什麼可疑的對象，但並沒有評論。

「惹麻煩會很傷腦筋。」

「我們當然不會給你惹麻煩。」

建中聽了李齋的話，點了點頭。

「——離這裡不遠，跟我來。」

去思他們跟著建中，從浮丘院的後門走了出去。去思看著建中沿著狹窄的坡道在酆都前面帶路，小聲對李齋說：

「……剛才那樣說沒問題嗎？」

既然無法說實話，說謊也情有可原。李齋剛才說的那番話，似乎是為了避免說謊，幾乎遊走在危險領域邊緣。

「……他並沒有問是不是餘黨。」

李齋小聲嘀咕。餘黨當然就是指王師的餘黨——或者是驍宗的餘黨。建中真正想問的應該是這個問題。

「我想他應該故意留有餘地，讓我可以搪塞……所以我只是順他的意。」

5

建中帶他們來到離浮丘院不遠的房子，雖然是搖搖欲墜的破房子，而且也很小，但對李齋他們來說已經夠用了。從建中手上接過鑰匙，當天就去浮丘院拿了行李搬來破房子，但騎獸太引人注目，所以無法一起帶過來，繼續留在浮丘院的廄房內，然後把借用的馬牽了過來。喜溢也一起來了，他說要來照顧他們。雖然李齋不願意再麻煩他，但浮丘院可能對他們離開視線範圍感到不安，因為李齋他們一旦闖禍，就會波及浮丘院。李齋瞭解這些狀況，所以也就沒有拒絕，接受了喜溢的好意。

正房是北方地區常見的縱深建築物，有一個廳堂和四間臥室。正房的左右兩側沒有廂房，院子是東西方向的細長形，讓建在北側的正房有更多陽光。位在南側的倒座房是低矮的單坡簷屋，用來做為廄房和倉庫，因為屋簷很矮，所以並不會擋住陽光。倒座房已經傾斜，好像隨時會倒塌，但正房的炕還可以發揮作用，設在院子西側的廚房爐灶生的煙可以溫暖正房。

「現在已經是早晚想要生火取暖的季節了……」

去思在爐灶生火，李齋在後方打掃水槽時小聲嘀咕：「是啊。」去思點了點頭。不知道東架的炕有沒有生火。老師淵澄每到這個季節腰腿就會痛，生活開始不便。當居民相互說著「天氣越來越冷了」，不久之後就開始下雪。起初下的雪很快就消失，但漸漸無法融化，變成了積雪，天寒地凍的嚴冬就正式來臨。山野都結冰，道路都被雪封住，山谷中的小里都會被困住。在這段期間，就只能靠存糧過日子。

——不知道有多少人能夠熬過今年冬天。

新年過後的極寒期，糧食越來越少，必須考慮到冰雪融化的天數省著吃。周圍的積雪還這麼厚，但只剩這點糧食了——每次確認時，都會感到不安和焦慮。這種感覺永遠都無法適應——但已經漸漸習慣的焦躁一年又一年將百姓逼向絕路。

想到即將到來的季節，不由得陷入了陰鬱的沉默時，剛才說要回浮丘院一趟的喜溢又回來了，身後帶了一個中年女人。女人背了少許柴火，堆在廚房的角落。喜溢看著她介紹說：

「她是住在浮丘院的難民。」

她要來這裡幫忙嗎？去思和其他人都感到納悶，喜溢示意女人說話，女人用眼神表示同意。

「六年前，我曾經見到主上。」

去思和其他人都驚訝地看著她。

「不，其實只是遠遠看到主上而已。那是在琳宇的郊區，他騎著一頭出色的騎獸，穿著黑色的盔甲。因為離得有點遠，所以沒看到臉，只看到他頭髮很白，我原本以為是上了年紀的武將，只不過覺得他騎在騎獸上的樣子很挺拔，而且舉手投足也俐落。」

女人當時忍不住說，雖然看起來上了年紀，但原來很年輕，結果身旁一個陌生男人告訴她，那就是戴國的新王。

聽女人說，那是驍宗剛到琳宇的時候。在女人住的那個里，很多人在農田幹活休息時看到了驍宗。那時候剛好是為了迎接春天，把廬內被雪淹沒的棚屋挖出來的時候。

「雖然那次看到主上是巧合，但主上駕到的消息很快就傳開了，很多人都跑去可以看到營地的地方。」

有人聽到旁邊的人說「就在那裡」，遠遠看到了主上的身影；也有人知道主上雖然在那群人中，但因為距離太遠而看不清楚。至少據這個女人所知，沒有人比她更近距離看到主上。

「雖然沒有看清楚主上的臉，但至少知道了整體的感覺，所以大家都很羨慕我，說我運氣真好。」

「這樣啊……」

李齋點了點頭。

「主上在琳宇郊外的營地只停留了一天，隔天大批士兵立刻往西移動。因為營地還在，所以有人以為主上也還沒走，慌忙跑去看熱鬧，但主上已經離開了。」

「因為在抵達琳宇的隔天就向西出發了，當時主上的情況怎麼樣？」

「看起來精神很好，沒有害怕的感覺，但也沒有很振奮。雖然周圍有許多看起來很嚴肅的士兵，但他和營地的士兵輕鬆聊天。士兵都很興奮，我記得當時還和旁邊的人說，主上很受歡迎。」

「是啊。」李齋喃喃說道，她似乎可以看到當時的景象。驍宗是道地的軍人，很受士兵的歡迎。驍宗對士兵也有同袍意識，所以會輕鬆地和士兵聊天，那些士兵都會無條件地感到高興。李齋的部隊也一樣。李齋的部下都是她以前在承州師時的部下，在李齋成為王師的將軍之前，從來沒有機會見到驍宗，不瞭解禁軍將軍時代的驍宗，在他成為王之後才見到他，所以光是見到他，就忍不住興奮不已。

「王為了我們文州的百姓御駕親征……想到這裡，就感動不已。其實我們對土匪肆虐──我們已經習慣土匪為非作歹了，反正也沒有人會來救我們，那些土匪燒殺搶掠之後就會離開，只能等他們收手。沒想到主上特地派了禁軍來救我們，轉眼之間就鎮壓了土匪。」

女人說到這裡，用胖胖的雙手按住了胸口。

「我當時還說，真是太感動了。主上連這種窮鄉僻壤也沒有放棄，所以這次的主上很關心我們，我還感到很高興。」

「……妳知道主上之後的情況嗎？」

「我知道。因為主上失蹤了，當時鬧得沸沸揚揚。大家都覺得一定是土匪對主上下了毒手，所以都很生氣。不知道是攻擊主上，還是把主上擄走了──無論如何，都必須營救主上，所以我們也每天都在這附近找人，尋找有沒有可疑的地方或是可疑的人。」

「這樣啊──」

「但是主上並不在這裡，我們還沒有找到主上，整個文州的氣氛越來越詭異。王師漸漸不見了，然後中央又派來了新的王師，結果那些人──」

女人沒有說下去。後來的那些人是阿選軍，為了討伐驍宗的麾下，把懷疑藏匿了麾下的里廬都無情地燒毀了。

「之後，文州就變成現在這樣了。真懷念主上的時代，如果主上一直在王位上，不知道該有多好……」

女人說到這裡，看著李齋說：

「喜溢大人說，如果有人看到過主上，想瞭解當時的情況。你們現在打聽這些事，該不會是在找主上？」

李齋一時語塞。

「我們希望無論如何都要拯救戴國。」

女人深深點頭，不知道她如何理解這句話。

「這種程度的內容對你們有幫助嗎？要不要我不經意地向朋友打聽一下？」

女人還沒說完，李齋就打斷了她。

「謝謝妳的心意，但妳最好馬上忘記這件事。妳只是搬柴火過來——可以嗎？」

女人聽了李齋的話，表情嚴肅地點了點頭，頻頻鞠躬後走出廚房。

喜溢送女人離開後，又走了回來。李齋問他：「喜溢，這樣沒問題嗎？」

喜溢笑而不答。向難民蒐集情報會增加被人察覺在採取某些行動的危險性，尤其是和驍宗相關的事，別人很容易聯想到是試圖和阿選對抗的勢力。難民人多嘴雜，根本沒辦法封住他們的口。一旦消息傳開，就會連累浮丘院。

喜溢不顧李齋的擔心，隔天又分別帶了一男一女前來。
這兩個人更稍微近距離看到了驍宗。
「我住在嘉橋。」瘸了一條腿的男人說。
嘉橋是被土匪占領的地方，是從琳宇沿著街道往西的一個比較大的縣城。在驍宗失蹤之前，那裡是主要戰場。
「土匪蜂擁而至，轉眼之間就占領了縣城，結果王師也立刻追了過來，經過七天的戰鬥，終於奪回了縣城。土匪逃走之後，我看到主上進入打開的縣城。」
另一個女人原本住在琳宇北邊的一個叫志邱的里。
「土匪也去了志邱，但只是搶奪物資，很快就離開了。搶奪物資時殘暴狠毒，很多人受了傷，但志邱並沒有像嘉橋一樣淪為戰場，當時並沒有死人。」
只不過在土匪之亂平定之後，志邱因為藏匿了禁軍的士兵而被付之一炬。大部分里人和士兵一起葬身火窟，女人一家好不容易逃到了琳宇，最後來到浮丘院。
「土匪離開後，王師為我們送來了物資，當時，城外有一團英勇的武將，聽說最前頭的就是王。他穿的黑色盔甲上有純銀的裝飾，騎在一頭看起來像老虎的騎獸上。」
「是計都。」李齋嘀咕。計都在驍宗失蹤之後自己回到了營地，李齋這才想到不知道計都之後去了哪裡。
「之後就沒再看到嗎？」

「對，是啊……」女人回答時有點吞吞吐吐。

「如果妳知道什麼，可不可以請妳告訴在下？」

「不，我哪知道什麼……」

女人結巴起來，喜溢溫柔地對她說：

「可不可以請妳告訴我們？我們當然不會告訴別人，這是聽妳說的。」

「不，我真的……只是稍微看到一眼而已。」

「在營地嗎？」

「不是在營地……是在營地附近，詳細情況有點記不清楚了。」

女人說完，露出了尷尬的笑容，然後準備離去。喜溢挽留了她，好說歹說，終於讓她繼續說了下去。

「里旁邊有一個小廟，那天我剛好去那裡拜拜，然後看到主上在附近的樹林內。當時主上沒有穿盔甲，但那頭像老虎一樣的騎獸也在一旁，所以應該就是主上。」

那座小廟旁有一片岩石形成的小山丘，有幾棵松樹從岩石之間冒了出來，形成一片視野良好的樹林。

「當時有兩、三個人和他在一起，看起來好像在討論什麼事……當時也在場的一個人……」

女人垂下的雙眼無助地飄移起來，再度吞吞吐吐。

「有一個穿著紅黑色盔甲，面目可憎的武將……在土匪之亂，志邱遭到討伐時，他帶頭砍殺住在里的居民，我永遠不會忘記他的臉。」

「討伐志邱——所以是阿選軍的人嗎？」

女人點了點頭。

「應該是，這個畜生得意洋洋地砍殺女人和孩子。」

女人咬牙切齒地說。雖然女人沒有聽到當時的談話內容，但那個男人指著像是普通老百姓的男人，不知道在說明什麼，驍宗不發一語地聽著。

李齋道了謝，向女人保證，絕對不會把她說的話告訴別人後，請她離開了。李齋目送女人快步離去的背影，努力搜尋記憶。阿選軍內有這樣的人嗎？

阿選一直和驍宗齊名，他身為將軍受到高度評價，跟隨阿選的麾下也有很多優秀人才，身為軍人的品行良好，絕對不是野蠻的戰鬥集團。會有得意洋洋地砍殺女人孩子的卑劣士兵嗎？阿選的軍隊內不可能有這種士兵——李齋不禁這麼覺得。

隔天，喜溢又帶來另一個男人。那個矮小的男人看起來很憔悴。

「我曾經見過主上一次。」

男人充滿懷念地說。

「我在轍圍長大。」

「轍圍——」

「當時我住在嘉橋，但其實我是轍圍人，在外出工作之前都住在轍圍。」

他在嘉橋的商店工作，但父母兄弟都留在轍圍。土匪逃離嘉橋後湧向轍圍，當時，土匪的亂軍也從西方逼近，有傳言說，轍圍也很危險。這個男人的父母兄弟聽到傳言之後嚇得逃了出來，來到嘉橋投靠男人避難。當時有許多住在轍圍附近的人都逃到了嘉橋。

「轍圍人都很高興主上特地前來，大家都不時跑去營地附近，希望可以見到主上，即使只是遠遠地看一眼也好，但沒辦法靠得太近，所以根本看不到。」

部隊準備出發前往轍圍方向時，都完全沒有機會。因為部隊要去營救因為土匪進攻而陷入危機的轍圍。

「我們沒辦法靠近戰場，所以我和哥哥決定跟在王師後面，認為這是見主上最後的機會。」

走了一陣子，我哥哥說，我們先去前面的山那裡，或許有機會見到。街道將越過連結函養山西南方向的那片山，離開嘉橋後，沿著和緩的街道來到頂端，就有一個市街。穿越那個市街，有一個鑿開一座小山形成的大路，我們認為當軍隊經過時，應該可以從那條大路的上方看到驍宗。

「我們在傍晚時到了市街，軍隊應該會在那裡野營。我和我哥哥打算搶在他們前面，所以就連夜上了山。沒想到那座山比我們想像中更加險峻……」

他們連夜在沒有路的斜坡上跑來跑去，結果完全迷失了方向，太陽升起時，根本不知道自己在哪裡。他們正感到失望，覺得來不及趕在軍隊之前抵達那條山路時，聽到了說話的聲音。

「我和哥哥在一片有點高的山崖上，下方傳來了說話聲和獸類的腳步聲。我們很興奮，以為自己到了那條大路，所以就走向聲音傳來的方向，從山崖上往下一看，發現下面只是一條很狹窄的山路，一兩（註1）左右的士兵騎著騎獸出現。」

他們兄弟兩人知道那條路。從琳宇去轍圍時，可以走往白琅方向的街道，經過山麓的南側，然後再從岔路往北，繞去位在函養山西側的轍圍。但有一條小路可以從嘉橋翻山越嶺，直奔轍圍的方向。

「我們轍圍的人去琳宇時都會走那條路，雖然中途必須在山路上露宿一晚，但走那條路近多了。走街道的話，到嘉橋要七天，但走山路只要三天就到了。只不過冬天沒辦法走那條路，而且路不寬，軍隊沒辦法走那條路，但我們看到士兵從那條路走過來。」

看起來像驍宗的人也在其中。

「雖然只是遠遠地看到，但曾經聽之前見過的人描述主上的樣子，所以應該沒有認錯。他騎著像是白色老虎的騎獸，身穿黑色盔甲，但沒有戴頭盔，一頭白色的頭髮。」

沒錯。李齋點了點頭。

「然後呢？」

註1　一兩：一兩為五伍，一伍有五名士兵。

李齋激動地問，男人無力地搖了搖頭。

「就這樣而已，因為騎著騎獸，所以轉眼之間就衝上了山路。」

「主上當時看起來怎麼樣？有沒有受到威脅的樣子？」

「沒有。」男人回答：「完全沒有威脅或是受到威脅的緊張氣氛，只是很正常趕路的樣子。周圍的士兵也都穿著同樣的紅黑色盔甲，在主上的前後左右，保持適當的距離，所以猜想應該是保護主上的護衛。」

「但他們看起來在趕路，對嗎？」

「對，應該是，他們應該前往轍圍的方向，沿著那條山路一直走，如果不是去轍圍，就只能去函養山。」

李齋忍不住握住了拳頭——函養山。

「我和哥哥感到心滿意足，也累癱了。因為我們整個晚上都在山上摸黑繞來繞去。幸好就在往嘉橋的山路上，只要從山崖往下走，就可以走到那條路，不必又在山上繞來繞去。於是我們就放心地躺在山崖上，想睡一下再回去，但因為太陽很烈，再加上太興奮了，所以遲遲睡不著，原本打算乾脆直接回嘉橋，只不過因為一整晚都沒吃沒喝，身體懶洋洋的，所以就昏昏沉沉地和我哥哥聊天。好不容易睡著了，結果聽到動靜醒了過來。」

他們在小睡時，不知不覺已經傍晚了。他並不知道自己為什麼醒來，但他哥哥也醒了過來，所以可能是聽到了什麼動靜。兩兄弟相互說著自己竟然睡著了，聽到山崖下方有腳步聲。他們好奇地低頭一看，剛好看到一隊騎兵下山。無論怎麼看，都覺得是白天上山的那隊人馬。

「但並沒有看到主上。」

而且人數少了一半。

「好像也有人受了傷，所以當時想，該不會遭到土匪埋伏。」

他當時有不祥的預兆。因為不見主上的身影。雖然覺得應該不可能，但難道和土匪的戰鬥中發生了什麼狀況？

「雖然我們很想追上去問，但當時沒辦法，因為走下山崖很不容易，最重要的是，當時覺得很奇怪。」

「奇怪？」

「對。」男人點了點頭，「如果主上在戰鬥中發生了狀況，他們應該急著回去通報，急忙回去找援軍——難道不是嗎？」

「應該是。」

「他們一點都沒有著急的樣子，因為騎著騎獸，所以比徒步快了好幾倍，但照理說，速度應該可以更快。而且他們也完全不像在趕路，相反地，還有人笑得很開心。不，當時的距離沒有很近，所以並沒有親眼看到他們的表情，也可能只是我的心理作用，但是從風帶來他們說話的聲音，知道他們至少很高興，而且不是開懷大笑那種高興，而是竊喜的感覺。」

他和他哥哥覺得好像有什麼陰謀，所以沒有發出任何聲音，目送那隊人馬離去。聽不到腳步聲之後，才終於走下山崖，回到了嘉橋。

「我們一直在納悶，到底是怎麼回事，結果聽到主上失蹤的消息。我忘了是在引起軒然大波的隔天──或是再隔天聽到這個風聲，於是，我和哥哥……」

男人說到這裡，忍不住哽咽了一下。

「我們忍不住討論，主上應該在那座山上出事了。王師中應該有叛徒，然後弒君──」

雖然他一直這麼懷疑，但不敢說出口。一開始不願承認，但之後因為太危險而不敢說。

「這樣啊……」

那一隊人馬應該就是項梁提到的護衛，他們是阿選的麾下。和驍宗一起上路，卻沒有和驍宗一起回來。

「謝謝你告訴在下這些事。」

男人點了點頭，雙眼含著淚水，過了一會兒問：

「妳該不會在找主上？」

李齋只有點點頭。男人用袖子擦著眼睛。

「──主上已經駕崩了。」

事實並非如此。李齋很想這麼對他說，但為了謹慎起見，還是沒有開口。不知道不必要的事比較安全。不知道比較安全。對雙方都是如此。
男人哭了一會兒，深深鞠躬後離開了。

6

和驍宗一起上山的那些人沒有和驍宗一起下山——
這件事代表的沉重意義讓去思感到心情沉重。喜溢說：
「李齋將軍，妳之前說函養山有線索，原來是這個意思嗎？主上在函養山遭到了攻擊。如果是腳力相當的騎獸，一天就可以在函養山之間來回。」
李齋聽了他的問題後點了點頭。
「除此以外，函養山送出去的貨中發現了驍宗主上的一段腰帶。主上似乎從背後遭到攻擊，腰帶被砍斷，而且沾到了血跡，應該是遭到攻擊時掉落。」
「原來是這樣……」
喜溢小聲說了這句話，垂下眼睛思考著。酆都說：
「從那群人的樣子來看，驍宗主上的確應該是主動離開行軍的隊伍。因為是阿選軍的證詞，所以原本認為不可信。」
「好像是這樣。」李齋納悶地偏著頭，「但驍宗主上為什麼要離開隊伍？」

李齋說，按照常理來說，應該不可能有這種事。酆都也說：

「不是有人說，在志邱的小廟那裡看到驍宗主上嗎？和穿著紅黑色盔甲的武將，和看起來像老百姓的男人在說話——」

「穿紅黑色盔甲的應該是護衛，項梁也說差不多有一兩左右的人馬和主上一起消失了，這一兩人馬應該負責護衛，裝備很齊全。志邱的那些士兵也是為了護衛同行。但問題在於那個老百姓。」

「普通老百姓可以見到主上嗎？」

「通常不可能，可能有特別深厚的交誼或是狀況。不，這應該也很難，因為就連霜元和英章也不知道這件事，唯一的可能，就是透過阿選軍中的某個人引薦，然後和主上見面，而且那個引薦的人不可能是普通的士兵。當時指揮阿選軍的——在下記得是品堅。」

「他是怎樣的人？」

李齋偏著頭說：

「在下也不太瞭解，因為並不認識他。他是阿選軍的師帥，但並沒有聽說他特別有才幹，而且他原本應該也不是阿選的麾下，在驕王時代，可能跟隨其他將軍。」

通常不會一整個軍的兵力完全編入麾下，李齋軍也一樣，五名師帥都一直是她的麾下，但下面的旅帥就可能是基於夏官府的命令，而不得不接收的士兵或指揮官，有時候也會硬塞一些風評很差的師旅。

「也沒有聽說有什麼特別的問題，只能說很不起眼。」

「如果是這樣，即使那個叫品堅的師帥引薦，應該也很難見到主上吧。」

「那就很難說了。品堅雖然不是很有實力的師帥，但不管怎麼說，也是代表阿選軍，和其他師帥一起指揮士兵。雖然驍宗主上以指揮官的身分率領軍隊，但終究是借來的兵，所以在禮貌上也不能不把品堅當一回事。而且如果品堅堅持，就更難拒絕了。」

「所以妳認為是品堅引薦的嗎？」

「這個可能性相當高，在志邱見面之後，驍宗主上決定離開隊伍。因為並沒有把見面的事情告訴霜元和英章，所以也沒有告訴他們要離隊的事。」

「也就是說，主上是被引誘離開的嗎？」喜溢訝異地問，「會不會太大意了？」

「從結果來看，的確是這樣。」李齋一臉悵然，「但是驍宗主上應該也察覺到很可疑，所以才會在前一天晚上去向霜元調兵。」

「喔，對喔。」酆都輕輕拍了一下手。

「有人找品堅引薦，要和主上談話。驍宗主上基於各種考量而無法拒絕。那個人誘導主上偷偷採取其他行動，驍宗主上雖然同意，但認為其中有詐，為了以防萬一，借調了兵力，在暗中監視自己——是這樣嗎？」

「我認為這麼考慮比較自然，問題是負責監視的兵力並沒有回來。應該是在發生狀況時趕到了現場，然後和驍宗主上一起遭到了攻擊。」

「現場就在函養山。」
李齋點了點頭，但喜溢偏著頭說：
「未必是函養山，我也知道那條捷徑，就是從嘉橋西方往北攀登，然後往龍溪的那條路。從龍溪往西就是轍圍，往東就是函養山，但函養山和轍圍之間這條路上有好幾個市街。」
「如果要襲擊的話，應該不會在市街。」
酆都說。
「既然這樣，會特地去函養山嗎？函養山也會有人看到，還不如那條山路更適合襲擊。那條路很冷清，幾乎沒有什麼人家，完全可能在半途的某個地方攻擊主上。」
「那……的確是這樣。」
酆都表示同意。但李齋說：
「如果是這樣，為什麼驍宗主上的腰帶會在從函養山送出去的貨裡？當時函養山的礦山有在作業嗎？」
喜溢偏著頭，似乎在回想。
「函養山……那時候好像封閉了。我記得不光是函養山，土匪在附近一帶肆虐，所以居民都逃來這裡。」
「阿選在背後操控那些土匪，會不會決定在函養山襲擊，所以靠土匪把人趕走？」
「如果是這樣，附近一帶的人也被趕走了，不一定要在函養山下手。」

「如果不是某種程度封閉的場所，萬一沒有致於死地，可能會逃走，所以才決定選擇函養山吧。總而言之，是在函養山實際找到了腰帶——」

李齋的話還沒說完，喜溢就打斷了她。

「這就太奇怪了。阿選攻擊了主上——正確地說，是指使派去做為護衛的手下攻擊主上，對不對？那時候，阿選表面上並沒有和主上敵對，既然這樣，就絕對不能讓外人知道他的部下攻擊主上這件事，所以在攻擊之後，不是會在現場徹底清除可能會成為證據的東西嗎？如果腰帶被砍斷掉在地上，我不認為會留在原地。」

李齋皺起了眉頭。

「……有道理。」

「而且既然特地把主上引誘到那裡，只讓護衛攻擊也不太合理。如果換成是我，會找人事先埋伏在那裡，應該會派手下埋伏在四周沒有人的地方。然後在那裡攻擊主上，再把包括主上在內的所有危險的東西都徹底清除，丟棄在函養山——會不會是這樣？」

喜溢說，函養山周圍有很多換氣的豎坑、塌陷造成的龜裂，以及試挖的坑道，有很多可以丟棄的地方。

「等一下。」酆都說道，「如果是這樣，驍宗主上很難活下來，但驍宗主上至今仍然活著。」

「你們上次也這麼說，這個消息千真萬確嗎？」喜溢說完，低下了頭，「雖然……

我也不願相信主上駕崩了，但是……」

「還活著，絕對沒有錯。」

李齋斬釘截鐵地說。

「但是……既然這樣，主上為什麼沉默了六年？」

「這……」李齋也不知該怎麼回答。

「難道主上不瞭解戴國目前的狀況嗎？還是雖然知道，卻仍然保持沉默？為什麼主上不救戴國？」

「是不是無法出面？」去思插嘴說：「之前——曾經聽項梁說，戴國目前處於兩難的狀況。」

「兩難？」喜溢訝異地問。

「只有討伐阿選才能救戴國，討伐阿選需要兵力。只要主上現身譴責阿選，就會有很多兵力集結，目前隱姓埋名的麾下也會挺身加入。但是，主上一旦現身，阿選就會馬上攻擊，根本來不及集結兵力。」

「啊……這、這倒是。」

「如果主上不現身，就無法討伐阿選；一旦現身，在討伐阿選之前，就會遭到攻擊，而且會連累許多無辜的百姓。正因為擔心會發生這種情況，主上的麾下至今仍然忍耐雌伏，完全沒有任何消息。也許主上也一樣。」

「沒錯。」

李齋用力點頭。去思說：

「既然主上還活著，一定在某個地方藏身。他看到戴國目前的狀況一定很憂心，卻無法採取任何行動——」

「這我知道……但藏身在哪裡呢？」喜溢問。

「所以我們必須尋找，目前那條腰帶是唯一的線索，不管是不是事後有人丟去那裡，都代表和函養山有關，所以必須去函養山，尋找是否有新的線索。」

「但是……函養山目前……」

「看能不能設法解決。」

去思說，李齋和酆都都用力點頭。

第一卷完

十二國記

十二國記

十二國記

奇炫館

十二國記　白銀之墟　玄之月㈠
（原名：白銀の墟 玄の月㈠ 十二国記）

著　　者／小野不由美
執 行 長／陳君平
榮譽發行人／黃鎮隆
協　　理／洪琇菁
總 編 輯／呂尚燁
譯　　者／王蘊潔
美術總監／沙雲佩
美術編輯／陳又荻
執行編輯／洪琇菁
封面及內頁插畫／山田章博
國際版權／黃令歡、高子甯
文字校對／施亞蒨
內文排版／謝青秀

出　　版／城邦文化事業股份有限公司 尖端出版
台北市中山區民生東路二段一四一號十樓
電話：（〇二）二五〇〇—七六〇〇
傳真：（〇二）二五〇〇—二六八三
E-mail：7novels@mail2.spp.com.tw

發　　行／英屬蓋曼群島商家庭傳媒股份有限公司城邦分公司 尖端出版
台北市中山區民生東路二段一四一號十樓
電話：（〇二）二五〇〇—七六〇〇（代表號）
傳真：（〇二）二五〇〇—一九七九

中彰投以北經銷／楨彥有限公司（含宜花東）
電話：（〇二）八九一九—三三六九
傳真：（〇二）八九一四—五五二四

雲嘉以南／智豐圖書有限公司
（嘉義公司）電話：（〇五）二三三—三八五二
傳真：（〇五）二三三—三八六三
（高雄公司）電話：（〇七）三七三—〇〇七九
傳真：（〇七）三七三—〇〇八七

香港經銷／城邦（香港）出版集團有限公司
香港灣仔駱克道一九三號東超商業中心一樓
電話：（八五二）二五〇八—六二三一
傳真：（八五二）二五七八—九三三七
E-mail：hkcite@biznetvigator.com

新馬經銷／城邦（馬新）出版集團 Cite（M）Sdn. Bhd.
E-mail：cite@cite.com.my

法律顧問／王子文律師 元禾法律事務所
台北市羅斯福路三段三十七號十五樓

二〇二〇年二月一版一刷
二〇二三年十一月一版八刷

■中文版■

郵購注意事項：
1.填妥劃撥單資料：帳號：50003021戶名：英屬蓋曼群島商家庭傳媒(股)公司城邦分公司。2.通信欄內註明訂購書名與冊數。3.劃撥金額低於500元，請加附掛號郵資50元。如劃撥日起 10～14日，仍未收到書時，請洽劃撥組。劃撥專線TEL：(03)312-4212 ・ FAX：(03)322-4621。E-mail：marketing@spp.com.tw

國家圖書館出版品預行編目(CIP)資料

十二國記：白銀之墟玄之月 / 小野不由美作；王蘊潔譯. 一 初版. 一 臺北市：尖端，2020.02-
面；　公分

譯自：白銀の墟 玄の月(一) 十二国記

ISBN 978-957-10-7296-8(第1冊：平裝)

861.57　　108020737